Tom C. Winter

Lena Eichhorn und die Frostkriege

Für Emma und Becca

und die Eichhörnchen in unserem Garten.

Für alle Kinder und alle Eichhörnchen.

Mit Dank an
Dr. Hanna Kröger-Bidlo und Dr. Oliver Bidlo vom Oldib Verlag, Debbie, Dr. Frank Weinreich, Nina Shepart, BFAM Christian, Guido, Rhino und Fabian für unschätzbare Unterstützung und Matt Fynch für Zeichnen und Tuschen.

Über den Autor
Tom C. Winter wurde im strengen Winter von 1978 geboren. Er arbeitet als Psychotherapeut in eigener Praxis. Als Schriftsteller schreibt er die Bücher, die er selbst gern lesen würde. „Lena Eichhorn und die Frostkriege" ist aus einer Geschichte gewachsen, die er seinen Töchtern beim Kochen, Schaukeln, Einschlafen und auf langen Autofahrten erzählt hat. Er liebt es, Eichhörnchen im Garten zu beobachten und ahnt schon lange, dass sie eine wichtigere Rolle spielen, als die meisten Menschen denken ...

Mehr Informationen finden Sie unter *www.tomcwinter.com*

Lena Eichhorn und die Frostkriege

Tom C. Winter

Oldib Verlag

Bibliografische Information der Deutschen Bibliothek
Die Deutsche Bibliothek verzeichnet diese Publikation in der Deutschen Nationalbibliografie; detaillierte bibliografische Daten sind im Internet über die Adresse http://dnb.ddb.de abrufbar.

Oldib Verlag Oliver Bidlo
Waldeck 14
45133 Essen
www.oldib-verlag.de
info@oldib-verlag.de

ISBN: 978-3-939556-84-8

Cover und Illustrationen im Innenteil: Matt Fynch
Eichhörnchen im Jahreskreis: mochawalk, Mochamad Arief
Druck und Herstellung: Pressel Druck, Remshalden

Inhaltsverzeichnis

Kapitel 1: Autsch!

Lena lag im Bett und hörte ihren Eltern beim Streiten zu. Seit dem Umzug gerieten sie immer häufiger aneinander. Die ersten Male hatte Lena sich noch in den Flur geschlichen und oben an die Treppe gehockt, um zu lauschen. Das machte sie jetzt nicht mehr. Sie starrte ins graue Dunkel des Kinderzimmers und verstand nur Satzfetzen aus dem Wohnzimmer, vermischt mit Geräuschen des Fernsehers.

„Wären wir bloß nie umgezogen", dachte sie und versuchte einzuschlafen.

Nach der Schule hatte Lena es nicht eilig, nach Hause zu kommen. Seit sie hier wohnten, kam ihr Vater spät abends von der Arbeit und ihre Mutter saß den ganzen Tag im Arbeitszimmer am Computer. So nahm Lena einen langen Umweg durch den Merlin Woods Park und setzte sich am Rand einer baumumstandenen Wiese auf eine Bank.

Das Frühlingswetter wollte gar nicht zu ihrer Laune passen. Die Sonne wärmte ihre braunen Locken, Fallschirmchen von Pusteblumen schwebten durch die Luft und Vögel sangen ihre Lieder. Lena öffnete den Rucksack und holte das Pausenbrot hervor, auf das sie in der Schule keinen Appetit gehabt hatte.

Ein Eichhörnchen mit orange-rotem Fell tauchte aus den Schatten zwischen den Bäumen auf. Es rannte auf das Gras, suchte oder versteckte etwas und verschwand wieder zwischen den Bäumen.

Nur ein Zaun trennte den Park vom Garten des Hauses, in dem Lena seit ein paar Wochen mit ihren Eltern wohnte. Sie waren hierher umgezogen, weil Lenas Vater einen neuen Job angenommen hatte. Jetzt lebte sie am Rand von Galway an der Westküste Irlands, hunderte Kilometer weit weg von ihrem alten Zuhause in einem fremden Haus und ging auf eine neue Schule.

Zwei Hörnchen, ein kirschrotes mit langen Pinseln auf den Ohren, und ein schmales graues mit roten Pfoten, jagten nebeneinander über das Gras. Auf der anderen Seite der Wiese sausten sie einen Baumstamm hinauf und verschwanden im dichten Laub des Baumwipfels.

Die Kinder in der neuen Schule waren längst untereinander befreundet; Lena aber war die Neue, das Mädchen, das die Sprache nicht richtig konnte, mit dem niemand reden wollte. Hier im Park gefiel es ihr besser als in der Schule oder zu Hause.

Am nächsten Tag nahm sie den gleichen Umweg. Diesmal ging sie vorher bei Mrs Collins' kleinem Laden vorbei und kaufte einen Beutel Walnüsse. Als sie auf der Parkbank saß, riss sie den Beutel auf. Drei Nüsse warf sie auf die Wiese. Dann biss sie in ihr Pausenbrot und wartete. Bald kamen zwei Eichhörnchen von den Bäumen auf das Gras gelaufen: das kirschrote mit den langen Pinseln an den Ohren und ein großes mit fuchsrotem Fell. Sie rannten ein paar Schritte, blieben stehen; rannten ein paar Schritte, blieben stehen. Bei den hingeworfenen Nüssen hielten sie inne. Jedes Eichhörnchen packte eine, drehte sie in den kleinen Pfoten hin und her. Sie schauten zu Lena herüber. Lena lächelte. Sie rannten mit ihrer Beute quer über die Wiese und kletterten hoch in die Baumwipfel.

Jeden Tag nahm Lena von da an Nüsse mit in den Park. „Du kannst wohl gar nicht genug davon kriegen", scherzte Mrs Collins immer, wenn sie in dem kleinen Laden wieder Nüsse kaufte. Lena traute sich nicht, zu antworten. Sie hatte Angst, dass sie zu schlecht Englisch sprach, so nickte sie nur und lächelte.

Es gab viele Eichhörnchen im Merlin Woods Park, rote, braune und graue. Einmal sah Lena sogar ein schwarzes mit weißem Bauch. Ein Hörnchen zeigte sich besonders mutig, es kam näher heran als die anderen. Es war kleiner, neugieriger und aufgeregter als seine Artgenossen. Sein Fell war orange-rot, der weiße Pelz an seinem Bauch zog sich bis um das kleine Maul und die Nasenspitze. Von Tag zu Tag kam es näher zu der Bank, auf der Lena saß, dabei schlug sein buschiger Schwanz nervös hin und her. Einmal schien es zu ihr auf die Bank klettern zu wollen, bis ein Geräusch das kleine Tier erschreckte und es aufgeregt davonrannte.

Am dreizehnten Tag waren nicht nur Eichhörnchen auf der Wiese unterwegs. Eine Katze mit weißem Fell und braunschwarzen Flecken schlich geduckt durch das Gras. *Machen Katzen Jagd auf Eichhörnchen?* Lena war nicht sicher. Sie beobachtete die Bewegungen des kleinen Raubtiers. Das Eichhörnchen mit der weißen Nase hockte nicht weit von der Katze entfernt und wendete eine Nuss zwischen den Pfoten, die Lena ihm eben erst hingeworfen hatte.

Die Katze schlich näher an das Hörnchen heran; Lena stand von der Bank auf. Dann schlug die Katze zu: Blitzartig stürzte sie sich auf das Hörnchen und biss ihm ins Genick.

„Hey! Hör auf!“, schrie Lena. Das Eichhörnchen zappelte zwischen den Zähnen der Katze. Lena packte eine Nuss und warf nach dem Räuber; mit dem dritten Wurf traf sie. „Hau ab!“, schrie Lena. Die Katze ließ das Eichhörnchen fallen und machte sich aus dem Staub.

Das Eichhörnchen blieb auf der Wiese liegen. Lena rannte in seine Richtung, der Schreck saß ihr noch in den Gliedern. Da sprang das kleine Tier wieder auf die Füße und packte eine der Nüsse, die Lena nach der Katze geworfen hatte. Mit der Nuss im Maul hoppelte es auf Lena zu. Lena blieb ganz still stehen, denn Eichhörnchen sind scheue Tiere. Sie wollte es nicht verscheuchen. Das Hörnchen knackte die Nussschale mit den Zähnen auf und knabberte den Kern, die Schale ließ es fallen. Dann kam es vorsichtig noch näher. Lena ging in die Hocke und streckte dem Hörnchen auf ihrer Handfläche eine neue Nuss entgegen.

Das Hörnchen kam so nahe, dass es an der Nuss schnuppern konnte. So nah war Lena einem Eichhörnchen noch nie gewesen. Es schnappte die Nuss aus der Hand und blieb vor Lena sitzen, wendete die Nuss in den Pfoten hin und her. Das kleine Tier schaute mit seinen schwarzglänzenden Augen zu Lena auf. Kleine Pinsel orange-roter Haare wuchsen auf seinen Ohren. Lena lächelte. Mit einem Mal schnappte das Hörnchen vorwärts und biss in Lenas Finger; Lena sog zischend die Luft ein.

„Autsch! Das hat weh getan!“ Von Lenas Finger perlte ein dicker Blutstropfen auf die Wiese. Das Eichhörnchen tschirpte ein kleines Geräusch, klemmte sich die Nuss zwischen die Zähne und rannte über die Wiese davon, um zwischen den Bäumen zu verschwinden.

„Das war ja ein tolles Dankeschön“, murmelte Lena. Sie nahm den Finger in Augenschein: Der Biss sah wie ein tiefer Schnitt aus, Blut quoll daraus hervor.

„Brauchst du ein Pflaster?“, fragte eine freundliche Stimme. Lena drehte sich um; eine ältere Frau stand hinter ihr, die sie schon öfter im Park gesehen hatte. Sie trug einen braunen Rock und eine grüne Strickjacke, langes weißes Haar fiel lose über ihre Schultern. „Ich wohne ganz in der Nähe. Wenn du willst, kannst du mitkommen, dann verarzte ich dich.“

„Nein, danke“, antwortete Lena. Sie wickelte ein Taschentuch um die Wunde. „Es geht schon.“ Die Frau sah sie mitleidig an; Lena packte die Tüte mit den Nüssen ein, schulterte den Rucksack und ging durch den Park nach Hause.

Kapitel 2: Ein viel zu großes Kissen

Zu Hause klebte Lena ein Pflaster auf die Wunde, dann sagte sie ihrer Mutter Hallo. Die saß im Arbeitszimmer vor dem Computer; um sich herum hatte sie Grundrisspläne von Gebäuden ausgebreitet. Von dem Eichhörnchenbiss erzählte Lena nichts. Ihre Mutter sollte nicht wissen, dass Lena seit Tagen Zeit im Park verbrachte, statt nach der Schule sofort nach Hause zu kommen.

Der Tag ging um wie jeder andere; Lena machte Hausaufgaben, ihr Vater kam spät von der Arbeit, als Lena mit ihrer Mutter schon zu Abend gegessen hatte. Nur Lenas Finger schmerzte immer mehr. Bis zum Abend war er rot und dick geschwollen. Lena fühlte ihren Herzschlag darin pochen. Beim Zähneputzen ließ sie kaltes Wasser über die Hand laufen, weil der Finger immer heißer wurde. „Doofes Eichhörnchen“, schimpfte sie leise.

Sie legte sich ins Bett und hoffte, dass Mama und Papa heute nicht stritten. Bevor sie einschlief, zog sie noch einmal das Pflaster zur Seite und sah den Biss an; die Haut ringsum hatte sich lila verfärbt. Da öffnete sich ihre Zimmertür, Mama kam, um Gute Nacht zu sagen. Lena versteckte die Hand mit dem Pflaster schnell unter der Bettdecke.

„Gute Nacht, Lena.“

„Gute Nacht, Mama.“

Lenas Mutter küsste ihre Stirn. Beim Rausgehen stellte sie das Fenster auf Kippe und schaltete das Licht aus. Durch die Fensterscheibe schien satt und silbern das Licht des Vollmonds ins Zimmer.

Eine Weile pochte der Finger noch, dann schlief Lena ein. Sie träumte wirres Zeug; wie sie in Windeseile Bäume hochkletterte; wie sie Nüsse vergrub, ausbuddelte und mit den Zähnen knackte. Aus dem Dunkel hinter einem Baumstamm sah sie ein Tier mit funkelnden Augen auf sich zukommen; es zischte und zwischen schwarzen Lippen blitzten nadelspitze, blasse Zähne.

Lena schreckte hoch. Ihr Herz pochte. Irgendwas war falsch; ihr Kopfkissen war viel zu groß: Es war riesig! Es war größer als sie selbst! Der ganze Raum war viel zu groß! Lena streckte die Hand aus, um nach ihrem Nachtlicht zu tasten – doch ihr Griff ging ins Leere. Ihr Arm war zu kurz, um das Nachtlicht zu erreichen. Im Mondlicht schaute sie auf ihren Arm, ihre Hand – da war keine Hand. Sondern eine Pfote mit roten Haaren und spitzen Krallen. Lena blickte an sich herunter – und jetzt verstand sie: Ihr Kopfkissen war nicht zu groß. Sie war zu klein! Sie war nicht größer als ein Eichhörnchen, denn: Sie *war* ein Eichhörnchen! Mit Krallen, Pfoten, buschigem Schwanz und allem, was dazu gehört.

Tapp-Tapp-Tapp! Ein Geräusch vom Fenster her. Sie hoppelte über die Bettdecke und hüpfte auf die Fensterbank. Da draußen vor der Scheibe saß das Eichhörnchen aus dem Park; das kleine orange-rote mit der weißen Nase, das sie gebissen hatte. Lena starrte ungläubig auf ihr eigenes Spiegelbild in der Fensterscheibe: Sie sah ihr eigenes Eichhörnchengesicht, blutrotes Fell und kleine Haarpinsel, die von spitzen Ohren abstanden.

TAPP-TAPP-TAPP! Das Hörnchen klopfte lauter an die Fensterscheibe. Lena kletterte am Fensterrahmen hoch; mit den spitzen Krallen war das kein Problem. Sie stieg durch die Öffnung und krabbelte kopfüber auf der anderen Seite herunter.

„Hallo, hallo“, begrüßte sie das Eichhörnchen aus dem Park. „Ich bin Nuknuk, Nuknuk. Und wer bist du, du?“

Das Tier sprach! Und Lena verstand es!

„Ich bin ... Lena“, antwortete sie zögerlich.

„Lena. Schöner Name, Lena.“ Das Hörnchen sprach schnell, sein Schwanz schlug aufgeregt hin und her. Es musterte sie. „Du bist ein Mädchen, Lena“, sagte es, als wären das große Neuigkeiten.

„Natürlich bin ich ein Mädchen. Hast du das denn nicht im Park schon gesehen?“

Das Hörnchen zuckte die Schultern. „Ich kenne mich mit Menschen nicht so gut aus, aus.“

„Und du? Bist du ein Mädchen oder ein Junge?“

Das Hörnchen runzelte die Stirn. „Ein Mädchen natürlich. Siehst du das nicht?“

Lena schmunzelte. „Weißt du … ich kenne mich mit Eichhörnchen nicht so gut aus.“

Nuknuk kicherte.

„Warum bin ich ein Eichhörnchen?“, fragte Lena und betrachtete ihre Pfoten mit den scharfen Krallen.

„Du bist gar kein Eichhörnchen, Eichhörnchen.“

Lena zeigte an ihrem verwandelten Körper hinab. „Eichhörnchenpfoten, Eichhörnchenbauch, Eichhörnchenschwanz – ich sehe aus wie ein Eichhörnchen.“

„Du bist ein Werhörnchen“, erklärte Nuknuk.

„Ein was?“

„Ein Werhörnchen. Ein Mondhörnchen. Ein Mensch, der sich bei Vollmond in ein Eichhörnchen verwandelt. Schau.“ Nuknuk zeigte zum Nachthimmel. Da oben hing wie ein leuchtender Ball der volle Mond. „Tut dein Finger noch weh?“

Darüber hatte Lena gar nicht mehr nachgedacht; nein, sie spürte keine Schmerzen mehr. Sie schüttelte den Kopf. Sie konnte nicht glauben, was hier gerade passierte.

Das Hörnchen sah sie mitleidig an. „Tut mir leid, dass ich dich beißen musste. Anders geht es leider nicht.“

„Wieso musstest du mich denn beißen?“

„Damit du dich verwandeln kannst.“

„Warum wolltest du denn, dass ich mich verwandle?“

„Als Dankeschön. Weil du mich gerettet hast, vor der Katze, Katze. Und weil du so nett aussiehst, wenn du uns beobachtest. Da wollte ich dich kennenlernen. Außerdem bringen Werhörnchen Glück! Das weiß jeder. Jeder! Komm, ich will dir ganz viel zeigen, bevor die Sonne aufgeht. Komm mit, komm mit!"

Mit einem großen Satz sprang das Eichhörnchen scheinbar mühelos vom Fenstersims in einen Baum mehrere Schritte von Lenas Haus entfernt und kletterte ihn schnell wie ein Blitz kopfüber den Baumstamm hinab.

„Komm schon!", rief Nuknuk noch einmal. „Es ist ganz leicht, leicht."

Lena schluckte. Der Ast war wirklich weit weg von ihrem Fenster. Als Mädchen hätte sie vielleicht so weit springen können, aber als kleines Eichhörnchen? Sie holte tief Luft, nahm einen kleinen Anlauf und sprang ab. Die Eichhörnchenbeine gaben ihr einen kräftigen Stoß vorwärts, katapultierten sie durch den Nachthimmel. Lena erreichte den Ast und packte zu, so fest sie konnte. Die Krallen bohrten sich in die Baumrinde – und sie saß da, ohne abzustürzen. Das kleine Eichhörnchenherz pochte in ihrer Brust. Sie folgte Nuknuk, die unten auf sie wartete, kopfüber den Baumstamm hinunter. Und Nuknuk hatte Recht: Es ging wirklich ganz leicht!

„Komm!" Nuknuk rannte durch das Gras im Garten hinter dem Haus, kletterte über den Zaun zum Park und verschwand im Dunkel. Lena setzte ihr nach, durch das Gras und über den Zaun; sie fand Nuknuk zwischen den Bäumen. Schlanke Nadelbäume wuchsen hier, Tannen, Kiefern und Fichten. Es roch nach Harz, der Boden war mit alten Nadeln bedeckt. „Hier musst du vorsichtig sein", erklärte Nuknuk. „Hier gibt es Marder, Marder."

„Marder?"

Nuknuk nickte. „Baummarder. Unsere Todfeinde, Todfeinde." Lena sah sich in alle Richtungen um.

„Komm, ich muss dir ganz viel beibringen! Komm!"

Sie ließen den Streifen aus Nadelbäumen hinter sich und erreichten die große Wiese. In den Laubbäumen ringsum lernte Lena, was ein Eichhörnchen können muss: Sich festkrallen an Bäumen, Stämme hinaufklettern und kopfüber wieder runterklettern. Immer rund und rund um Stämme herumklettern, um Verfolger abzuschütteln. Springen, viel weiter springen als Lena für möglich gehalten hätte. Sie musste all ihren Mut zusammennehmen, und dann fühlte es sich fast wie fliegen an. Sie lernte, ihren Sprung mit dem buschigen Schwanz zu lenken. Nuknuk zeigte ihr, wie man Tannenzapfen findet, die hölzernen Schuppen abreißt und die Samen rausknabbert. Und Lena lernte, Nüsse zu finden und zu vergraben. „Das ist ganz einfach: Du buddelst ein Loch, legst die Nuss rein, machst das Loch zu, drückst die Erde fest und stupst mit der Nase nach, nach“, erklärte Nuknuk.

Am schwierigsten war: das Nüsseknacken. Bei Nuknuk sah es ganz einfach aus, aber wenn Lena es versuchte, wollte es nicht klappen. Sie brauchte viele Anläufe, bis sie den Trick herausfand: Sie musste die Zähne in die Schale bohren und dann einen Zahn nach rechts, einen nach links bewegen. Als Mensch kann man das gar nicht. Bis Lena darauf kam, war die Nacht schon fast vorbei. Aber dann war die Nuss geknackt und der Kern darin schmeckte köstlich.

„Ich will dir noch etwas zeigen, bevor die Sonne aufgeht. Komm, komm!“ Nuknuk rannte schon wieder los. Lena folgte ihr zu der Bank auf der großen Wiese, auf der sie heute Mittag noch gesessen hatte. Nuknuk kletterte auf die Rückenlehne; Lena setzte sich neben sie. Über ihnen thronte der Mond am Himmel.

„Was willst du mir zeigen?“, fragte Lena außer Atem.

„Da.“ Das Hörnchen deutete auf die Bäume gegenüber der Bank, die die Wiese in einem Halbkreis umstanden.

„Die Bäume?“

„Der große Baum da in der Mitte, der mit den dicken Ästen, die bis zur Wiese runterreichen. Der große Baum da, siehst du ihn? Das ist der Alte Walnussbaum, Walnussbaum.“

„Der Alte Walnussbaum?“

Nuknuk nickte. Lena betrachtete den riesigen Baum. Aus der Sicht eines Eichhörnchens war seine Höhe unermesslich, er schien bis in den Himmel zu ragen. Wie ein alter König stand er am Rand der Wiese, auf der Lena so oft gesessen hatte, knorrig ruhte er gebeugt in seiner Kraft.

„Was ist mit diesem Baum?“

„Er ist uralt. Zu diesem Baum gehören wir.“

„Was heißt das?“

„Ich gehöre zum Stamm des Alten Walnussbaums. Dieser Baum ist unser Stammbaum. Wir passen auf ihn auf.“

„Warum muss man auf einen Baum aufpassen?“

„Er ist der Frühlingsbote. Wenn der Frühling kommt, weckt er die anderen Bäume. Er sagt den Pflanzen, dass es Zeit zum Wachsen ist. Er sagt den Bienen, dass es Zeit zum Fliegen ist. Er sagt den Blumen, dass es Zeit zum Blühen ist. Seine Wurzeln reichen weit. Ohne den Alten Walnussbaum … ohne diesen uralten Baum bliebe es vielleicht für immer Winter, Winter. Deshalb kümmern wir uns um ihn. Und vergraben seine Nüsse.“

„Ich dachte, Eichhörnchen vergraben Nüsse als Vorrat für den Winter. Damit ihr zu essen habt, wenn es kalt ist.“

Nuknuk kicherte. „Ihr Menschen habt lustige Ideen. Ihr denkt, der Frühling kommt von alleine. Ihr wisst nichts von den Frostkriegen, oder?“

„Frostkriege?“

Nuknuk nickte. „Was ist deine liebste Jahreszeit, Lena?“

Lena dachte nach. „Ich weiß nicht … Ich mag den Sommer, wenn man ohne Jacke rausgehen kann. Aber auch den Herbst mit den bunten Blättern. Und ich mag den Winter. Wenn es draußen kalt ist und drinnen gemütlich warm. Vielleicht hab ich den Frühling am liebsten. Wenn alles wieder grün wird und die Kirschbäume blühen.“

Nuknuk kicherte. „Also magst du alle Jahreszeiten. Wie würde es dir gefallen, wenn für immer Winter wäre? Wenn alles erfriert und nie wieder eine Blume wächst? Wenn die Bäume keine neuen Blätter bekommen und die Äste kahl und tot in den grauen Himmel zeigen? Möchtest du das?“

Lena lief ein Schauer über den Rücken. „Nein … nein, das will ich auf keinen Fall. Das wäre ja schrecklich."

„Deshalb vergraben wir die Nüsse überall. In ihnen steckt die Kraft des Frühlings. Ohne ihre Kraft könnte der Frühling nicht wiederkommen."

„Wirklich?"

Nuknuk lächelte. „Menschen denken, das geht alles von alleine. Ihr habt keine Ahnung! Wir, die Hörnchen, sind es, die jedes Jahr die Welt vor dem Frost retten. Jedes Jahr versucht der Frost, die Welt zu beherrschen. Er will, dass für immer Winter ist. Dass es keinen Frühling mehr gibt, keinen Sommer, keinen Herbst. Nur Winter. Ewigen Winter. Und wir, wir vergraben die Nüsse überall und ziehen in den Krieg gegen den Frost und seine Diener, Diener."

„Er hat Diener?"

Nuknuks Nase zitterte. „Der Frost weiß, was wir tun. Deshalb schickt er seine Diener, um uns aufzuhalten. Die Unwesen. Frostriesen. Und jedes Jahr sucht er neue Verbündete. Eulen. Krähen. Der Frost hat viele Verbündete."

„Auch Marder?"

„Marder kämpfen nur für sich selbst. Die stehen auf keiner Seite. Genau wie Katzen. Jedes Jahr schlagen wir Schlachten gegen den Frost und seine Diener, damit es wieder Frühling wird. Und wenn am Ende des Winters die ersten Blumen ihre Knospen öffnen – die Schneeglöckchen, die Winterlinge –, dann wissen wir, dass wir gewonnen haben. Dass es endlich wieder Frühling wird. Frühling, Lena."

Lena schaute das kleine Hörnchen staunend an. „Ihr seid Helden", sagte sie. „Jedes Jahr rettet ihr die Welt. Und die Menschen denken, ihr seid nichts als niedliche kleine Tiere, die gerne Nüsse verstecken."

Nuknuk kicherte und nickte. „Macht nichts. Die meisten Hörnchen denken, Menschen rennen nur von einem Ort zum anderen und starren auf leuchtende Bilder. Es ist schwer, einander zu verstehen. Aber jetzt weißt du, warum ich dir den Alten Walnussbaum zeigen wollte. Es wird gleich hell, dann wirst du wieder Mensch. Komm, ich bring dich nach Hause!“

Nuknuk sprang von der Bank. Lena blieb kurz sitzen, um ihre Gedanken zu sortieren. Dann setzte sie Nuknuk nach.

Als sie den Baum vor Lenas Fenster hinaufkletterten, wurde es tatsächlich schon Morgen, und die ersten Vögel sangen.

„Es war schön, dich kennenzulernen“, sagte Lena und streckte dem Hörnchen die Pfote zum Abschied hin. Nuknuk fiel ihr um den Hals und drückte sie so fest, dass Lena die Luft wegblieb. Als sie die Umarmung wieder löste, strahlte Nuknuk bis zu den Barthaaren, ihre Augen glänzten. „Wir sehen uns beim nächsten Vollmond, Lena. Ich hole dich ab, ab.“

Lena lächelte und nickte. Sie drehte sich um und wagte den weiten Sprung auf den Fenstersims, als hätte sie nie etwas anderes gemacht. Sie hatte heute Nacht schon viel weitere Sprünge hingelegt als diesen. Sie kletterte durchs Fenster zurück ins Kinderzimmer. Auf dem viel zu großen Kopfkissen rollte sie sich zusammen und schlief sofort ein.

Ein Eichhörnchen zu sein war schrecklich anstrengend.

Kapitel 3: Shriek

„Lena! Du musst aufwachen! Du hast verschlafen!“

Lena öffnete angestrengt die Augen. Ihre Mutter stand in der Tür und schaltete das Licht ein. „Du musst wach werden, Lena. Ich wecke dich schon zum dritten Mal. Du kommst zu spät zur Schule.“ Sie schmunzelte. „Und du liegst falschrum im Bett. Komm runter zum Frühstücken, ja?“

Als Lenas Mutter die Treppe hinunterging, rollte sich Lena noch einmal zusammen. Sie war todmüde. Bild für Bild kam die Erinnerung an alles, was passiert war: Die Verwandlung. Nuknuk. Werhörnchen. Der Sprung vom Fenster in den Baum. Das Nussknacken, das Klettern, das Springen. Der Alte Walnussbaum. Die Frostkriege. Die Unwesen. Frostriesen. Eichhörnchen retten die Welt, jedes Jahr wieder. Lena schlug die Augen auf. Hatte sie geträumt? Sowas gab es nicht in Wirklichkeit. Oder?

Sie hielt die Hand hoch, um den Biss anzusehen; die Wunde war verschwunden – und ihre Finger waren schmutzig, voller Erde! Die Füße auch! Und sie lag ohne Schlafanzug im Bett!

Sie schlich ins Bad, um Hände und Füße zu waschen. Sie enthedderte ihre kastanienbraunen Locken und bürstete die Knoten aus.

„Du hast ganz dunkle Augenringe“, meinte ihre Mutter am Frühstückstisch. „Hast du schlecht geschlafen?“

Lena schüttelte den Kopf. „Ich habe Abenteuer erlebt“, erklärte sie. „Die ganze Nacht bin ich durch Bäume geklettert.“

„Wilde Träume können einen auch erschöpfen“, erklärte ihr Vater. Er stand vom Frühstückstisch auf, trank den letzten Schluck Kaffee im Stehen aus. „Wenn du schnell machst, kann ich dich zur Schule bringen."

„Okay, ich beeile mich. Papa? Wann ist eigentlich der nächste Vollmond?"

„Vollmond? Heute Nacht hatten wir Vollmond. Vielleicht hast du deshalb so schlecht geschlafen. Bis zum nächsten Vollmond dauert es vier Wochen."

„Vier Wochen? Das ist aber lange."

Ihr Vater nickte. „Vollmond ist einmal im Monat. Zwölfmal im Jahr."

Der Schultag begann wie immer, außer dass Lena müder war als sonst und statt aufzupassen darüber nachdachte, was sie in der Nacht erlebt hatte. In den Pausen bemühte sie sich, nicht zu einsam auszusehen, obwohl sie nicht wusste, mit wem sie reden sollte. Auf dem Weg von der Toilette kam sie an einer Gruppe Jungen und Mädchen vorbei, die verschwörerisch beieinanderstanden. Nur ihre Rücken waren zu sehen. Ein Mädchen löste sich gerade von der Gruppe und sagte im Weggehen angeekelt: „Iiiiiih, das ist einfach zu krass ..."

„Was denn?", fragte Lena.

„Andy reißt einer Spinne die Beine aus. Eins nach dem anderen ..."

Andy Linden war einer der größten Jungs in Lenas Jahrgang. Man hätte ihn gut für ein oder zwei Jahre älter halten können als seine Mitschüler. Vielleicht war er das auch. Lena drängelte sich zwischen den Schultern der Zuschauer hindurch. Tatsächlich sahen alle fasziniert und angeekelt dabei zu, wie Andy dem armen Tier die Glieder ausriss. Er hielt den Spinnenkörper mit der einen Hand, mit der anderen griff er gerade ein weiteres Bein.

Lena dachte nicht lange nach.

„Aufhören!"

Es wurde ganz still. Alle sahen sie an. „Was willst du denn?", fragte Andy spöttisch, die Spinne noch immer in der Hand.

„Hör auf, das arme Tier zu quälen. Es hat dir nichts getan!"

Ein Mädchen drehte sich zu Lena und flüsterte: „Leg dich besser nicht mit ihm an."

Andys eisblaue Augen funkelten. Er tat zwei Schritte auf sie zu. Sie musste zu ihm hochschauen, denn er war mehr als einen Kopf größer als sie.

„Sieh an, sieh an", sagte er mehr zu seinem Publikum als zu ihr, „die Neue liebt Spinnen." Ein paar der Umstehenden kicherten.

„Wenn du sie so sehr liebst ... warum kuschelst du dann nicht mit ihr?" Mit diesen Worten schleuderte Andy die verletzte Spinne in Lenas Haar. Lena kreischte; tatsächlich mochte sie Spinnen nicht besonders. Irgendwo krabbelte jetzt ein Spinnentier mit fünf Beinen durch ihre Locken! Andy äffte ihren Schrei nach, und die anderen Kinder lachten sie aus. Es klingelte zum Pausenende. Andy ging an ihr vorbei und rempelte sie an. Lena lief den Flur entlang, ganz schnell um die nächste Ecke, bevor jemand merkte, dass sie weinen musste. Sie fuhr mit den Fingern durch die Locken, fand die Spinne aber nicht.

Ein Junge trat zu ihr und wollte sie ansprechen, aber Lena fuhr ihn an „Hau ab!", bevor er etwas sagen konnte.

„Sorry", sagte er kleinlaut und schaute zu Boden. Er war ein schmächtiger, blasser Junge, dessen Namen Lena nicht kannte. „Ich wollte dir nur sagen: Spinnen häuten sich. Falls ... falls sie dir leidtut. Sie häuten sich regelmäßig und die fehlenden Beine werden dann ersetzt. Es ist deshalb vielleicht nicht ganz so schlimm ... Also, was Andy gemacht hat, ist schon schlimm, aber ... für die Spinne vielleicht nicht gar so schlimm. Ich weiß nicht, ob es ihr weh tut, aber ... Es war sehr mutig, was du gemacht hast. Das ist alles."

Und damit ging er weiter. Lena zog die Nase hoch und wischte sich mit dem Ärmel die Tränen aus den Augen.

Die Suche nach der Spinne gab sie schließlich auf. Erst eine Stunde später, in Mrs Mullans Biologieunterricht, fiel das Tier plötzlich aus ihren Haaren und landete vor ihr auf dem Tisch. Es humpelte auf seinen fünf Beinen davon.

Nach der Schule kaufte Lena Nüsse und ging in den

Park. Eichhörnchen rannten über die Wiese zwischen den Bäumen hin und her. Lena erkannte Nuknuk, das orangerote Hörnchen mit der weißen Nase. Und Nuknuk schien Lena zu erkennen – sie hoppelte auf sie zu und sprang mit einem Satz zu ihr auf die Bank. „Nuknuk! Du erkennst mich wieder! Ich dachte schon, ich hätte alles nur geträumt."

Nuknuk schaute mit ihren schwarzen Knopfaugen zu ihr auf und gab ein paar kleine Eichhörnchengeräusche von sich.

„Ich kann dich nicht verstehen", erklärte Lena niedergeschlagen. „Ich kann dich wohl nur verstehen, wenn ich ein Eichhörnchen bin."

Das Eichhörnchen kletterte auf Lenas Schulter. Lena musste lachen.

Am nächsten Morgen wurde Lena in der Schule mit ihrem neuen Spitznamen konfrontiert: „Shriek", was auf Deutsch so viel wie „Kreischie" heißt. Offenbar fanden Andy Linden und die Schaulustigen den Schrei, als Andy ihr die Spinne ins Haar geworfen hatte, so lustig, dass sie Lena jetzt bei jeder sich bietenden Gelegenheit diesen Namen aufdrückten, um sie damit aufzuziehen. Wenn sie sich meldete, sagte irgendjemand „Shriek zeigt auf", wenn sie von einem Lehrer gelobt wurde, hörte man sicher eine Stimme leise „Fein gemacht, Shriek" sagen, und wenn sie im Sport mal wieder als letzte in eine Mannschaft gewählt wurde, spottete irgendwer „Haha, ihr müsst Shriek nehmen". Bisher hatte sie sich in der Schule gefühlt wie eine Unsichtbare – niemand hatte wirklich Notiz von ihr genommen. Das hatte sich jetzt geändert. Bald konnte Lena nichts mehr tun, ohne dass es von irgendwem kommentiert wurde. Das machte es nicht gerade angenehmer, in die Schule zu gehen.

Kapitel 4: Blütenmond

Vier Wochen sind wirklich eine lange Zeit. Besonders, wenn man ein Geheimnis hüten muss. Lena traute sich nicht, mit irgendjemandem darüber zu reden, was in der Vollmondnacht passiert war. Jeder würde sie für verrückt halten. Erst recht, wo sie in der neuen Schule noch niemanden richtig kannte – das erste, was sie zu jemandem sagen würde, sollte besser nicht etwas sein wie: „Glaubst du, dass es Menschen gibt, die sich bei Vollmond in Eichhörnchen verwandeln." Oder?

Je länger die Vollmondnacht zurücklag, umso mehr fragte sie sich, ob sie das wirklich alles erlebt hatte. Oder ob es doch ein Traum gewesen war? Aber ihre schmutzigen Hände und Füße ... oder hatte sie das am Ende auch nur geträumt? Und dass Nuknuk so zutraulich zu ihr auf die Bank kam ... Das war auch kein Beweis. Vielleicht hatte sich das Tier einfach an sie gewöhnt, weil sie so oft im Park war.

Jeden Tag ging Lena durch den Park nach Hause, beobachtete die Eichhörnchen und brachte Nüsse aus Mrs Collins' Laden mit. Seit dieser abenteuerlichen Nacht sah Lena die kleinen Tiere mit neuen Augen. Sie erkannte eine Ernsthaftigkeit in ihrem Verhalten, die ihr zuvor nie aufgefallen war. Fast täglich begegnete sie im Park der weißhaarigen Frau, die ihr angeboten hatte, sie zu verarzten, nachdem Nuknuk sie gebissen hatte. Sie begannen einander zu grüßen. Auf der großen Wiese im Park wuchsen Pusteblumen und Gänseblümchen, im Garten hinter Lenas Haus öffneten sich Blumen, deren Namen sie nicht kannte. Die Luft war warm und duftig. Bienen summten von Blüte zu Blüte, und am Alten Walnussbaum sprossen lange grüne Blütenkätzchen.

Die Wochen schlichen dahin. Mama und Papa gerieten zu Hause aneinander, in der Schule rückten die Klassenarbeiten näher, Lena musste viel am Schreibtisch sitzen und lernen. Sie ging jetzt nur noch jeden zweiten Tag in den Park, bald jeden dritten.

Als die nächste Vollmondnacht endlich bevorstand, glaubte Lena fast nicht mehr daran, dass sie sich verwandeln würde. Trotzdem ging sie früh zu Bett und ließ ihr Fenster einen Spalt geöffnet. Sie lag lange wach – zu aufgeregt, um einzuschlafen.

Als sie endlich müde wurde, hörte sie von unten ihre Eltern streiten. Sie verstand die Wörter nicht, aber ihre Stimmen wurden lauter. Lena wickelte sich das Kopfkissen um die Ohren. Sie wollte nichts mehr davon hören. Ihre Eltern mussten denken, sie bekäme von dem vielen Streit nichts mit. Wenn Lena dabei war, taten sie, als würden sie sich immer noch so gut verstehen wie früher. Lena wusste es besser. Wie sollte das enden? Zu Hause, in Deutschland, hatte sie eine Freundin, deren Eltern sich getrennt hatten. Jetzt wohnte sie mal bei ihrem Papa und mal bei ihrer Mama. Lena weinte ein bisschen bis sie einschlief.

Ihr Herz schlug schnell, als sie aufwachte. Sie riss die Augen weit auf und sah die Zimmerdecke über sich. Sie traute sich nicht, auf ihre Hände zu schauen. Hände oder Pfoten? Dies war der Moment, in dem sie herausfinden würde, ob sie sich verwandelt hatte oder nicht. Sie schluckte.

„Wach endlich auf, du Schlafnase, Schlafnase."

Nur eine Handbreit von Lenas Nasenspitze lächelte Nuknuks aufgeregtes Gesicht ihr entgegen. „Los, Lena, wir kommen noch zu spät!"

Nuknuk hüpfte auf Lenas Schreibtisch, kletterte den Fensterrahmen hinauf und verschwand nach draußen. Lena stand auf und blickte an sich hinab. Eichhörnchenpfoten, Eichhörnchenfüße, Eichhörnchenschwanz – alles da! Sie quietschte vor Freude einen Laut, den nur Eichhörnchen machen können. Schnell hüpfte sie über das Bett und kletterte aus dem Fenster, Nuknuk auf den Fersen. Das Hörnchen sprang mit einem weiten Satz in den Baum vor

Lenas Fenster, rannte kopfüber den Baumstamm hinunter, hoppelte über den Rasen bis ans Ende des Gartens und verschwand über den Zaun im Dunkel des Parks. Lena setzte Nuknuk nach, so schnell sie konnte. Oben auf dem Zaunpfosten angekommen, blieb sie hocken und spähte nach ihrer Freundin. Die kam aufgeregt aus der Dunkelheit zurückgelaufen.

„Komm schon! Wir werden noch das Fest verpassen!"

„Fest?", fragte Lena und kletterte den Zaunpfahl hinab.

Nuknuk schaute sie mit großen Augen an. Bei Eichhörnchen erkennt man nicht, wenn sie blass werden – sie tragen ja Fell – aber Lena hätte schwören können, dass Nuknuk kreideweiß im Gesicht wurde.

„Haben Menschen keine Feste?", fragte sie erschüttert.

„Doch, klar, wir feiern auch. Aber nicht heute. Was ist denn für ein Fest?"

„Blütenfest!"

„Blütenfest?"

„Ja, wir feiern das Blütenfest unter dem Blütenmond. Heute beginnt das neue Jahr, Lena!" Nuknuk strahlte.

„Ein neues Jahr? Jetzt? Im Frühling?"

Nuknuk nickte. „Wenn es warm wird. Wenn die Pflanzen wachsen und die Blüten sich öffnen. Wenn die Schmetterlinge und die Bienen kommen. Wenn der Winter vorbei ist und der Frühling kommt, dann beginnt das neue Jahr. Ist das bei euch anders?"

Lena nickte. „Wir feiern Neujahr im Winter."

„Wenn der Winter vorbei ist?"

„Nein … in der Mitte des Winters."

Nuknuk runzelte die Stirn. „Dann ist vorher Winter und danach auch Winter? Warum sollte da das neue Jahr beginnen?"

Gute Frage, dachte Lena.

„Komm!", rief Nuknuk. Sie rannte auf die große Wiese zu.

„Wow", staunte Lena.

Nuknuk kicherte. „Ja, oder?"

Auf der Wiese im Merlin Woods Park, auf der Lena nie mehr als drei, vier oder fünf Eichhörnchen gesehen hatte, hockten, standen und hoppelten jetzt mehrere Dutzend Tiere. Der Alte Walnussbaum thronte zwischen den anderen Bäumen, reich geschmückt mit geflochtenen Ranken, Federn und bunten Papierfetzen. In seinen Zweigen blitzten Glühwürmchen auf. Über den ausladenden Ästen hing der Mond am Himmel und spendete Licht. Die Eichhörnchen saßen erwartungsvoll da, dem alten Baum zugewandt. Sie trugen Kränze aus Blumen und geflochtenen grünen Halmen um die Stirn. Über allem lag der Nachtgesang der Grillen.

„Heute kannst du alle kennenlernen", strahlte Nuknuk, als sie zu den Feiernden gingen. „Sonst schlafen sie ja nachts in ihren Kobeln. Aber nicht bei den Mondfesten, Mondfesten!" Sie nahm Lenas Pfote und zog sie weiter. „Der Hüter tritt gleich auf!"

„Wer ist der Hüter?"

„Der Hüter? Er lebt im Alten Walnussbaum. Er sagt uns, ob es dem Baum gut geht. Er zählt für uns die Monde und erinnert uns an die Feste. Er ist uralt, und er kennt die Geheimnisse von Sonne und Mond."

„Wie alt?"

„Ich weiß nicht, bestimmt neun oder zehn oder noch älter."

„Das nennst du uralt? Ich werde bald zwölf. Und ich bin noch nicht erwachsen."

Nuknuk sah sie mit großen Augen an. „Zwölf? Du bist das älteste Hörnchen, von dem ich je gehört habe, habe."

„Ich bin ja auch kein Hörnchen. Wie alt bist du?"

„Ich werde bald zwei." Nuknuk klang stolz.

„VOGEL!", schrie plötzlich jemand, dann echote der Ruf über die ganze Wiese. „VOGEL!" – „VOGEL!" – „VOGEL!". Lena entdeckte ihn in der Luft: Gegen den schwarzen Himmel zeichneten sich undeutlich Flügel ab.

„Schon gut", brüllte eine raue Stimme. „Macht euch nicht

ins Fell. Das ist Robin, das Rotkehlchen."

Die tiefe Stimme gehörte einem alten Eichhorn mit breiten Schultern; er stand nahe beim Stamm des Alten Walnussbaums. Sein Fell war braun, durchsetzt mit weißen Haaren. Er trug eine Augenklappe aus Borke und stand auf einen groben Knüppel gestützt. Der Vogel landete neben ihm auf einem flachen Stein. Das alte Eichhorn streckte die Pfote aus und klopfte dem Vogel auf die Federn. Das Rotkehlchen tschirpte etwas in sein Ohr.

„Was war denn das für ein Alarm wegen des kleinen Vogels?", fragte Lena.

„Alle Eichhörnchen haben Angst vor Krähen", erklärte Nuknuk. „Wenn Krähen gegen Eichhörnchen kämpfen, versuchen sie, uns die Augen auszuhacken", flüsterte sie. Lena verzog angewidert das Gesicht. „Das ist ihre Spezialität. Deshalb trägt Bockshorn die Augenklappe." Sie zeigte auf das alte Eichhorn, das bei dem Vogel stand.

Es wurde still über der Wiese. Die Eichhörnchen, die vorher noch wild durcheinander geplappert hatten, verstummten. „Es ist so weit", flüsterte Nuknuk. „Der Hüter kommt!" Sie nahm Lenas Pfote.

Auf einem hervorstehenden, knorrigen Ast des Alten Walnussbaums erschien ein hageres, hochgewachsenes Eichhorn. Es trug einen Umhang aus Blättern um die Schultern. An seinem Kopf sah Lena etwas, das sie noch nie an einem Eichhörnchen gesehen hatte: Aus seiner Stirn schien ein Geweih zu wachsen, wie bei einem Hirsch. Oder waren das bloß Zweige, die in einem Stirnband steckten? Lena konnte es auf die Entfernung nicht erkennen. Der Hüter breitete die Arme aus und wartete, bis auch das letzte Hörnchen verstummt war.

„Ihr seid alle hier", sprach er von dem Ast herunter. Seine Stimme trug bis an den Rand der Wiese. „Ich begrüße alle Eichhörnchen vom Stamm des Alten Walnussbaums und alle Besucher der anderen Stämme, die heute auf unsere Wiese gekommen sind, um mit uns unter dem Blütenmond das Blütenfest zu feiern. Heute beginnt ein neues

Jahr!“ Die Eichhörnchen auf der Wiese jubelten; als der Hüter die Pfoten hob, verebbten die Rufe wieder.

„Die Macht des Winters währte lang. Doch über die vergangenen Monde hat der Frühling an Kraft gewonnen, und heute werden wir die letzten Spuren des Frosts endgültig vertreiben! Die kommenden Monde gehören dem Sommer, der Sonne und den Blüten!“

Wieder jubilierten die Hörnchen auf der Wiese.

„Ich stehe auf einem Ast des Alten Walnussbaums. Seit ich Hüter bin, lebe ich in diesem Baum wie alle Hüterinnen und Hüter, die vor mir kamen. Ich habe ihn vom Wipfel bis zur Wurzel in Augenschein genommen. Unser Alter Walnussbaum, an dem all unsere Hoffnungen hängen ...“ Er machte eine lange Pause. Die Hörnchen lauschten gespannt. Lena hielt die Luft an. „... ist kerngesund!“

Jubel brach auf der Wiese aus. „Er trägt die grünen und die weißen Blüten! Feiern wir den Blütenmond!“, rief der Hüter in den Jubel.

„Wartet, wartet!“ Bockshorn, das alte, breitschultrige Eichhorn, brüllte über die jubelnden Stimmen hinweg. Er kletterte den Stamm des alten Baums hinauf und blieb auf einem Ast nahe beim Hüter stehen. „Freut euch nicht zu früh“, dröhnte er über die Menge. „Ich habe schlechte Nachrichten.“

„Muss das denn heute sein?“, rief ein Eichhörnchen von der Wiese zu ihm hinauf. Andere Eichhörnchen kicherten.

Bockshorn winkte ab. „Ja ja, der alte Bockshorn verdirbt euch mal wieder die Laune. Ich weiß. Aber Robin hier“, er deutete mit dem Knüppel auf das Rotkehlchen, „erzählte mir gerade, dass die Elstern auf der Seite der Frostriesen kämpfen wollen, wenn der Winter kommt.“

Das Kichern verstummte. Alle verstummten.

„Ich habe schon einmal gegen sie gekämpft“, erklärte Bockshorn. „Damals hat uns Blut'ger Hauer in den Kampf geführt. Der Sieg war knapp und teuer erkauft. Viele tapfere Eichhörnchen haben damals ihr Leben gegeben, um den ewigen Winter zu verhindern. Also ... tanzt ruhig heute

Abend und futtert, bis ihr umfallt. Aber vergesst nicht, dass wir uns auf einen Krieg vorbereiten müssen."

Gemurmel breitete sich aus. „Wir haben doch immer noch Löwenzahn! Er ist der beste Anführer, den wir je hatten!", rief jemand aus der Menge.

„Ja! Löwenzahn! Sag etwas!"

Ein paar Eichhörnchen nahe beim Baumstamm drängten ein Hörnchen aus ihrer Mitte dazu, auf den Baum zu steigen.

„Das sind die Hörnchen vom Kriegsrat", flüsterte Nuknuk. „Der große da, der jetzt hochklettert, das ist Löwenzahn. Das schöne Hörnchen neben ihm mit dem grauen Fell und den roten Pfoten, das ist Augenstern, seine Frau, die Anführerin der Schützen. Die Kleine mit dem schwarzen Fell, mit den beiden Dolchen, das ist Weidenkätzchen. Sie führt die Späher an. Der Große mit den breiten Schultern heißt Fuchsfell, der Anführer der Wächter. Der alte Bockshorn gehört auch zum Kriegsrat."

Löwenzahn war hochgewachsen, mit klarem Blick, langen Pinseln an den Ohren und weißen, spitzen Zähnen. Er trug einen Lederriemen als Gürtel, wie das Schwert eines Ritters steckte ein langer Nagel darunter. Er stellte sich neben Bockshorn.

„Ich bin gerne euer Anführer", rief er in die Menge. „Ob ich der beste bin, weiß ich nicht. Ich habe nie mit Blut'ger Hauer gekämpft. Das war vor meiner Zeit. Ich kenne nur die Geschichten, die kennt ihr alle. Schon als ich klein war, liebte ich die Erzählungen über seinen Kampf gegen die Elstern. Ich konnte sie nicht oft genug hören. Wir haben sie einmal geschlagen. Wir werden sie wieder schlagen!"

„Du bist ein guter Anführer", brummte Bockshorn. „Aber Blut'ger Hauer war aus einem anderen Holz genagt."

„Das kann schon sein. Aber eines weiß ich", erklärte Löwenzahn. „Es gibt kein Jahr, in dem wir den Frostkrieg verloren haben! In jedem Frühling brechen die Knospen auf, das war immer so, und es wird auch so weitergehen, solange es Hörnchen wie uns gibt, die diesen Kampf führen.

Denn wir werden den Frost nicht gewinnen lassen!“ Viele Hörnchen jubelten. „Ja, er hat jedes Jahr neue Verbündete. Wir wissen nicht, was er ihnen verspricht. Aber das wird uns nicht davon abhalten, unsere Waffen dem Frühling zu widmen und im Kampf gegen den Frost alles zu geben, was wir haben. Ich weiß nicht, ob wir gewinnen werden. Aber ich weiß, dass wir nicht verlieren dürfen. Bockshorn, wir werden uns vorbereiten, und wir werden kämpfen. Aber heute ist nicht der Tag des Kriegsrats. Heute ist der Tag des Blütenfests. Also feiern wir, liebe Freunde, solange wir feiern können. Der Herbst kommt früh genug.“

Stimmen aus der Menge riefen Löwenzahns Namen. Bockshorn nickte, als müsste er dem Beginn der Feier erst zustimmen. Dann fing irgendwo jemand an zu trommeln, und bald plapperten wieder alle Hörnchen durcheinander. Nüsse, Eicheln und Pilze wurden herumgereicht, Flötenmusik und Gesang gesellten sich zu den Trommelschlägen.

„Das klang ganz schön ernst“, meinte Lena.

Nuknuk nickte. „Komm, ich will dich dem Hüter vorstellen, bevor er verschwindet.“

„Dem Hüter?“

Nuknuk nahm ihre Pfote und hoppelte los zum Baumstamm des Alten Walnussbaums. Im Vorbeieilen setzte jemand Lena einen Blumenkranz auf den Kopf. Während die meisten Eichhörnchen auf der Wiese tanzten, trommelten und Flöte spielten, waren hier am Baumstamm einige von ihnen in ernste Gespräche vertieft. Auf einem flachen Stein stand der Hüter, die Kapuze seines Mantels über den Kopf gezogen. Unter dem Rand der Kapuze ragte das Geweih hervor. Der breitschultrige Fuchsfell stand neben dem Hüter wie ein Leibwächter. Nuknuk und Lena stellten sich in die Schlange derer, die auf ein Gespräch mit dem Hüter warteten. Nuknuk tanzte vor Aufregung von einem Bein auf das andere. Ihre Aufregung färbte auf Lena ab.

Es war Löwenzahn, der vor ihnen an der Reihe war; das Eichhörnchen, das gerade noch die kämpferische Ansprache gehalten hatte. Lena konnte nicht verstehen, was er mit dem Hüter besprach, aber die Unterredung endete damit, dass der Hüter eine Pfote auf seine Schulter legte und sie einander lange und ernst ansahen. Löwenzahn nickte und kletterte von dem Stein herunter; jetzt waren Lena und Nuknuk an der Reihe. Lena rückte den Blumenkranz auf ihrer Stirn zurecht.

„Ah, Mondkind Naseweiß", begrüßte sie der Hüter. Nuknuk lächelte. „Hüter, ich will Euch Lena vorstellen."

„Lena", wiederholte der Hüter. Er streckte ihr eine Pfote entgegen; Lena legte ihre in seine. Die goldbraunen Augen des Hüters blickten tief in Lena hinein. „Das klingt nach einem Menschennamen."

Nuknuk kicherte. „Ja, ich hab sie gebissen. Lena ist ein ganz frisches Werhörnchen. Sie ist zum ersten Mal bei einem unserer Feste, Feste."

„Wie schön", entgegnete das hagere Hörnchen. „Ich bin sicher, dass es dir hier gefallen wird. Du kommst zur rechten Zeit – das Blütenfest ist die fröhlichste unserer Feiern, denn jetzt ist der Sommer stark und der Winter wurde besiegt. Du wirst einen neuen Namen brauchen, Lena, einen Eichhörnchennamen. Wie nennen dich deine Freunde?"

„Ich ..." Lena sah zu Boden. „Im Moment habe ich eigentlich gar keine Freunde."

„Keine Freunde?" Nuknuk schaute sie mit großen Augen an.

Der Hüter lächelte. „Keine Sorge, das wird sich schnell ändern, wenn du bei uns bist."

„Weißt du noch, als ich dich gebissen habe?", fragte Nuknuk. „Wie das Blut von deiner Hand ins Gras getropft ist? Dein Fell hat genau die gleiche Farbe. Wir könnten dich Blutpelz nennen. Blutpelz."

„Blutpelz", wiederholte Lena, um den Namen anzuprobieren wie eine neue Jacke.

Nuknuk strahlte. „Gefällt dir dein neuer Name, Name?"

Lena überlegte noch. Dann nickte sie. „Ich glaube schon."

Der Hüter nickte. „So soll es sein. Blutpelz, das Hörnchen mit dem blutroten Fell." Er legte eine Pfote auf Lenas

Schulter. „Die Eichhörnchen vom Stamm des Alten Walnussbaums freuen sich, dass du von nun an zu uns gehörst. Du wirst deine Aufgabe in den Frostkriegen finden – und jeder weiß, dass Werhörnchen Glück bringen."

„Ich weiß nicht, ob ich für eine Aufgabe im Krieg gemacht bin, ehrlich gesagt."

Der Hüter nickte. „Niemand ist für den Krieg gemacht."

Er wandte sich um und erklomm mit ein paar schnellen Sätzen den Baumstamm. Er gab einem Hörnchen in den Ästen ein Zeichen, und es blies auf einem Grashalm zwischen den Pfoten einen lauten Trompetenton. Das Trommeln auf der Wiese verstummte. Der Hüter breitete die Arme aus.

„Bevor die Feier ihren Höhepunkt erreicht, begrüße ich ein neues Werhörnchen in unserer Mitte: Blutpelz, das Hörnchen mit dem blutroten Fell."

Lena konnte nicht glauben, dass sie plötzlich im Mittelpunkt der Aufmerksamkeit stand. „Das ist sie! Hier, hier bei mir!", rief Nuknuk zu allem Überfluss und wedelte mit den Armen. Lena lächelte angestrengt.

„Willkommen, Blutpelz", riefen die Hörnchen mehr durcheinander als im Chor.

„Ja, willkommen, Blutpelz", wiederholte der Hüter und sah Lena von seinem Ast aus noch einmal direkt in die Augen. Lenas Herz klopfte schneller.

„Das hat doch gut geklappt", strahlte Nuknuk und drückte sie.

„Warum hat er dich Mondkind Naseweis genannt?"

„Naseweiß, das ist mein Name."

„Weil du vorlaut bist?"

„Nein – wegen meiner weißen Nase, Nase." Nuknuk stupste die Pfote an ihre Nase und schielte ein bisschen dabei.

„Ich dachte, du heißt Nuknuk, Nuknuk."

„Das ist nur mein Spitzname. Das habe ich wohl als Baby statt Nuss gesagt. Nuknuk, mein Babywort für Nuss. Das finden viele lustig, weil sie meinen, ich sage bis heute ganz viel doppelt, wenn ich aufgeregt bin. Wobei das natürlich Quatsch ist. Quatsch ist."

Lena schürzte die Lippen. „Und Mondkind?"

„Weil ich ein Mondkind bin. Ich wurde unter einem Vollmond geboren." Sie lehnte sich näher zu Lena. „Nur der Biss eines Mondkinds kann Werhörnchen machen."

„Hallo, ich bin Mausezahn." Plötzlich schob sich ein fremdes Hörnchen zwischen Lena und Nuknuk. „Darf ich dich einmal knuddeln, Blutpelz? Das soll ja Glück bringen, weißt du?"

Lena ließ sich in die Arme nehmen, und Mausezahn sollte nicht der Einzige bleiben, der auf diese Idee kam. Es kamen Hörnchen, die Lena umarmen wollten, ihr die Pfote schütteln, die ihr etwas zu trinken oder zu essen brachten. Lena – oder besser Blutpelz – und Nuknuk drifteten durch die Menge wie ein Korken auf wildem Gewässer.

Kapitel 5: Unter dem Dornbaum

Nuknuk zeigte Lena, wie Hörnchen feiern, wie sie zum Klang von Holunderflöten und Nusstrommeln tanzen und springen. Sie feierten die ganze Nacht, und Lena lernte so viele neue Namen und Gesichter kennen, dass sie mehr als die Hälfte bald wieder vergessen hatte. Dabei aß sie Pinienkerne und Heidelbeeren, Walnusskerne und Zirbelnüsse. Nur als ein aufgebrochenes Vogelei zum Trinken herumgereicht wurde, lehnte sie dankend ab.

Sie unterhielt sich gerade mit einem Freund von Nuknuk, als sie abseits der Feiernden den Umriss eines Menschen wahrnahm, der hinter einem Baum auftauchte. Sie entschuldigte sich bei Nuknuk und ihrem Freund und bewegte sich von den Feiernden fort, um in die Dunkelheit zu spähen. Da, hinter dem Stamm einer aufrechten Buche, stand jemand, den Lena erkannte. Es war die alte Frau aus dem Park, die Lena das Pflaster angeboten hatte. Der Mond ließ ihr langes weißes Haar aufleuchten und schien auf den weit fallenden Rock. Lena hoppelte auf sie zu, doch in dem Moment wandte sie sich um und verschwand in der Dunkelheit. Lena machte kehrt.

Auf dem Weg zurück zur Feier fiel ihr etwas Merkwürdiges auf: Hinter einem kleinen Dickicht lauerte ein Eichhörnchen, das offenbar die Feier im Blick hatte. Lena schlüpfte selbst hinter einen Busch, um den Beobachter zu beobachten.

Sein Fell war grau, und es war größer als alle anderen Hörnchen, die Lena bislang gesehen hatte. Sein Hals war kurz, der Nacken breit. Lena war jetzt ganz alleine in der Dunkelheit, nachdem sie eben noch von feiernden, tanzenden Eichhörnchen umgeben gewesen war. Der Atem des lauernden Hörnchens stieg dampfend in den Nachthimmel auf, als wäre es eiskalt, obwohl es eine warme Frühlingsnacht war. Sein graues Fell glitzerte im Mondlicht, als wäre es mit Raureif bedeckt.

Jetzt wandte es sich um. Lena kroch unter die Zweige des Buschs und kauerte sich bei den Wurzeln auf den Boden, mucksmäuschenstill. Das Hörnchen schlich direkt an ihrem Versteck vorbei. Seine eisblauen Augen funkelten im Mondlicht. Lena hielt die Luft an, bis es vorüber war.

Ihr Herz pochte. Sie kam aus dem Versteck und überlegte, was sie tun sollte. Sie fühlte, dass mit diesem Hörnchen etwas nicht stimmte. Warum beobachtete es das Fest aus dem Verborgenen, statt mitzufeiern? Irgendetwas musste es im Schilde führen. Doch bis Lena Nuknuk auf das merkwürdige Tier aufmerksam machen konnte, wäre es längst über alle Berge. Also blieb nur eine Möglichkeit: Sie nahm seine Verfolgung auf.

Das Hörnchen war in der Dunkelheit nur als glitzernder Schatten auszumachen, deshalb musste Lena sich beeilen, um es nicht aus den Augen zu verlieren. Aber ab und zu wandte es sich um, und seine Augen blitzten im Mondschein auf. Dann musste Lena sich schnell in einen Schatten ducken, um nicht entdeckt zu werden.

Das Hörnchen verließ den Park und rannte in Richtung Innenstadt. Lena folgte ihm quer durch die Einkaufsstraße, in der sich um diese Zeit niemand mehr aufhielt. Die Verfolgung führte zu einer breiten Autostraße. Das Hörnchen rannte bis zu einem zweispurigen Kreisverkehr, überquerte die Fahrbahn und erreichte die begrünte Insel in der Mitte des Kreisverkehrs.

Lena kletterte einen Laternenpfahl hinauf, um das Hörnchen nicht aus den Augen zu verlieren. Auf der grünen Insel zwischen den Fahrbahnen stand ein hoher, gerade aufragender Baum. Aus seiner grauen Rinde wuchsen braune Stacheln, lang wie Lenas Finger. Ihre Finger in Menschengestalt. Hoch im Baumwipfel erspähte Lena ein Vogelnest. Rund um den Baumstamm wuchs struppiges Gras; zwischen den Halmen verschwand das graue Hörnchen.

Lena wendete ihre Augen nicht ab, aber das Hörnchen tauchte nicht wieder auf. Sie kletterte vom Laternenpfahl herunter und ließ eins der wenigen Autos vorbeifahren, die so spät in der Nacht unterwegs waren. Dann rannte sie über die Fahrbahn und erreichte das Gras auf der Insel. Sie schlich zum Fuß des Baumstamms. Um den Baum verteilt lagen braune, ledrige Schoten, so lang wie ihr Eichhörnchenschwanz. Das mussten die Früchte des Dornbaums sein, die schon seit dem letzten Herbst hier auf dem Boden herumlagen. Sie tastete sich durch das Gras vor bis zu der Stelle, an der sie das graue Hörnchen zuletzt gesehen hatte. Sie fand ein Erdloch zwischen den Baumwurzeln. Was jetzt?

Sie steckte den Kopf hinein: Ein Tunnel führte in die Tiefe. Die Luft war kalt und es roch nach feuchter Erde. Sie ging drei Schritte vorwärts. Lenas Tasthaare berührten die Tunnelwand. Der Gang war gerade breit genug für sie. Vor ihr wurde der Weg von Dunkelheit verschluckt; wohin er führte, konnte sie nicht erkennen. Zeit umzukehren. Sie würde sich den Weg gut merken, zum Park rennen, Nuknuk und den anderen berichten, was sie gesehen hatte. Sie drehte sich in der Enge umständlich herum, um den Tunnel zu verlassen.

Als sie den Kopf hinausstreckte, stürzte wie ein Blitz in Schwarz und Weiß ein großer Vogel auf sie herab, hackte ihr den Schnabel in die Schulter. Lena zischte vor Schmerz und zog sich rückwärts in den Tunnel zurück. Die Elster, die sie angegriffen hatte, hockte sich im Mondlicht vor den Tunneleingang, eine zweite gesellte sich dazu. Elstern – die neuen Verbündeten des Frosts! Die eine schob den schwarzen Schnabel in das Erdloch, Lena entgegen. Sie drückte sich rückwärts in den Tunnel, um der Reichweite des Vogels zu entkommen. Blut tropfte von dem schwarzen Schnabel, Lenas Blut. Sie hielt sich die Schulter. Der Vogel zog den Kopf zurück.

Ihr Eichhörnchenherz hämmerte. Sie wartete in der

Dunkelheit, zählte ihre Atemzüge. Beim zwölften traute sie sich, noch einmal hinauszuspähen. Die Vögel hockten noch immer vor dem Eingang. Als sie Lenas Kopf entdeckten, stürzten sie keckernd auf sie zu. Lena saß in der Falle! Sie drehte sich um und krabbelte tiefer in die Dunkelheit.

Ihre Eichhörnchenaugen konnten im Dunkeln nicht besser sehen als Menschenaugen, aber mit den langen Schnurrbarthaaren spürte sie zumindest die Wände des Tunnels.

Der Gang führte weiter abwärts. Es wurde immer kühler. Ihr Atem dampfte vor ihr in der kalten Luft. Schließlich öffnete sich der Gang zu einer Höhle. Baumwurzeln hingen wie Vorhänge von der Höhlendecke herunter. An ihnen wuchsen bleiche Pilze, die ein fahles Licht abstrahlten, in dem Lena wenigstens Umrisse erkennen konnte.

Schritt für Schritt schlich sie vorwärts. Ab und zu hörte sie einen Tropfen fallen. Plitsch!

Zur Mitte der Höhle wurde es heller. Etwas Blassweißes auf dem Boden spiegelte das fahle Licht der Pilze. Lena beugte sich hinab und streckte die Pfote aus. Sie wollte es nicht glauben: In der Pfote hielt sie eine Handvoll Schnee! Wie kam mitten im Sommer Schnee auf den Boden einer Höhle unter einem Baum?

Plitsch! Eiskaltes Wasser tropfte Lena auf den Kopf. Über ihr schimmerten Eiszapfen in der Dunkelheit. Sie hingen zwischen den Baumwurzeln von der Decke. Das bleiche Licht der Baumpilze schimmerte durch sie hindurch.

In der Mitte der Höhle lag wie eine zugefrorene Pfütze eine Eisfläche. Lena testete mit der Hinterpfote, ob das Eis sie tragen würde. Hinter ihr knirschte etwas – erschreckt fuhr sie herum, gerade rechtzeitig, um das Hörnchen zu sehen, das sie verfolgt hatte. Mit gefletschten Zähnen stürzte sich das viel größere Tier auf sie, in der Pfote einen abgebrochenen Eiszapfen!

Lena schrie vor Schreck, drehte sich zur Seite und konnte dem Angriff halb ausweichen, trotzdem riss die Wucht der Attacke sie von den Beinen, sie fiel rückwärts. Unter ihr knackte das Eis. Das Hörnchen war über ihr, seine scharfen Nagezähne kamen auf sie zu. Es war viel schwerer als sie, und seine Berührung war eiskalt. Lena packte irgendwie den Eiszapfen und brachte ihn zwischen sich und das Hörnchen, so dass es seine Zähne in das Eis schlug. Lena schüttelte den Angreifer ab, ließ den Zapfen los und kam wieder auf die Beine. Sie streckte sich und brach selbst einen langen, spitzen Eiszapfen von der Decke. Das graue Hörnchen war ebenfalls aufgesprungen. Mit den eisigen Waffen in den Fäusten standen sie einander wie zwei Schwertkämpfer gegenüber.

„Wer bist du?", fragte Lena. „Was willst du von mir?"

Ihr Gegenüber setzte zu einem Satz nach vorne an, da sprang Lena in die Höhe und schlug gegen die Eiszapfen, die von der Decke hingen. Knirschend brachen sie ab und hagelten auf das graue Hörnchen herunter. Einer prallte ihm auf den Schädel, und das Hörnchen fiel stöhnend in den Schnee.

Lena wandte sich um und rannte, den Eiszapfen in den Pfoten, zum Tunnel zurück. Das graue Hörnchen rappelte sich auf und folgte ihr; Lena riss eine herunterhängende Wurzel von der Höhlendecke, und eine Wolke aus Staub, Dreck und glimmenden Pilzsporen ging hinter ihr nieder. Sie hörte das graue Hörnchen husten, keuchen und fluchen. Sehen konnte sie es nicht mehr, so dicht war die Staubwolke. Sie ließ die Wurzel fallen und rannte den dunklen Gang hinauf. Endlich sah sie Mondlicht am Ende des Tunnels. Sie streckte den Kopf in die Freiheit, da raste ihr ein glänzend schwarzer Schnabel entgegen. Lena sog zischend die Luft ein und hastete zurück ins Dunkel. Die Elstern! Sie lauerten noch immer auf sie.

Lenas Herz hämmerte. Am liebsten wäre sie weggerannt, aber es gab keinen Ausweg! Sie versuchte, sich zu beruhigen. Mit jedem neuen Atemzug suchte sie ihren Mut.

„Jetzt hab ich aber genug!", knurrte sie schließlich, halb zu sich, halb in die Dunkelheit des Tunnels. Sie packte den Eiszapfen so fest, dass eiskaltes Wasser ihre Arme entlanglief. Entschlossen trat sie aus dem Tunneleingang.

„Hau ab!“, schrie sie der Elster entgegen; die keckerte verwundert. Ihr Komplize griff Lena von der Seite an, sie wich dem Schnabel aus und stieß den Eiszapfen vorwärts wie einen Speer, traf den großen Vogel am Hals. Erschreckt wich das Tier zurück. Lena machte sich so groß, wie sie konnte und breitete die Arme aus. „Schu! Schu! Haut ab!“, brüllte sie die Vögel an, und als wüssten die beiden nicht, wie ihnen geschieht, stolperten sie ein paar Schritte rückwärts und erhoben sich in die Luft.

Der Weg war frei. Lena musste Nuknuk und den anderen erzählen, was sie hier erlebt hatte, musste von der Kälte und dem Eis berichten. Sie klemmte den Eiszapfen wie einen Riegel quer in den Tunneleingang, dann rannte sie von der Grüninsel im Kreisverkehr über die Straße und den Weg zurück durch die menschenleere Innenstadt. Ihr kleines Eichhörnchenherz schlug wie eine Trommel.

Der Tag dämmerte. Als sie den Rand des Parks erreichte, hörte sie eine aufgeregte Stimme. „Lena! Lena! Ich hab dich überall gesucht, gesucht!“ Nuknuk rannte ihr entgegen.

„Nuknuk, du glaubst nicht, was ich erlebt habe ...“

„Keine Zeit, keine Zeit!“, rief Nuknuk. „Es wird schon hell! Du musst nach Hause! Gleich verwandelst du dich, und dann passt du nicht mehr durch den Spalt in deinem Fenster! Lauf! Schnell, schnell!“

Lena hatte es völlig vergessen: Sie konnte sich jede Minute zurückverwandeln! Sie sah sich schon an der Haustür klingeln, nackt und schmutzig. Nuknuk hatte Recht, es war keine Zeit mehr! Lena rannte so schnell sie konnte durch den Park, über den Gartenzaun, den Baum beim Haus hinauf und mit einem großen Satz durchs Fenster. Sie sprang ins Bett und auf ihr Kopfkissen. Dort saß sie nun und war viel zu aufgeregt, um einzuschlafen.

Kapitel 6: Avocadomaki

„Lena! Aufwachen! Du hast deinen Wecker verschlafen!"

Lena war todmüde. Es war ein ganz normaler Schultag. Ihre Mutter verließ das Zimmer und murmelte noch etwas davon, dass sie sich beeilen sollte. Lena ertastete ihr Gesicht: Sie war wieder ein Mädchen. Irgendwie war sie also doch noch eingeschlafen. Das graue Hörnchen mit dem glitzernden Fell, die glänzenden Elsternschnäbel ... alles tauchte nach und nach wieder vor ihr auf.

Sie musste dringend Nuknuk davon berichten, was sie gesehen hatte. Und vielleicht sogar dem Kriegsrat, Löwenzahn, Augenstern, Weidenkätzchen, Fuchsfell ... und dem grimmigen Bockshorn mit der Augenklappe. Lena setzte sich auf. Sie hatte keinen Schlafanzug an. Die Tür klappte auf.

„Lena! Bist du immer noch nicht aufgestanden?"

Unter der Dusche wusch sie sich den Dreck ab und versuchte ihre Haare zu entknoten. Von der Wunde an der Schulter war nur ein blauer Fleck geblieben. Als sie die Haare ausspülte, roch es wieder wie in der Höhle unter dem Baum ... nach feuchter Erde, Moos und nassem Stein. Das Wasser lief schmutzigbraun in den Abfluss.

Nach dem Duschen schlüpfte sie in die Schuluniform und eilte in die Küche. Sie legte sich zwei Scheiben Toast auf den Teller und bestrich sie mit Honig, während sie sprach. „Mama, du wirst nicht glauben, was heute Nacht alles passiert ist ..."

„Heute Nacht? Na auf jeden Fall hat es dich hungrig gemacht ..."

„Ich bin in eine Höhle gegangen, einem riesigen Eichhörnchen gefolgt ... Dann hat es mich plötzlich angegriffen, und ich konnte mich nur mit einem Eiszapfen verteidigen, der war fast so groß wie ich! Und vorher hatten mich schon die Elstern angegriffen, ich saß in der Falle und konnte nicht weg ..."

„Das klingt ja nach einem Albtraum", meinte Lenas Vater, der mit einer Kaffeetasse in der Hand hin und her lief und seine Tasche packte.

„Ich habe nicht gesagt, dass es ein Traum war ..."

Lenas Mutter lächelte. „Ich kenne das, wenn man nicht weiß, dass es ein Traum ist. Und es dann immer unheimlicher wird, bis man endlich aufwacht. Ich bin manchmal so froh, wenn ich merke, dass alles nur ein Traum war ... Wahrscheinlich hast du das von mir geerbt, die lebhaften Träume."

In der Schule fiel es Lena schwer, die Augen offenzuhalten. In Gedanken driftete sie immer wieder zurück zu den Abenteuern der letzten Nacht. Nach dem Biologieunterricht holte sie ein Bestimmungsbuch aus dem Bücherschrank und suchte nach dem Baum, unter dessen Wurzeln sie gestern Nacht gekämpft hatte. Ein Baum mit Stacheln und langen, ledrigen Schoten. Sie fand ihn: der Lederhülsenbaum, auch Honigdorn genannt.

Bevor der Schultag zu Ende war, kam Tessa Sheehan zu ihr und reichte ihr einen Umschlag. „Das ist eine Einladung zu meinem Geburtstag. Meine Mutter hat gesagt, ich soll dich einladen. Weil du neu bist. Und weil meine Mutter irgendwie deine Mutter kennt."

„Danke", sagte Lena.

„Ist nicht schlimm, wenn du nicht kommst."

Lena nickte.

Nach der Schule lief sie direkt in den Park und auf die große Wiese. Von der Feier war nichts mehr zu sehen. Die bunten Ranken waren aus dem Baum verschwunden. Lena konnte weit und breit kein Hörnchen entdecken. Sie setzte sich auf die Bank und wartete. Ihre Augen wurden schwer.

Sie wachte auf, weil etwas gegen ihren Ellenbogen stupste. Dass sie eingeschlafen war, hatte sie gar nicht gemerkt. Es war Nuknuk, Lena erkannte sie an der weißen Nase. Sie schmiegte sich an Lenas Seite wie ein Kätzchen.

„Nuknuk! Gut, dass du da bist. Ich muss dir alles erzählen!“ Das Hörnchen schaute sie mit großen Augen an. „Nuknuk, kannst du verstehen, was ich sage?“ Nuknuk sah sie nur an. „Nuknuk, wenn du mich verstehen kannst, dann hüpf jetzt von der Bank runter und kletter wieder hoch.“ Nichts geschah. Das Hörnchen schaute ihr aufmerksam, aber ratlos entgegen. „Oh nein ...“, jammerte Lena jetzt mehr zu sich selbst als zu ihrer Freundin, „du kannst mich nur verstehen, wenn ich verwandelt bin ... und bis dahin dauert es vier lange Wochen! Dabei muss ich dir so viel erzählen ...“

Nuknuk sah Lena mitleidig an. Dann kam Lena eine Idee. „Komm, ich zeige dir, wohin ich das Hörnchen verfolgt habe! Du verstehst zwar nicht, was ich sage, aber du wirst schon sehen, was ich dir zeigen will!“

Nuknuk schien zu begreifen, was Lena vorhatte. Sie kletterte auf ihre Schulter und klammerte sich an der Jacke fest. Lena lief mit schnellen Schritten los, quer über die Wiese im Schatten des Alten Walnussbaums. Mit Nuknuk auf der Schulter lief sie den Weg, den sie in der Nacht allein als Eichhörnchen gerannt war, quer durch den Park und durch die Einkaufsstraßen, die in der Nacht menschenleer gewesen waren. Jetzt waren überall Leute, und viele staunten, ein Mädchen in Schuluniform mit einem Eichhörnchen auf der Schulter zu sehen. Lena ließ sich nicht von ihrem Plan abbringen. Sie lief entschlossenen Schrittes weiter, bis sie den Kreisverkehr erreichten.

Lena zeigte auf den großen Baum mit den dunklen Stacheln, den Lederschotenbaum. Obwohl sie wusste, dass Nuknuk kein Wort verstehen konnte, erklärte sie ihr fortlaufend „... und da unten ist der Eingang, da ist das Hörnchen reingeklettert ... und unter dem Baum gibt es eine

Höhle, in der liegt sogar Schnee! Und es wachsen Eiszapfen von der Decke …"

Nuknuk richtete sich auf Lenas Schulter auf, hielt sich mit der Pfote in Lenas kastanienbraunen Locken fest. Oben, in den Ästen des Dornbaums, hockten die beiden Elstern. Jetzt, da Lena in Menschengestalt war, wirkten sie weit weniger bedrohlich. Trotzdem kam es ihr vor, als würfen die Vögel ihr bösartige Blicke zu aus ihren käferschwarzen Augen.

Lena brachte Nuknuk zurück in den Park. Sie würde sicher den anderen Hörnchen davon erzählen und vielleicht würden sie die Höhle erkunden, bevor vier Wochen umgingen. Sie streichelte dem Hörnchen zum Abschied die weiße Nase.

Als Lena nach Hause kam, stand der Wagen ihres Vaters in der Einfahrt. So früh war er sonst nie zu Hause. Kurz freute sie sich; dann wurde sie misstrauisch. Was, wenn das kein gutes Zeichen war? Als sie die Haustür aufschloss, konnte sie spüren, dass etwas nicht stimmte. Ihre Eltern standen in der Küche. Mamas Augen waren rot, ihr Gesicht ganz blass.

„Ach, Lena", sagte ihr Vater und schaute auf die Uhr, als dürfte sie noch nicht hier sein. Er beugte sich zu ihr herunter. „Mama und Papa müssen etwas besprechen."

Lena nickte. „Ist okay. Ich gehe in mein Zimmer."

Ihr Vater seufzte. Er zog das Portemonnaie aus der Hosentasche. „Hier", er gab ihr ein paar Geldscheine in die Hand. „Geh mit einer Freundin in die Stadt, ja? Ein Curry essen oder so." Er gab ihr noch einen Geldschein dazu. „Hier, du kannst sie einladen."

„Ich hab keine Freundin."

Lenas Mama unterdrückte ein Schluchzen.

„Komm, du weißt, was ich meine." Ihr Vater fasste sie bei den Schultern. „Gib uns ein bisschen Zeit. Wir müssen was bereden. Es wird schon alles wieder gut." Dann versuchte er ein Lächeln, das er sich selbst nicht geglaubt hätte. Lena steckte das Geld in die Hosentasche und nickte. Sie nahm ihren Rucksack und ging raus, ohne noch etwas zu sagen. Es hätte ja sowieso niemanden interessiert.

Sie fuhr mit dem Bus in die Stadt. Hunger hatte sie nicht, eher war ihr übel. Warum mussten ihre Eltern immer streiten? Statt essen zu gehen, ging sie in eine Buchhandlung und suchte nach einem Buch über Eichhörnchen. Sie fand nicht nur eins, sondern vier, und ihr Vater hatte ihr so viel Geld mitgegeben, dass sie alle bezahlen konnte. Sie kaufte sich einen Milchshake, setzte sich an den Kanal und begann zu lesen. Erst als es dunkel wurde, fuhr sie mit dem Bus wieder nach Hause.

Später saß sie mit ihren Eltern beim Abendessen, und alle taten, als wäre nichts gewesen. Niemand sagte etwas. Mamas Augen waren immer noch rot, Lenas Vater starrte auf seinen Teller. Sie hatten Sushi bestellt. Lena liebte Gurken- und Avocadomakis. Sie hielt die Stäbchen in der einen Hand, mit der anderen blätterte sie in einem der neuen Bücher, das sie neben ihren Teller gelegt hatte. Irgendwann deutete ihr Vater auf die Bücher. „Was liest du?“

„Über Eichhörnchen.“

„Eichhörnchen? Seit wann interessierst du dich für die?“

Lena zuckte die Schultern. „Wusstest du, dass Eichhörnchen fünf Meter weit springen können?“

Lenas Vater deutete ein Kopfschütteln an. „Wusste ich nicht.“

„Und weißt du, wie sie Nüsse knacken?“

„Mit den Zähnen?“

„Ja, schon, aber sie haben da einen besonderen Trick. Hat man lange nicht gewusst. Sie können die unteren Zähne auseinanderspreizen. Damit brechen sie die Nüsse auf.“

„Sie können die Zähne bewegen?“

„Ja, weil der Unterkiefer vorne nicht zusammengewachsen ist. Verrückt, oder?“

„Ja, das ist … verrückt."

„Leg mal das Buch weg, Lena. Wir wollen uns doch unterhalten", forderte Lenas Mutter.

„Wir unterhalten uns doch."

Lenas Mutter sah sie streng an. Lena klappte das Buch zu und schob es zur Seite.

Beim Abräumen dachte sie zurück an das Abenteuer unter dem Dornbaum. Wie wäre die Nacht ausgegangen, hätte sie nicht den Eiszapfen zum Kämpfen gehabt? Sie nahm ein Essstäbchen in die Hand. Sie sollte nie mehr ohne Waffe loszuziehen, wenn sie sich verwandelte. Sie steckte ein Stäbchen in die Hosentasche und verbarg ein Küchenmesser in der Hand. So ausgerüstet ging sie in ihr Zimmer.

„Lena, willst du dich nicht mit uns ins Wohnzimmer setzen?", fragte ihre Mutter.

„Ich bin müde", sagte Lena. „Ich gehe bald schlafen."

Im Zimmer spitzte sie mit dem Messer das Essstäbchen an. Die Bambusspäne ließ sie in den Mülleimer fallen. Als sie fertig war, prüfte sie die Spitze an der Handfläche: Das Stäbchen war spitz wie ein Bleistift. In den Pfoten eines Eichhörnchens wäre dieses Stäbchen eine mächtige Waffe, ein Speer oder eine Lanze. Aber wie sollte sie klettern und springen mit einem Speer in den Pfoten?

An der Pinnwand über Lenas Schreibtisch hing ein Lederband mit einem silbernen Anhänger. Das hatte Mama ihr geschenkt, an dem Tag, als verkündet wurde, dass sie nach Irland ziehen würden. Der Anhänger war ein kleiner keltischer Knoten, in sich verschlungen ohne Anfang und Ende. Lena zerschnitt das Band und knotete es an die Enden des Stäbchens. Mit diesem Riemen könnte ein Eichhörnchen sich die Waffe über die Schulter hängen. Den silbernen Anhänger ließ sie am Schulterriemen baumeln. Sie verstaute die Waffe im Etui zwischen den Stiften.

Lena war noch nicht lange in ihrem Zimmer, als ihre Eltern wieder stritten. Sie legte sich ein Kopfkissen auf die Ohren, sie wollte nichts davon mehr hören. Bis sie im gedämpften Gemurmel ihren Namen hörte: „Merkst du eigentlich, wie schwer es für Lena ist?“, fragte ihre Mutter. „Sie verändert sich. Sie war sonst nicht so. Sie zieht sich zurück. Sie erzählt uns nichts mehr.“

„Sie ist wie du“, hörte Lena ihren Vater antworten. „Wenn es dir schlecht geht, ziehst du dich auch zurück. Weißt du eigentlich, wie es ist, jeden Tag in ein Haus zu kommen mit zwei Frauen, die nicht mit mir reden?“

„Ach, geht es jetzt wieder um dich? Wie es für dich ist? Ich rede über unsere Tochter, Lennart. Hast du überhaupt gehört, was sie gesagt hat, als du sie mit Geld abspeisen wolltest? Dass sie keine Freunde hat. Das ist dein Problem: du hörst einfach nicht zu. Wenn du mehr zuhören würdest, würden wir auch mehr mit dir reden.“

Kapitel 7: Willow

Am nächsten Morgen in der Schule wanderten Lenas Gedanken immer wieder zu ihren Eltern ... warum sie soviel stritten ... wie es weiter gehen würde, wenn sie noch mehr streiten würden ... ob sie etwas dagegen tun könnte? War es am Ende ihre Schuld, dass sie so viel stritten? Lena versuchte, die Gedanken wegzuschieben und sich auf den Unterricht zu konzentrieren.

„Krieg“ hatte Mr Donovan in großen Buchstaben an die Tafel geschrieben. In Mr Donovans Geschichtsunterricht saß Lena neben Tessa Sheehan, dem Mädchen, das Lena zu ihrer Geburtstagsparty eingeladen hatte, weil sie von ihrer Mutter dazu gezwungen wurde. Krieg. Die Frostkriege. Im Etui fand Lena den Essstäbchen-Speer und prüfte die Spitze mit dem Daumen. Sie stach wie eine Nadel.

„‚Im Krieg gibt es keine Gewinner‘“, sagte Mr Donovan. „Was meint ihr, hat dieser Spruch zu bedeuten?“

„Es gewinnt immer der, der am härtesten zuschlägt“, sagte Andy Linden, der Junge, der der Spinne die Beine ausgerissen hatte, ohne aufzuzeigen. Mr Donovan zog eine Augenbraue hoch. „Das wäre wohl eine andere Sichtweise auf Krieg“, meinte er.

Andy Linden schmunzelte. „Angreifen, angreifen, angreifen – niemals verteidigen. Sagt mein Dad immer.“ Ein paar Jungs kicherten anerkennend.

„Jeder Krieg“, erklärte Mr Donovan, „ist eine Katastrophe. Am härtesten trifft es die normale Bevölkerung ... und wie immer leiden am meisten die Kleinsten. Die Schwächsten. Die Kinder. Deshalb sagt man, dass es im Krieg nur Verlierer gibt. Dass es keinen Krieg gibt, den man gewinnen kann. In jedem Krieg verlieren beide Seiten. Und deshalb versuchen alle vernünftigen Menschen, Krieg zu verhindern und den Frieden zu stärken. Und was für Konflikte zwischen Staaten gilt, lieber Andy, das gilt auch auf dem Schulhof."

Jetzt kicherten all die, die über Andys Spruch nicht gelacht hatten. Lena legte den Speer zurück ins Etui.

Nach dem schrecklichen Abend wollte Lena am liebsten gar nicht nach Hause gehen. Allein beim Gedanken an den Flur, die Küche, das Wohnzimmer und die Gesichter ihrer Eltern wurde ihr Herz schwer.

Im Laden von Mrs Collins kaufte sie eine kleine Tüte Chips für sich selbst und eine große Tüte Nüsse für die Eichhörnchen. Im Merlin Woods Park setzte sie sich auf die Bank und riss die beiden Tüten auf. Bald entdeckte Lena drei Eichhörnchen. Sie rannten über die Wiese und kletterten die Baumstämme hinauf und herunter. Lena sah ihnen dabei zu, wie sie einander verfolgten, durch die Äste rannten und mit weiten Sätzen von Baum zu Baum sprangen. Sie zog ein Eichhörnchenbuch aus dem Rucksack und las. Plötzlich stupste eine kleine Nase gegen ihre Hand: Nuknuk. Lena lächelte, tätschelte dem kleinen Hörnchen den Kopf und gab ihr eine Nuss. Ein zweites Hörnchen kam zu ihr auf die Bank und richtete sie vor ihr auf. Es war groß und hatte breite Schultern, sein Fell war fuchsrot, die Tasthaare an seiner Schnauze standen weit in alle Richtungen. Fuchsfell, der Wächter. Lena hielt ihm eine Nuss hin. Er packte mit beiden Pfoten zu und drehte die Nuss hin und her. Er verneigte sich sehr höflich, klemmte die Nuss zwischen die Zähne, sprang über die Rückenlehne und kletterte einen Baumstamm hinauf.

„Darf ich mich setzen?" Die weißhaarige Frau, die Lena zuletzt nachts beim Blütenfest gesehen hatte, stand vor ihr. Lena nickte. Die Frau setzte sich neben sie auf die Bank. Sie trug ihr Haar heute zu einem Pferdeschwanz gebunden.

„Wie heißt er?", fragte sie.

„Wer?"

„Das Eichhörnchen, dem du die Nuss gegeben hast."

Lena runzelte die Stirn. „Das ist Fuchsfell", antwortete sie langsam.

Die Frau lächelte. „Er sieht Blut'ger Hauer sehr ähnlich. Ob er sein Enkel ist?"

Sie kannte Blut'ger Hauer? Lena wusste nicht, was sie sagen sollte.

„Haben sie dir schon einen Hörnchennamen gegeben?"

Lena sah die Frau zögerlich an.

„Du weißt nicht recht, was du von mir halten sollst, nicht wahr?", sie lächelte. „Ich habe dich schon so oft hier im Park gesehen. Du weißt, dass sie mehr sind, als kleine, putzige Tierchen. Ich sehe es in deinem Blick. Du schaust sie an wie Helden."

Lena nickte. „Jeden Winter ..."

„... kämpfen sie einen Krieg gegen den Frost", beendete die Frau den Satz, den Lena angefangen hatte. Sie streckte ihr die Hand entgegen. „Ich bin Mary Willow. Die meisten nennen mich Willow", sie lächelte. „Die Hörnchen nannten mich Grübchen."

Lena kicherte. „Grübchen?"

Willow nickte. „Als Eichhörnchen hatte ich sehr süße Grübchen."

„Die haben Sie auch als Mensch", fand Lena.

„Das ist lieb. Aber ich glaube ich bin inzwischen zu alt, um süß zu sein."

Lena nahm ihre Hand. „Ich heiße Lena. Die Hörnchen nennen mich Blutpelz."

„Schön, dich kennenzulernen, Lena."

„Also ... ist alles wahr?"

„Natürlich ist es wahr. Was ist denn das für eine Frage? Du hast es doch selbst erlebt."

„Ja, schon ... aber ... manchmal überlege ich, ob ich es nur geträumt habe."

„Manchmal kommt es mir auch wie ein Traum vor. Ein Traum, aus dem ich zu früh aufgewacht bin. Bevor er ausgeträumt war. Aber ich weiß es besser. Es ist alles wahr."

„Also bist du selbst ein Eichhörnchen? Ein Werhörnchen? Warum hast du das Blütenfest nicht mitgefeiert?"

Willow seufzte. „Ich *war* ein Werhörnchen. Weißt du ... irgendwann, wenn du erwachsen wirst, hört es auf mit der Verwandlung. Es sind nur ein paar Jahre, die du in beiden Welten leben kannst. Irgendwann musst du dich entscheiden – willst du Mensch sein? Oder Hörnchen?"

„Und du hast dich für Mensch entschieden?"

Willow nickte. „Es war nicht leicht. Ich war jung. Und ich war verliebt. In beiden Welten. In einen Mann, der Gitarre spielte, als hätte er magische Hände ... und in ein Hörnchen mit goldbraunen Augen. Es war nicht leicht." Sie seufzte. „Ich habe mich oft gefragt, ob es richtig war. Wenn der Vollmond scheint, erinnere ich mich, wie es war, von Ast zu Ast zu springen. Ich denke an die Freunde, die ich hatte und die Abenteuer, die wir erlebt haben. Ich werde nicht vergessen, wann sie ihre Feste feiern, dann stehe ich im Schatten zwischen den Bäumen und schaue ihnen zu."

Lena schluckte. Sie hatte gerade erst begonnen, die Hörnchen kennenzulernen. Nuknuk war im Moment wahrscheinlich die beste Freundin, die sie hatte. Die Vorstellung, dass sie sie bald schon wieder verlieren könnte, zog ihr den Magen zusammen.

„Gibt es noch mehr ... wie uns? Menschen, die sich in Eichhörnchen verwandeln?“

„Das ist sehr selten – du musst bei Vollmond gebissen werden – von einem Hörnchen, das bei Vollmond geboren wurde. Das passiert nicht oft. Du bist die erste, die ich treffe seit vielen Jahren.“ Sie schaute zum Himmel. „Es wird schon Abend. Warten deine Eltern nicht zu Hause auf dich?“

Lena gab ein unentschiedenes Brummen von sich. „Wahrscheinlich schon.“

„Bist du nicht gern zu Hause?“

„Im Moment nicht.“

Willow nickte. „Das kenne ich. Willst du erzählen, warum?“

Lena schüttelte den Kopf. „Im Moment nicht.“

„Kein Problem. Wenn ich etwas für dich tun kann, helfe ich dir gerne. Ich wohne auf der anderen Seite des Parks. Das kleine Haus neben dem großen, leerstehenden mit den vernagelten Fenstern. Cricket Road Nummer 15. Ich gebe Musikkurse für Kinder. Wir spielen die alten Lieder auf den alten Instrumenten. Wenn du Lust hast, kannst du mal mitmachen. Komm einfach vorbei.“

„Danke.“ Lena stand auf und nahm ihren Rucksack. „Bis bald.“

„Bis bald, Lena. Blutpelz. Es war schön, dich kennenzulernen.“

Am Abend schaute Lena aus dem Fenster auf den abnehmenden Mond. Wie viele Tage, wie viele Nächte musste sie noch warten, bis es endlich wieder Vollmond war? Sie ging in die Küche, um auf dem Kalender die Tage abzuzählen. Die Mondphasen waren eingezeichnet: ein weißer Kreis für Vollmond, ein schwarzer Kreis für Neumond und Halbkreise für die Zeiten dazwischen, wenn die Mondsichel voller oder schmaler wurde. Als sie auf dem Kalender den nächsten Vollmond fand, blieb ihr Mund offen stehen: Die

Woche war mit einer roten Linie markiert, über der stand „Lena Klassenfahrt Wicklow Mountains". Lena ging in der Küche auf und ab. Vollmond während einer Klassenfahrt. Sie würde sich in einer Jugendherberge verwandeln, in einem Schlafraum voller Mädchen. Das musste sie verhindern.

Aufgeregt lief sie zu ihrer Mutter ins Wohnzimmer.

„Mama, in drei Wochen ist dieser Ausflug mit der Schule."

Ihre Mutter schaute von dem Buch auf, das sie las. „Mmhmm ...", bestätigte sie.

„Ehm ... ich kann da nicht mitfahren."

„Wieso nicht?"

„Ich ... bin ... krank."

Die Mutter schmunzelte. „Und das weißt du jetzt schon? Drei Wochen vorher?"

Lena hätte sich vor dem Gespräch wohl eine bessere Ausrede einfallen lassen sollen.

„Ich ... habe einfach keine Lust. Ich will lieber zu Hause bleiben, bei euch."

Die Mutter legte das Buch zur Seite. „Ich kann verstehen, dass du aufgeregt bist. Aber das wird eine tolle Gelegenheit sein, die Kinder aus deiner Klasse besser kennenzulernen."

„Die kann ich auch jeden Tag in der Schule kennen lernen."

Lenas Mutter schüttelte den Kopf. „Klassenfahrten sind was Besonderes. Da könnt ihr Abenteuer zusammen erleben. Da lernt man sich auf eine andere Art kennen als im Unterricht."

„Warst du mal auf einer Klassenfahrt?"

„Klar", antwortete Lenas Mutter.

„Und wie hat es dir gefallen? Ganz ehrlich?"

„Das ist etwas anderes."

„Wieso?"

„Lena ... ich verstehe, dass du ein bisschen Angst hast hier in der neuen Umgebung, an der neuen Schule ... aber es ist gut, Freunde zu haben. Es ist auch gut, Freunde in der Schule zu haben."

Lenas Vater kam dazu. „Was ist los?"

„Lena hat Angst vor der Klassenfahrt."

„Ist die nicht bald?"

„In drei Wochen."

„In die Wicklow Mountains, oder? Das ist bestimmt schön da."

„Sie hat aber Angst vor der Fahrt mit den fremden Kindern", erklärte Lenas Mutter.

„Lena – es ist in Ordnung, Angst zu haben. Nur wer Angst hat, kann auch mutig sein. Ängsten muss man sich stellen, nur dann kann man sie überwinden."

„Bitte schreibt mir einfach eine Entschuldigung", flehte Lena.

„Ich glaube nicht, dass das gut für dich wäre."

„Ich weiß aber, dass es gut für mich wäre."

„Dann erklär es mir. Erklär mir, warum es nicht gut ist, in die Wicklow Mountains zu fahren und deine Mitschüler besser kennenzulernen."

„Weil, na weil..." Weil ich mich dann in ein Eichhörnchen verwandeln werde und alle es mitbekommen, wollte sie sagen. Aber sie sagte es nicht, weil ihre Eltern ihr nicht glauben würden. Also schaute sie nur zerknirscht zu Boden und sagte „Okay."

Wenn jemand einen Rat wissen konnte, dann die Frau, die selbst als Werhörnchen gelebt hatte. „Ich wohne neben dem leerstehenden Haus auf der anderen Seite des Parks", hatte Mary Willow gesagt. Nach der Schule am nächsten Tag suchte Lena ihre Adresse. Sie durchquerte den Merlin Woods Park und entdeckte hinter der großen Wiese Bereiche, die sie bisher nie gesehen hatte. Hier wuchsen hohe Nadelbäume dicht wie in einem Wald. Der Weg führte Lena zwischen den Bäumen hindurch zu einem kleinen See. Er war von Schilf umgeben, nur an einer Seite kam man nah ans Wasser heran. Die Kieselsteine des flachen Ufers knirschten unter Lenas Turnschuhen. Nahe der Mitte des Sees ragte ein großer grauer Felsbrocken aus dem glitzernden Wasser. Satt grünes Moos wuchs auf dem Stein, nahe der Wasserkante hockten Schnecken mit spitzen Häusern. Am Ufer stand ein Warnschild: „Betreten der Eisfläche verboten! Lebensgefahr!".

Lena umrundete den See und trat bald wieder aus dem Schatten des kleinen Wäldchens heraus. Sie erreichte eine hüfthohe Mauer, die den Park von der Straße trennte. Weil sie in der Nähe keinen Durchgang entdecken konnte, kletterte Lena hinüber. Am Ende der Straße fand sie das leerstehende Haus, grau und halb verfallen, Bretter waren über die gebrochenen Fensterscheiben genagelt. Daneben stand das letzte einer Reihe kleiner Häuser; hier musste Mary Willow wohnen: Cricket Road Nummer 15. Blumenkästen quollen mit bunten Blüten über, neben der Tür hing eine Blumenampel voll pinkfarbener Petunien.

Lena schellte an. Als die Tür geöffnet wurde, schallte Lena Musik entgegen; klimpernder Rhythmus und Gitarrenklänge. Mary Willow stand in der Tür und strahlte sie an.

„Lena, wie schön, dass du da bist. Willst du mitspielen?"

„Mitspielen?"

„Komm rein, komm rein, ich gebe gerade einen Kurs. Wir machen Musik. Schnapp dir einfach ein Instrument."

Willows Haus roch nach frisch gebackenem Kuchen und klammer Wäsche. Lena lief durch einen engen, vollgestellten Flur und unter einem Tuch hindurch, das in der Türöffnung hing. Im Wohnzimmer saß eine Handvoll Kinder, die meisten jünger als Lena, und spielten recht schön miteinander auf verschiedenen Instrumenten: Gitarre, Geige, Flöten, Trommeln und Instrumente, deren Namen Lena nicht kannte. Zwischen den musizierenden Kindern entdeckte Lena auch den dünnen Jungen aus ihrer Klasse, der ihr erklärt hatte, dass Spinnen sich häuten. Er spielte Tin Whistle, die traditionelle irische Flöte. Als er sie sah, erschrak er so, dass ihm die Luft wegblieb. Willow bemerkte das und übernahm mit überraschend hoher und klarer Stimme die Flötenmelodie, bis er wieder einsteigen konnte.

Lena lächelte in die Runde. Mary nickte ihr ermutigend zu und zeigte auf eine Auswahl von Instrumenten, die auf dem Deckel einer Kiste lagen. Mary selbst nahm eine Bodhran auf, die irische Rahmentrommel, und schlug im Stehen den Takt, lehnte sich bald hierhin, bald dorthin und sang Teile der Melodie, gab Kindern ihre Einsätze.

Lena wollte erst einen Schellenring aufheben, zögerte dann aber und setzte sich schließlich ohne Instrument auf einen freien Platz auf dem Sofa, sie hörte zu, bis das Stück zu Ende war. Mary Willow applaudierte strahlend, die Kinder lächelten verhalten, als trauten sie sich nicht, stolz zu sein auf die Musik, die sie gemacht hatten.

„Das war wunderschön, meine Lieben. Das ist Lena; Lena kommt aus Deutschland. Sie wird bald vielleicht auch bei uns mitspielen. Nicht, Lena?"

„... eigentlich wollte ich dich nur etwas fragen."

„Na gut. Meine Lieben, wir sehen uns nächste Woche. Vergesst eure Instrumente nicht, nehmt euern Eltern ein Kursprogramm mit, und wenn ihr wollt, dann schnappt euch noch einen Muffin aus der Küche, esst ihn auf dem Heimweg, die Blaubeeren hab ich selbst gepflückt."

Der Aufbruch der Kinder gestaltete sich wuselig. In dem Durcheinander sprach der Junge aus der Schule Lena mit leiser Stimme an: „Bitte erzähl niemandem davon. Damit würden sie mich für immer aufziehen."

Lena zuckte die Schultern. „Wem sollte ich das schon erzählen? Außerdem: Ist doch cool, du machst Musik."

Er schüttelte den Kopf. „Gitarristen sind cool. Schlagzeuger sind cool. Die Tin Whistle zu spielen ist nicht cool."

„Ich finds cool", erklärte Lena. „Es klang echt schön, alles zusammen."

Er lächelte verhalten. „Danke", sagte er, ohne ihr in die Augen zu sehen.

Lena wartete auf der Couch, bis alle gegangen waren. Das Zimmer stand voll mit Topfpflanzen, an den Wänden hingen keltische Ornamente und vergilbte Poster von Musikern, oder vielmehr viele unterschiedliche Poster von ein und demselben Musiker: Roy Cooper, ein junger Mann mit langen Haaren, Stirnband und Gitarre.

„Ich koche uns einen Tee, Liebes", rief Mary Willow aus der Küche. Lena stand auf und schaute durch die Verandatür in den Garten: Er war genau so schmal wie das Haus, auf beiden Seiten durch Ziegelmauern begrenzt. Bis auf einen Weg aus Trittsteinen gab es in Willows Garten keinen Fleck Rasen oder Erde, auf den man hätte treten können. Überall wuchsen Hortensienbüsche oder andere Stauden, deren Namen Lena nicht kannte, und zwischen ihnen wucherten Brennnesseln so hoch, dass Lena sich an ihnen die Nasenspitze hätte verbrennen können. Am Ende des Gartens stand ein kleines Gartenhaus, bunt angestrichen, von seinem Dach hingen bündelweise Kräuter zum Trocknen.

Lena hörte ein leises Schnüffeln und Schnauben – und suchte danach, wo dieses Geräusch herkam. Da, auf einer Kommode, stand ein kleiner Weidenkorb, und darin lag ein winziges Eichhörnchen mit einem geschwollenen Auge auf einem weichen Tuch.

Willow kam herein und servierte auf einem Tablett Blaubeermuffins und Schlagsahne, einen Milchkrug, zwei Tassen und eine Teekanne.

„Eine Krähe hat das Kleine erwischt", erklärte Willow. „Krähen gehen direkt auf die Augen, wenn sie Eichhörnchen angreifen."

„Hab ich schon gehört", meinte Lena. „Darf ich es streicheln?"

Willow nickte. „Na klar! Nach unserer Musikstunde ist sie immer ganz lebhaft. Sie mag die Musik."

Lena streichelte das kleine Köpfchen.

„Ich päpple sie wieder auf", erklärte Willow. „Ich war eine ganz passable Heilerin zu meinen Eichhörnchenzeiten." Sie deutete auf eine Schatulle auf dem Schrank. „Für den Fall der Fälle halte ich noch heute einen kleinen Vorrat an Kräutern, Beeren und Moos mit heilender Wirkung bereit."

Lena setzte sich.

Mary Willow goss Tee ein. „Womit kann ich dir helfen?"

„Ich habe ein großes Problem", begann Lena und knetete ihre Hände. Willow räumte eine Wolldecke zur Seite und setzte sich in einen Sessel.

„Ich muss zu einer Klassenfahrt in die Wicklow Mountains."

„Da ist es wunderschön."

„Ja, vielleicht, aber ... die Fahrt geht über die kommende Vollmondnacht. Verstehst du? Ich werde mich in einem Schlafsaal voller Mädchen in ein Eichhörnchen verwandeln."

„Oha."

„Ich muss einen Weg finden, die Verwandlung zu verhindern."

„Du kannst es nicht verhindern. Das Eichhörnchen ist ein Teil von dir."

„Kann ich nichts dagegen tun?"

Willow sah sie mitleidig an. „Ich wüsste nicht wie. Mit der Zeit wirst du mehr Kontrolle darüber bekommen. Vor allem kannst du lernen, dich öfter zu verwandeln, auch ohne Vollmond. Aber das braucht Zeit. Die Verwandlung bei Vollmond zu verhindern, und das bei deiner wievielten Verwandlung?"

„Meine dritte wird es sein."

Willow schüttelte den Kopf.

„Dann muss ich es irgendwie schaffen, zu Hause zu bleiben." Lena runzelte die Stirn. „Aber du warst zum Blütenfest als Mensch im Park. Du warst ein Mensch, in einer Vollmondnacht."

„Das ist etwas anderes. Die Zeit meiner Verwandlungen ist vorbei. Irgendwann wirst du es spüren ... dass du nur noch eine Verwandlung in dir hast."

Sie goss Milch in Lenas Tee und schob ihr einen Muffin herüber. Lena bedankte sich.

„Ist das der Mann?“, sie zeigte auf eins der Poster von Roy Cooper. „Der Mann mit der Gitarre? Für den du dich entschieden hast, Mensch zu sein?“

Willow lächelte und nickte.

„Was ist aus ihm geworden?“

„Er ist vor langer Zeit nach Amerika gegangen. Mit seinen Gitarren. Ich habe seit Jahren nichts von ihm gehört. Er wusste auch nicht, wo er hingehört ... er spielte wunderschönen irischen Folk. Aber er wollte lieber ein amerikanischer Countrymusiker sein. Wie Ry Cooder. Roy Cooper, Ry Cooder. Er hat sogar seinen Namen dafür geändert. Bei mir hieß er Shane. Shane O'Leary. Das ist doch kein schlechter Name.“

„Ihr habt euch getrennt?“, fragte Lena. Sie dachte an ihre eigenen Eltern. Willow nickte. „In einem kalten Winter ist er auf Glatteis ausgerutscht. Er hat sich beide Handgelenke gebrochen. Monatelang konnte er nicht Gitarre spielen, keine Auftritte geben. Er wurde unzufrieden, ich wurde unzufrieden. Wir fingen an zu streiten. Irgendwann hat er seine Gitarren genommen und ist gegangen. Wochen später bekam ich eine Postkarte aus den USA.“ Sie seufzte. „Auf diese Art hatte der Frost seine späte Rache an mir.“

„Der Frost?“

„Glatteis. Ohne das Eis hätte er sich nicht die Handgelenke gebrochen. Der Frost hat mich bestraft für die Winter, in denen ich Seite an Seite mit den Hörnchen gekämpft habe.“

„Die Frostkriege.“

Willow nickte.

„Hattet ihr Kinder, als ihr euch getrennt habt? Du und ...“ sie deutete auf das Poster mit dem Gitarristen.

„Shane?“ Willow nickte. „Wir hatten einen Sohn und eine Tochter. Als Shane nach Amerika gegangen ist, waren sie zwölf und vierzehn.“

„Ich werde auch bald zwölf“, erklärte Lena. „Was ist aus ihnen geworden?“

Willow seufzte. „Ich weiß es nicht. Sie reden nicht mehr miteinander. Und nicht mit mir."

„Wieso?"

„Wenn ich das wüsste ... Erst haben sie miteinander gestritten. Um Geld. Und dann haben sie sich mit mir darüber gestritten, auf wessen Seite ich stand. Dabei stand ich auf keiner Seite. Ich konnte beide verstehen. Und ich fand den Streit auch gar nicht so wichtig. Genau das haben sie mir dann vorgeworfen. Es endete mit einem Weihnachtsabend, an dem ich alleine am Tisch saß."

„Das tut mir leid. Also ist es gar nicht so gut ausgegangen, dass du dich für ein Leben als Mensch entschieden hast?"

„Tja ... Hätte ich als Hörnchen ein besseres Leben gehabt? Ich weiß es nicht. Weißt du, ich könnte dir vieles erklären, wenn ich alles richtig gemacht hätte. Dann würde ich sagen: Mach es genauso wie ich. Oder wenn ich alles falsch gemacht hätte, könnte ich sagen: Hüte dich vor meinen Fehlern. Versuche das Gegenteil von dem, was ich getan habe. Aber rückblickend ist es nicht so einfach. Ich habe manches richtig gemacht und vieles falsch. Manchmal haben richtige Entscheidungen zu etwas Schlechtem geführt und manche falsche Entscheidung hat am Ende Gutes bewirkt. Wie soll ich dir da einen Rat geben?"

Kapitel 8: Mond über den Wicklow Mountains

Als Lena drei Wochen später mit Koffer und Rucksack zur Schule kam, standen ihre Mitschüler vor dem Schulhof an der Straße und warteten auf den Reisebus, der sie quer über die grüne Insel in die Wicklow Mountains bringen sollte. Längst hatten sich Paare zusammengefunden, die nebeneinandersitzen wollten – Lena stand mal wieder allein daneben. Sie hoffte darauf, dass ein Platz übrigbleiben würde, damit sie einzeln sitzen konnte.

Als der Bus einfuhr und seine Türen öffnete, stürzten sich die Paare auf die Sitzplätze, und bevor Lena überhaupt Ausschau nach freien Plätzen halten konnte, hatten sich die meisten schon gesetzt. Schließlich fand sie den letzten freien Platz ausgerechnet neben dem blassen Jungen, der in Willows Musikkurs die Tin Whistle spielte. Neben ihm wollte offenbar auch niemand sitzen. Lena setzte sich; er sah sie kurz an, aber sagte nichts. Lena sagte auch nichts. Noch bevor der Bus losfuhr, holte er ein dickes Buch aus dem Rucksack, das aussah, als hätte man es schon mehrmals gelesen. Lena konnte den Titel des zerfledderten Bandes erkennen: „Die Herren der Schlacht". Der Junge begann zu lesen, während die anderen Kinder noch ihren Eltern winkten.

Die Busfahrt dauerte mehrere Stunden; sie überquerten den Shannon, den großen Fluss, und erreichten gegen Mittag die ausgedehnte Heidelandschaft rund um die Wicklow Mountains im Osten der Insel.

Die Jugendherberge lag am Rand eines Waldstücks. In dem flachen Gebäude roch es nach alten Socken. Der Hausmeister, ein grimmiger Mr O'Sullivan, hieß sie willkommen und erklärte: „Rechts von den Treppen liegen die

Mädchenflure, links die Flure für die Jungen. Jungs haben in den Mädchenzimmern nichts zu suchen und umgekehrt. Frühstück gibt es um sieben, abends um zehn geht das Licht aus. Auf den Fluren wird nicht gerannt. Wenn ihr euch an diese Regeln haltet, können wir gute Freunde werden."

Lena wurde von ihrer Lehrerin Ms Blackley einem Zimmer mit vier Doppelstockbetten zugeteilt – sie sollte also mit sieben Mädchen in einem Zimmer schlafen. Zu diesen sieben Mädchen gehörte auch Tessa Sheehan, die sie zur Geburtstagsparty eingeladen hatte, weil ihre Mutter ihr das aufgetragen hatte. Lena war übrigens nicht hingegangen.

Bei der Verteilung der Betten legte Lena alles darauf an, dass sie das obere Bett nahe am Fenster bekam – denn von dort aus hatte sie die besten Chancen, nachts unbemerkt als Eichhörnchen zu verschwinden.

Nachdem sie die Koffer ausgepackt und die Betten gemacht hatten, begann schon die erste Wanderung. Die Kinder trafen sich auf dem Platz vor der Herberge. Ms Blackley und Mr Donovan prüften, ob alle da waren.

„Theo, hast du deine Medikamente genommen?", fragte Ms Blackley. Der blasse dünne Junge, neben dem Lena im Bus gesessen hatte, nickte. Er stand neben ihr, sie hatte ihn gar nicht bemerkt.

„Ja, Spasti, hast du deine Spastimedizin genommen?", tönte Andy Linden. Seine Freunde Josh und Brian lachten.

„Andy?", sagte Ms Blackley. „Klappe halten!"

Ein paar der anderen Kinder kicherten.

„Es sind nur Antiallergika", sagte Theo, als müsste er sich vor Lena erklären. „Ich bin allergisch gegen Frühblüher und Spätblüher, Gräser, Birkenpollen ... und vor allem Nüsse. Das ist bei einer Waldwanderung ein bisschen schwierig."

„Klar", sagte Lena.

„Das ist Maureen McMillan", erklärte Ms Blackley. Neben ihr stand eine junge Frau mit stabilen Stiefeln,

Karohemd und braunem Pferdeschwanz. „Sie ist Rangerin hier in den Wicklow Mountains. Sie kennt sich sehr gut aus mit den Pflanzen und Tieren, und sie hat sich bereit erklärt, uns ein Stück durch den Wald zu führen und eure Fragen zu beantworten."

Sie liefen über einen ausgefahrenen Waldweg zwischen den Bäumen entlang, die immer dichter wurden. An einem Baumstamm auf dem Weg ließ Lena unauffällig ihren Rucksack stehen. Das gehörte zu dem Plan, den sie ausgeheckt hatte: Da sie die Verwandlung nicht verhindern konnte, musste sie sich darauf einstellen. Sie würde dafür sorgen, dass das Fenster im Schlafraum geöffnet blieb, dann könnte sie nach der Verwandlung hinausklettern. So weit, so gut. Aber was, wenn sie nicht wieder in die Jugendherberge hineinkommen würde, bevor die Sonne aufging? Dann würde sie am nächsten Morgen nackt im Wald stehen, wenn die Mitschüler nach dem Frühstück auf Wanderung gingen. Das musste sie um jeden Preis verhindern. Also hatte sie sich ausgedacht, für den Notfall einen Rucksack mit Kleidung hier im Wald stehen zu lassen.

„Früher war der größte Teil von Irland mit Wäldern bedeckt, aber die wurden schon vor langer Zeit von Menschen gerodet", erklärte die Rangerin. „Menschen haben das Holz für Schiffbau und als Brennholz verwendet. Heute ist unsere Insel für die weiten grünen Wiesen bekannt, Wälder gibt es nur wenige. Seit Jahren versucht man, Wälder aufzuforsten, um mehr Lebensraum für Tiere zu schaffen und dem Klima zu helfen. Und hört mal genau hin ..."

Lena lauschte und hörte ein weit entferntes Klopfen auf Holz; Andy machte Pupsgeräusche, seine Freunde lachten.

„Das ist ein Specht", erklärte Maureen. „Nach allem, was wir wissen, der erste, der auf der irischen Insel lebt. Bislang gab es keinen einzigen Specht in Irland."

Sie liefen weiter in den Wald hinein, der Weg grub sich immer tiefer zwischen baumbestandene Hänge ein. Zwischen den hohen Baumstämmen wuchsen überall kleine

Tannenbäume mit frischen, grünen Nadeln. Jemand tippte Lena auf die Schulter. Theo, der blasse Junge, stand hinter ihr.

„Den hast du da hinten vergessen." Er hielt Lenas Rucksack in der Hand. Lena verdrehte genervt die Augen.

„Was ist denn?", fragte Theo unsicher.

„Nix", antwortete Lena. Sie bedankte sich und bemühte sich freundlich zu lächeln – er hatte es ja gut gemeint.

„Schaut mal", meldete sich die Rangerin zu Wort. Die Kinder versammelten sich um sie. Sie hielt einen Tannenzapfen hoch, von dem nicht mehr viel übrig war, nur ein hölzerner Strunk in der Mitte. „Jemand hat die Schuppen von diesem Zapfen gerissen, um die Samen darunter zu futtern. Die Schuppen liegen überall hier auf dem Boden herum." Sie deutete mit der Stiefelspitze. „Was meint ihr, wer könnte das gewesen sein?"

„Eine Maus?"

„Mäuse nagen den Zapfen bis auf den Mittelstrunk herunter. Um die Schuppen abzureißen, fehlt ihnen die Kraft."

„Ein Vogel?"

„Auch nicht stark genug. Vögel holen sich die Samen mit dem Schnabel und lassen die Schuppen am Zapfen."

„Ratten?"

Die Rangerin schüttelte erneut den Kopf. „Ihr seht hier die Spur eines Eichhörnchens", erklärte sie, und Lena horchte auf. „Eichhörnchen haben so viel Kraft, dass sie die Schuppen mit den Zähnen abreißen, um an die Samen zu kommen. Wenn am Fuß von Bäumen Schuppen von Tannen- oder Kiefernzapfen liegen, dann könnt ihr davon ausgehen, dass da ein Eichhörnchen gehockt hat."

„Gibt es hier viele Eichhörnchen?", fragte Lena.

„Zum Glück ja", antwortete Maureen. „Magst du Eichhörnchen?" Lena lächelte und nickte. „Kann ich gut verstehen", meinte die Rangerin. „Faszinierende kleine Kreaturen. Wusstet ihr, dass so ein kleines Tier fünf Meter weit springen kann? Mit dem buschigen Schwanz können sie ihren Flug so genau steuern, dass sie auch auf dünnen Ästen landen können. Und obwohl man lange dachte, Eichhörnchen wären Einzelgänger, weiß man heute, dass sie lebenslange Freundschaften pflegen. Oft teilen sich befreundete Eichhörnchen einen Kobel und wärmen einander in den kalten Monaten. Eichhörnchen halten nämlich – anders als viele andere Tiere – keinen Winterschlaf. Sie sind jeden Tag unterwegs, um etwas zu essen zu finden. Ratet mal, wie viele Nüsse ein Eichhörnchen in einem Herbst vergräbt?"

Ein paar Kinder riefen Vorschläge: „Sechzig?" – „Hundert?" – „Dreihundert?"

Schließlich gab die Rangerin die richtige Antwort. „Bis zu zehntausend! Könnt ihr euch das vorstellen? Allerdings finden sie nicht alle davon wieder."

„Dämliche Viecher", kommentierte Andy.

„Für den Wald ist das gut. Viele Bäume wachsen nur, weil ein Eichhörnchen eine Nuss, eine Eichel, eine Buchecker oder eine Kastanie vergraben und vergessen hat. Wir nennen sie die Gärtner des Waldes. Unsere besten Helfer."

„Kann es nicht sein ...", fing Lena einen Satz an, und war nicht sicher, ob sie ihn zu Ende sprechen sollte. Maureen sah sie ermunternd an. „Kann es nicht sein, dass das gar kein Versehen ist? Dass sie das absichtlich machen?"

„Mit welcher Absicht?", fragte Maureen.

„Na, weil es gut für den Wald ist."

Die Rangerin schmunzelte. „Das ist eine schöne Idee. Aber ich fürchte, so weit können die kleinen Tierchen nicht denken. Ihr Gehirn ist nämlich auch nur so groß wie eine Walnuss."

„Sag ich doch", meinte Andy. „Dämliche Viecher."

Die Rangerin führte die Gruppe weiter durch den Wald. Plötzlich war Andy Linden neben Lena; „‚Du magst wohl Eichhörnchen'", äffte er die Rangerin nach und rempelte Lena im Vorbeigehen an. Bevor Lena reagieren konnte, war er schon weitergegangen. „Au", sagte sie und rieb sich die Schulter.

Als sie nach der Wanderung zurück zur Herberge kamen, blieb Lena kurz hinter der Gruppe und ließ ihren

Rucksack noch einmal unauffällig an einem Baum am Waldrand stehen.

Das Abendessen schmeckte ungefähr so, wie es in der Jugendherberge roch – irgendwie nach alten Socken. Nach dem Essen durften die Kinder sich in ihren Zimmern weiter einrichten, bevor das Abendprogramm beginnen sollte. Als Lena den Speisesaal verließ, nahm Ms Blackley sie zur Seite. „Lena, kommst du bitte einmal mit?"

Was die Lehrerin wohl von ihr wollte? Lena folgte ihr in den Gemeinschaftsraum. Auf einem der Tische lag der Rucksack, den Lena heimlich im Wald platziert hatte.

„Lena, ist das dein Rucksack? Jemand hat ihn im Wald gefunden und hier abgegeben."

„Nein", log Lena.

„Ich habe hineingesehen, es sind Anziehsachen drin", erklärte Ms Blackley. „In jedes Kleidungsstück ist ein Etikett mit deinem Namen eingenäht."

Oh Mann. Warum musste ihre Mutter so gründlich sein?

„Also entweder gibts hier eine andere Lena, oder das hier ist dein Rucksack."

Lena schlug die Augen nieder. „Tut mir leid. Das ist mein Rucksack. Ich muss ihn im Wald verloren haben."

„Hast du ihn wirklich verloren?"

Lena schaute ihre Lehrerin unsicher an. Worauf wollte sie hinaus? Sie konnte unmöglich ihren Plan durchschaut haben.

„Setz dich kurz, Lena." Lena nahm Platz. Ms Blackley sah sie verständnisvoll an. „Es ist nicht einfach, das neue Mädchen an einer Schule zu sein, ich weiß das, Lena. Wenn die anderen Kinder dich ärgern, wenn sie dich ausgrenzen oder – wenn sie dein Gepäck im Wald verstecken – dann sag mir Bescheid, okay? Ich will dir helfen."

„Okay", sagte Lena. Es ist gar nicht leicht, Hilfe anzunehmen, merkte sie. „Aber ich habe den Rucksack wirklich im Wald vergessen."

„Du hast einen Rucksack voller Anziehsachen zu einer Wanderung mitgenommen?“

Lena nickte. Ms Blackley seufzte. „Okay, Lena. Wenn ich etwas für dich tun kann, sag mir Bescheid.“

Lena nahm ihren Rucksack und bedankte sich.

Das Abendprogramm bestand aus Spielen im Gesellschaftsraum. Lena schaute immer wieder nervös auf die Uhr. Wann würden sie endlich auf die Zimmer geschickt werden? Als es schließlich soweit war, lag sie als erstes Mädchen im Bett, und während die anderen noch redeten und kicherten und kein Ende fanden, stellte sie sich schon schlafend. Sie hatte sichergestellt, dass das Fenster halb geöffnet blieb und hatte das angespitzte Essstäbchen, ihren Speer in Eichhörnchengröße, neben dem Kopfkissen bereitgelegt. Mehrmals kam Ms Blackley ins Zimmer und verlangte, dass die Mädchen das Licht ausschalteten, und sobald sie das Zimmer verlassen hatte, schalteten die Mädchen das Licht wieder ein. Aber in den kurzen Momenten, in denen es dunkel im Zimmer war, schimmerte das weiße Licht des Vollmonds über den Wicklow Mountains ins Zimmer. Und obwohl Lena als erste im Bett gelegen hatte, schlief sie als letzte ein.

Als sie aufwachte, spürte sie sofort, dass sie nicht mehr ein Mädchen war, sondern ein kleines, flinkes Tier mit buschigem Schwanz und rotem Fell. Sie krabbelte unter der Decke hervor und lauschte ... sie hörte nur das regelmäßige Atmen der Mädchen.

Sie hängte sich das Essstäbchen mit dem Lederriemen um die Schultern, sodass sie ihre Waffe auf dem Rücken tragen konnte. Mit ein paar schnellen Sätzen kletterte sie auf den Fensterrahmen und nach draußen, stieg kopfüber die Wand hinunter und hoppelte über die Wiese vor dem Haus in den Wald. Im Himmel hing der volle Mond und sah aus, als würde jemand mit einer Taschenlampe durch dunklen Stoff leuchten. Der Geruch von feuchtem Waldboden umfing sie, und statt sich weiter Sorgen darum zu machen, ob jemand ihr Fehlen bemerken würde, freute sie sich auf die Abenteuer, die sie in dieser Vollmondnacht in einem fremden Wald erleben könnte. Würde sie neue Eichhörnchen kennenlernen? Lebten die Hörnchen hier genauso wie im Merlin Woods Park? Dumm nur, dass Eichhörnchen am Tag aktiv waren und nachts in ihren Kobeln schliefen – wenn sie nicht gerade Mondfeste feierten. Sie könnte einen Kobel ausfindig machen und die Eichhörnchen vorsichtig wecken, um mit ihnen zu reden … hoffentlich würden sie es ihr nicht übelnehmen. Lena hielt nach Eichhörnchenspuren Ausschau: abgerissene Schuppen eines Kiefernzapfens am Fuß eines Baumstamms, wie es die Rangerin erklärt hatte. Trotz des vollen Mondes war es am Waldboden dunkel, und mit Eichhörnchenaugen konnte Lena in der Nacht nicht besser sehen als sie es mit menschlichen Augen gewöhnt war.

Es knackte hinter ihr. Sie hielt inne, drehte sich um – etwas raschelte. Dann Stille. Lena lauschte. Wie laut die Stille nachts im Wald war … Blätter rauschten, ab und zu rief ein Vogel. Sie hörte es knistern und schaben, knirschen und knacken. All diese Geräusche klangen weit entfernt. Lena machte sich wieder an die Spurensuche – als erneut ein Geräusch hinter ihr erklang, viel näher und lauter als das Hintergrundmurmeln des Waldes. Sie fuhr herum. Etwas funkelte im Dunkel und verschwand gleich wieder.

Mit einem gemeinen Schrei stürzte sich etwas auf sie – Lena wich aus, wurde nur gestreift. Sie fuhr herum: Was sie attackiert hatte, war wieder irgendwo in den Schatten verschwunden. Was war das? Ein Marder, von dem Nuknuk erzählt hatte, der Erzfeind der Eichhörnchen? Es brach wieder aus dem Unterholz hervor. Lena stellte sich breitbeinig hin und zog den Speer vom Rücken; der silberne Anhänger blitzte im Mondlicht. Lena hielt dem Angreifer das gespitzte Essstäbchen entgegen – er sprang sie an – und spießte sich auf. Es war kein Baummarder. Vor ihr stand, mit dem Speer in der Schulter, einen Arm nach ihr ausstreckend: Ein großes graues Hörnchen. Mit eisblauen Augen. Sein Fell glitzerte im Mondlicht. Es knurrte sie an.

„Was willst du von mir?", fragte Lena streng. Konnte es ... nein, es konnte unmöglich das Hörnchen sein, das sie in den Dornbaum auf der Verkehrsinsel verfolgt hatte. Der Baum war kilometerweit weg! Wie sollte das Tier ihr hierher gefolgt sein?

„Au", sagte das graue Hörnchen. Es umfasste den Speer, der in seiner Schulter steckte. „Du bist ein Biest."

„Ich hab nicht angefangen", entgegnete Lena.

„Zieh es raus."

„Okay ... das wird weh tun ... bist du bereit?" Das graue Hörnchen nickte. Mit einem Ruck riss Lena den Speer frei. Das graue Hörnchen fluchte. Blut klebte an der Spitze von Lenas Essstäbchen, sie konnte aber erkennen, dass der Speer nicht tief gesteckt hatte.

„Waffen sind unfair", meinte das Hörnchen.

Lena fühlte sich tatsächlich etwas schuldig. „Tut mir leid, ich wollte dir nicht weh tun ... ich wusste ja nicht ... warum hast du mich denn angegriffen?"

Das Hörnchen fuhr herum. „Hast du das gehört?" Es schnüffelte in der Luft.

„Was denn?"

„Hinter uns im Gebüsch. Gib mir den Speer."

„Du spinnst wohl."

Aus dem Gebüsch brach ein Tier hervor, das Lena wie ein Monster vorkam. Groß wie eine Katze, ein langer buschiger Schwanz und nadelspitze Zähne, die im Mondlicht blitzten. Es stürzte sich auf das graue Hörnchen, bevor Lena auch nur „Vorsicht!“ rufen konnte. DAS musste ein Baummarder sein. Der Marder und das graue Hörnchen kugelten ineinander verkeilt über den Waldboden. Lenas Beine wollten wegrennen, aber sie zwang sich hierzubleiben, noch näher hinzugehen. Sie hob den Speer über den Kopf und wartete auf eine Gelegenheit, den Marder zu treffen, ohne das Hörnchen zu verletzen. Der Marder fauchte. Er bekam den Arm des Hörnchens mit den Kiefern zu packen und biss zu. Das Hörnchen schrie vor Schmerz, der Marder knurrte, jetzt stieß Lena mit dem Speer zu. Sie traf den Marder in den Po, vor Schreck ließ er das Hörnchen los. Es kletterte schwerfällig den nächsten Baumstamm hinauf. Der Marder wandte sich Lena zu. Sie stieß den Speer ein paar Mal in die Luft, um das Tier zu verjagen. Es ließ sich nicht beirren. Auf seinen kräftigen, kurzen Beinen baute es sich zu seiner vollen Größe auf.

Nach allem, was Lena über Eichhörnchen gelesen hatte, machte das graue Eichhörnchen alles richtig: wegrennen, den Baumstamm hoch, das war Eichhörnchenart. Nicht stehenbleiben und kämpfen. Immer rum und rum um den Baumstamm, bis dem Verfolger schwindelig wird, oder wegrennen durch die Äste und weitere Sprünge machen als die Verfolger sich trauen. Auf dünnen Zweigen landen, die das Gewicht eines Marders nicht tragen. Langsam hängte Lena die Waffe um ihre Schultern. Jetzt stieß der Marder vorwärts; vor Schreck machte Lena einen Satz in die Höhe, dann drehte sie um und raste den nächstbesten Baumstamm hinauf. Der Marder war ihr hart auf den Fersen. Lena machte einen großen Satz rüber zum nächsten Baum, da hockte das graue Hörnchen in einer Astgabel und sah sie mit großen Augen an, als es verstand, was passierte.

Nebeneinander, voreinander, hintereinander und übereinander rasten die beiden Hörnchen durch die Äste der Bäume, sprangen mit gewaltigen Sätzen von einer Baumkrone zur nächsten. Lena wurde immer mutiger, traute sich immer weitere Sprünge. Als sie über die Schulter blickte, sah sie, dass sie vorne lag, das graue Hörnchen hinter ihr und knapp hinter ihm der Marder.

„Hierher!“, kam plötzlich ein Ruf von irgendwoher, und Lena wechselte die Richtung, folgte der Stimme. Sie raste durch die Baumwipfel und riskierte einen waghalsigen Sprung nach dem anderen, bis sie eine hohe Kiefer erreichte, die die umstehenden Bäume überragte.

„Hier oben“, hörte sie aus den Ästen der Baumkrone, und so rannte sie den Stamm empor, dass ihre scharfen Krallen sich in die Borke gruben. Das graue Hörnchen war immer noch hinter ihr, aber ihr Abstand hatte sich vergrößert. Anders die Entfernung zwischen dem grauen Hörnchen und dem Marder: Der Marder holte auf! Das graue Hörnchen war größer und schwerer als Lena, zudem verletzt; es fiel ihm sichtlich schwerer, den Stamm der Kiefer zu erklimmen. Lena hörte es keuchen, der Marder zischte hinter ihm – da flog eine Nuss gegen seinen Kopf. Dann noch eine. Der Marder hielt verdutzt an. Das graue Hörnchen schleppte sich weiter vorwärts. Noch eine Nuss traf den Marder am Kopf. Lena erreichte die Baumkrone. Drei Eichhörnchen machte sie in den höheren Zweigen aus, sie waren es, die den Marder mit Nüssen bewarfen.

„Mach, dass du wegkommst!“, rief eins von ihnen. Mit grimmigem Knurren gab der Marder schließlich seine Beute auf. Er wandte sich um und verschwand den Stamm hinunter in die Dunkelheit. Ein paar Nüsse flogen noch hinter ihm her, ein anderes Hörnchen rief „Lass dich hier nicht wieder blicken!“

„Kommt rauf“, sagte es dann zu Lena und dem grauen Hörnchen. „Hier oben könnt ihr verschnaufen.“

Lena blickte zu dem grauen hinab. Es war außer Atem; es zögerte; dann kletterte es den Baumstamm weiter hinauf. Lena lächelte ihm entgegen, aber es drängelte sich an ihr vorbei, rannte den Ast entlang und nahm Anlauf für einen weiten Sprung in den nächsten Baum. Kurz sah Lena sein Fell in der Dunkelheit glitzern, dann verschwand es in den

Schatten. Lena blieb verdutzt zurück. Eins der anderen Hörnchen setzte sich neben Lena. „Wo will es denn hin?"

„Ich weiß auch nicht."

„Grauhörnchen", meinte das andere Tier abschätzig. „Ganz gut, wenn es wegbleibt."

„Komm erst mal mit in unseren Kobel", lud ein anderes Hörnchen Lena ein.

Hoch oben in der Kiefer hing, gebaut aus Blättern und Zweigen, ein kugeliges Nest, groß wie ein Medizinball. Die Hörnchen betraten den Kobel durch ein Loch in der Seite. Drinnen war es kuschelig, zu viert passten sie gerade eben hinein. Ein Hörnchen gab Lena Regenwasser aus einer Nussschale zu trinken.

Alle stellten sich vor; Tschirpt-wie-Vögel, Wetzt-die-Krallen und Spricht-mit-Füchsen hießen die drei Eichhörnchen. Lena staunte über die klangvollen Namen. Sie hatte immer noch Schwierigkeiten, männliche und weibliche Eichhörnchen voneinander zu unterscheiden, riet aber, dass Tschirpt-wie-Vögel ein Mädchen war, die anderen beiden Jungen. Oder Männer. Lena stellte sich als Blutpelz vor. „Ich komme von weit weg, ich gehöre zum Stamm vom Alten Walnussbaum."

„Davon habe ich noch nie gehört", meinte Wetzt-die-Krallen. „Wir gehören zum Stamm der Wilden Weide. Was machst du hier, nachts und so weit weg von zu Hause? Wir haben längst geschlafen, als wir eure Schreie gehört haben."

Bevor Lena antworten konnte, meldete sich Tschirpt-wie-Vögel: „Ich weiß, ich weiß! Du bist ein … Werhörnchen!"

„Das stimmt."

„Wow. Ich habe noch nie ein Werhörnchen getroffen."

„Kennst du das Hörnchen, hinter dem der Marder her war?", wollte Wetzt-die-Krallen wissen.

Lena schüttelte den Kopf. „Freunde sind wir nicht. Es hat mich angegriffen, bevor der Marder kam."

„Ein Grauhörnchen“, brummte Spricht-mit-Füchsen. „Denen kann man nicht trauen.“

„Das ist doch Quatsch“, widersprach Tschirpt-wie-Vögel.

„Was sind Grauhörnchen?“, fragte Lena.

„Sie kommen nicht von hier. Sie sind über das große Wasser gekommen“, erklärte Wetzt-die-Krallen.

Spricht-mit-Füchsen nickte. „Wir roten Eichhörnchen leben hier schon immer. Das ist das Land unserer Ahnen. Die Grauen gehören nicht hier her. Und sie werden immer mehr. Sie verbreiten sich wie die Karnickel. Wo es viele graue gibt, gibt es keine roten mehr. So einfach ist das. Sie sind eine echte Plage.“

„Hat mich das Hörnchen deshalb angegriffen? Kämpfen sie gegen uns?“, fragte Lena.

Wetzt-die-Krallen schüttelte den Kopf. „Das wäre mir neu, aber ich traue es ihnen zu. Auch ohne Kampf sind sie für uns gefährlich. Sie bringen die Pocken. Sie werden selber nicht krank davon, aber du musst ihnen nur die Pfote schütteln, um dich anzustecken. Ich habe schon Hörnchen gesehen, die Pocken hatten. Kein schöner Anblick. Da fault das Fleisch bei lebendigem Leib. Ein paar Tage später sind sie tot.“

„Das ist ja schrecklich.“

„Ja, das ist schrecklich.“

„Aber nicht alle Hörnchen mit grauem Fell sind Grauhörnchen, oder?“ Lena dachte an Bockshorn und andere Eichhörnchen zu Hause, die graues Fell trugen.

„Nein, so einfach ist es nicht“, erklärte Spricht-mit-Füchsen. „Es gibt auch rote Eichhörnchen mit grauem, braunem und schwarzem Fell.“

„Und woran erkenne ich, ob ich ein rotes Eichhörnchen mit grauem Fell treffe oder ein echtes Grauhörnchen?“

„Sie sind größer als wir, breiter und schwerer. Haben einen dicken Hals und kurze Ohren. Rattengesichter. Und niemals Puschel auf den Ohren.“

„Gut, dass ihr mir davon erzählt. Ich habe noch nie von ihnen gehört.“

„Vielleicht gibt es noch keine da, wo du herkommst."

„Vielleicht."

„Zum Glück werden sie eher von Mardern geschnappt als wir. Weil sie langsamer sind und weniger klettern, mehr am Boden laufen. Geschieht ihnen recht, wenn ihr mich fragt."

„Sei nicht so gehässig", ermahnte Tschirpt-wie-Vögel. „Wenn ein Marder ein Hörnchen frisst, ist das immer schrecklich, ob es rot, grau oder grün ist."

Lena runzelte die Stirn. „Das Hörnchen, das mich angegriffen hat, hat so ein Funkeln im Fell. Wie Frost auf einer Fensterscheibe."

„Wie Frost?"

„Ja ... wie Frost", antwortete Lena nachdenklich.

„Frost im Sommer? Unter dem Erdbeermond?"

„Da kann nur der Frost selbst dahinterstecken", meinte Spricht-mit-Füchsen.

Es wurde still und eisig im Kobel.

„Wenn der Frost die Grauhörnchen für sich gewonnen hat, steht uns ein Krieg bevor, wie wir ihn noch nie gesehen haben."

Eine Weile schwiegen alle.

Dann ergriff Tschirpt-wie-Vögel das Wort. „Lasst uns erst mal Ruhe bewahren. Es hat doch keiner von uns in der Dunkelheit erkennen können, ob es wirklich ein Grauhörnchen war, oder? Vielleicht war es nur ein graues Hörnchen. Und nur weil sein Fell glitzert, heißt das noch lange nicht, dass alle Grauhörnchen für den Frost kämpfen werden."

„Wir werden Augen und Ohren offenhalten."

„Und ich werde den Eichhörnchen bei mir zu Hause davon erzählen", erklärte Lena. „Danke, dass ihr mich gerettet habt. Wer weiß, wie es ohne euch ausgegangen wäre."

Tschirpt-wie-Vögel gähnte. „Wir bringen dich noch bis zum Rand des Waldes, damit du sicher bist."

„Danke."

Zu viert verließen sie den Kobel unter dem Licht des Erdbeermonds. Weder das Grauhörnchen, noch der Marder waren zu sehen. Bevor sie den Waldrand erreichten, hörte Lena Menschenstimmen rufen. Das Licht von Taschenlampen durchschnitt die Dunkelheit. Das Herz rutschte Lena tief in ihr Fell: Jemand musste bemerkt haben, dass sie nicht in ihrem Bett lag. Sie wandte sich an ihre neuen Freunde. „Ich muss gehen. Sofort. Vielen Dank für alles. Ich hoffe, wir sehen uns eines Tages wieder."

„Bestimmt", Tschirpt-wie-Vögel lächelte. „Und ich habe ein Abschiedsgeschenk für dich: Einen Wicklow-Namen. Wir nennen dich Klettert-im-Mondschein. Und unter diesem Namen werden wir uns an dich erinnern."

Lena nickte. „Danke, das gefällt mir. Jetzt muss ich gehen."

Lena hoppelte über den Waldboden bis zum Waldrand. Jetzt konnte sie verstehen, was die Menschen riefen. Sie riefen nicht „Lena". Sie riefen „Andy"!

Lena fiel ein Stein vom Herzen. Sie suchten nach Andy, nicht nach ihr! Sie hatte noch die Chance, aus all dem unbemerkt herauszukommen. Und Andy? Hatte bestimmt irgendeinen Mist angestellt und sich aus dem Zimmer geschlichen, um heimlich zu rauchen oder ein Mädchen zu treffen oder sonst einen Blödsinn.

Jetzt musste sie es nur noch schaffen, zurück ins Haus zu kommen. Sie hoppelte über den Platz zwischen Wald und Jugendherberge. Aus einiger Entfernung erkannte sie Ms Blackley und Mr Donovan draußen mit den Taschenlampen. Lenas Krallen waren spitz genug, um an der Hauswand hinaufzuklettern. Sie erreichte das Fenster – aber es war geschlossen! Sie musste einen anderen Weg ins Haus finden, bevor die Sonne aufging. Sie hatte keine Ahnung, wie viel Zeit ihr noch blieb, bevor sie sich hier draußen verwandeln würde, ohne den Notfallrucksack mit Kleidung! Wie sollte sie es erklären, wenn die Lehrer sie nackt hier draußen finden würden?

Sie schlich an der Hauswand entlang zur Eingangstür. Als Eichhörnchen war es ihr unmöglich, die Türflügel zu bewegen. Sie hockte sich neben die Tür und wartete, dass jemand sie öffnen würde.

Mrs Mullan, die Biologielehrerin, tat ihr den Gefallen. Sie trat mit einer Taschenlampe in der Hand durch die Tür, Lena schlüpfte an ihren Füßen vorbei in die Herberge und hoppelte den Flur entlang.

„Aaaah – eine Ratte!“ Mrs Mullan hatte sie bemerkt! Und für eine Biologielehrerin war sie sehr schlecht darin, Tiere zu erkennen. Im Flur vor Lena klappte eine Tür auf; Mr O‘Sullivan erschien, der grimmige Hausmeister, mit einem Besen in der Hand. „Ratte? Wo?“

Lena hielt an. Jetzt war der Hausmeister vor ihr, Mrs Mullan hinter ihr. „Das ist keine Ratte“, tönte der Hausmeister. „Das ist ein Eichhörnchen.“

„Ein Eichhörnchen?“, Mrs Mullan kam näher.

„Eigentlich trauen die sich nicht so nah an Menschen heran“, brummelte der Hausmeister. „Außer ... wenn sie Tollwut haben. Sind die Kinder gegen Tollwut geimpft?“

„Das weiß ich gar nicht“, meinte Mrs Mullan aufgeregt. „Können sie es nicht einfangen?“

„Ich werde es versuchen.“ Er kam mit dem Besen auf Lena zu. Lena wich zurück, drehte sich um und rannte den anderen Flur entlang in die Dunkelheit. Das Licht wurde eingeschaltet – der Flur endete vor einer verschlossenen Tür. Lena steckte in einer Sackgasse!

Der Hausmeister trieb sie mit dem Besen in eine Ecke; Lena kauerte sich zusammen.

„Komm, komm du kleiner Critter ...“, brummte er Hausmeister. Neben ihm stand Mrs Mullan und hielt einen Kissenbezug als Fangsack bereit. „Ich will dir ja nichts tun“, behauptete der Hausmeister. Von wegen, dachte Lena. Ein tollwütiges Eichhörnchen werdet ihr wohl kaum zurück in den Wald lassen. Der Hausmeister machte einen Schritt auf sie zu, da sprang Lena auf eine Fensterbank, der Hausmeister schlug mit dem Besen nach ihr, sie wich aus, hüpfte auf den Besenstiel und dann dem Hausmeister auf den Kopf. Mrs Mullan kreischte, der Hausmeister grunzte, und Lena machte einen großen Satz vom Kopf des Hausmeisters in den Flur hinter ihm und der Lehrerin, flitzte um ein paar Ecken, die nächste Treppe hinauf und war jetzt irgendwo im Dunkel der Flure allein. Ihre Häscher hatte sie abgehängt. Jetzt musste sie nur noch das richtige Zimmer finden und irgendwie hineinkommen. Sie schlich im Dunkel durch die Flure. Für ein Eichhörnchen sah hier alles gleich aus. Es fiel Lena schwer, die Zahlen an den Türen zu entziffern. Endlich fand sie Zimmer Nummer neun. Natürlich war die Tür geschlossen. Am Ende des Flurs lag ein Fenster, und Lena sah mit Erschrecken, dass der Himmel draußen sich blutrot färbte. Die Sonne ging auf.

Sie konnte nicht darauf warten, dass jemand die Tür öffnen würde. Also sprang sie, hüpfte aus dem Stand in die Höhe und versuchte, die Türklinke zu erreichen; doch aus dem Stand sprang sie nicht hoch genug. Sie versuchte es mit Anlauf; rannte auf die Tür zu und sprang. Sie berührte die Klinke im Vorbeifliegen, aber die Tür öffnete sich nicht. Die Aktion war mit mehr Getöse verbunden, als Lena lieb war. Sie nahm noch einmal Anlauf; sie müsste am langen Ende der Türklinke landen, damit die Tür sich öffnen würde. Also zielte sie genau auf den Punkt, an dem sie landen wollte, rannte los, lenkte den Flug mit dem Schwanz und – tatsächlich – erwischte die Klinke am äußeren Ende. Der Schwung ihrer Bewegung reichte, um die Türklinke herunterklappen zu lassen, und die Zimmertür sprang einen Spalt weit auf. Wieder am Boden, krabbelte Lena mit den kleinen Pfoten in den Türspalt und schob sich, Kopf zuerst, in das Zimmer. Der Linoleumboden wurde schon orange erleuchtet von der aufgehenden Sonne. Lenas Körper begann zu jucken, als würde sie an jedem Zentimeter ihrer Haut mit einer Federspitze gekitzelt. Sie krabbelte unter das nächste Bett und lief unter den Betten hindurch, an Staubflocken vorbei, bis sie die Fensterwand erreichte. Schnell und leise kletterte sie den Bettpfosten hinauf und schlüpfte unter die Bettdecke. Ihr winziges Herz pochte. Es hat geklappt. Ich bin im Bett. Niemand hat etwas bemerkt. Ich darf – schlafen.

Kapitel 9: Ein Jahr Hausaufgaben

Als Lena aufwachte, schien die Sonne hell ins Zimmer. Sie rieb sich die Augen.

„Du hast das Frühstück verschlafen", sagte eine Mädchenstimme. „Hast wohl eine aufregende Nacht gehabt?"

Tessa Sheehan saß auf einem Tisch vor dem Fenster, nahe bei Lenas Bett. Lena zog sich die Bettdecke unters Kinn, als ihr klar wurde, dass sie ohne Schlafanzug unter der Decke lag.

„Was?", fragte Lena. Sie war noch zu müde, um schlagfertig zu sein.

„Heute Nacht haben alle Lehrer Andy Linden gesucht. Er war nicht in seinem Zimmer. Also waren die Lehrer draußen mit Taschenlampen, am Ende haben sie sogar die Polizei gerufen, weil sie ihn nicht gefunden haben. Aber heute Morgen stellte sich heraus, dass Andy bei einem Mädchen war, die ganze Nacht."

Dann benutzte sie ein englisches Wort, das Lena nicht kannte: snogging. Lena musste fragen, was es bedeutet. „Küssen", antwortete Tessa als redete sie mit einer Hirnverbrannten. „Richtig heftig küssen."

„Snogging", wiederholte Lena. Knutschen musste das wohl heißen. Mit Andy? Lena verzog angeekelt das Gesicht.

„Andy weigert sich zu sagen, wer das Mädchen ist. Sein Vater ist auf dem Weg, er muss ihn abholen, zur Strafe."

„Okay ..."

„Weißt du, was dein Problem ist, Lena? Ich habe gesehen, dass dein Bett leer war letzte Nacht."

Lena sagte nichts.

„Ich bin also die einzige, die weiß, mit wem Andy Linden die ganze Nacht geknutscht hat." Sie schüttelte den Kopf. „Das hätte ich dir nicht zugetraut, Lena. Mit Andy? Ausgerechnet ... Das Gute für dich ist: Ich hab es noch keinem erzählt. Das Gute für *mich* ist: Du wirst ein Jahr lang meine Hausaufgaben machen. Und damit niemand merkt, dass du meine Hausaufgaben machst, wirst du selbst schlechtere Hausaufgaben abgeben. Mit Fehlern drin, die bei mir nicht drin sind. Verstanden?“

„Wieso sollte ich das tun?“

„Weil sonst die ganze Schule erfährt, und auch die Lehrer und deine Eltern, mit wem Andy geknutscht hat.“ Sie spitzte die Lippen und machte Knutschgeräusche. Lena schlüpfte unter der Bettdecke in ihr Pyjamaoberteil. Sie strich sich die verknoteten Haare aus dem Gesicht.

„Du kannst erzählen, was du willst“, erklärte sie. „Ich lasse mich nicht erpressen.“ Tessa war sichtlich überrascht. „Außerdem ist das alles Quatsch. Wenn ich überhaupt mit irgendwem knutschen wollte, wäre das bestimmt nicht Andy Linden.“

Tessas Augen verengten sich zu Schlitzen. „Sondern?“

Lena verdrehte die Augen. „Vergiss das Knutschen. Du kannst mich nicht erpressen. Das ist alles.“

Tessa sprang vom Tisch. „Bitte, wie du willst. Du hast deine Chance gehabt. Beschwer dich nicht bei mir, wenn nachher alle über dich reden.“

„Wenn du keine Lügen über mich verbreitest, wird niemand über mich reden.“

„Wo warst du dann gestern Nacht? Als du nicht in deinem Bett gelegen hast?“

Darauf war Lena nicht vorbereitet. „Ich war ... spazieren. Im Wald. Ich konnte nicht schlafen. Ihr habt zu laut geschnarcht!“

Tessa schnaubte. Sie schüttelte den Kopf und verließ den Raum. „Tessa!“, rief Lena ihr noch hinterher.

„Na toll ...“, sagte Lena zu sich selbst und schlüpfte in ihre Pyjamahose. Sie holte den Waschbeutel und ging zum Duschraum.

Sie stand allein unter den Duschen. Sie beeilte sich, um nach dem Frühstück nicht auch noch den Ausflug zu verpassen. Dreck und Erde versickerten mit dem Wasser im Abfluss. Beim Haarewaschen bemerkte Lena etwas Merkwürdiges. Als sie das Shampoo in den Haaren verteilte, kitzelte etwas ihre Finger. Sie fühlte nach und … konnte es nicht glauben. Sie lief aus der Dusche, pitschnass mit Shampooschaum im Haar und stellte sich vor den beschlagenen Spiegel. Sie wischte über das Glas und nahm ihr Ohr in Augenschein – ganz oben auf der Ohrmuschel wuchs ein Büschel borstiger Haare. Ein kleiner Pinsel, wie aus dem Wasserfarbkasten – oder auf dem Ohr eines Eichhörnchens.

Mit einer Nagelschere aus dem Waschbeutel schnitt sie die Haare ab, rotbraun rieselten sie ins Waschbecken. Sie tastete über die Ohrmuschel – sie fühlte sich noch stoppelig an. Sie trat zurück unter die Dusche, um den Schaum aus den Haaren zu spülen.

Sie zog sich schnell an und lief mit nassen Haaren nach draußen, als die Schüler sich schon vor dem Haus versammelt hatten. Ein Polizeiauto stand vor der Tür. Statt „Polizei“ steht in Irland das alte gälische Wort „Garda“ auf den Wagen. Andy Linden stand da und schien auf etwas zu warten, als ein weiteres Auto heranfuhr. Ein Mann stieg aus, kahlköpfig und breitschultrig. Das musste Andys Vater sein. Andy trottete auf ihn zu. Er wirkte gar nicht mehr groß und überlegen, viel mehr klein wie ein geschlagenes Hündchen. Jetzt tat er Lena sogar ein bisschen leid. Andy bemerkte, dass Lena ihn beobachtete und warf ihr einen grimmigen Blick zu aus seinen eisblauen Augen.

Als Lena die Gruppe der wartenden Schüler erreichte, hatte Tessa offenbar schon ganze Arbeit geleistet. Jeder, an dem Lena vorbeiging, kicherte oder tuschelte. Josh O‘Reilly und Brian Barry machten Knutschgeräusche. Plötzlich stand Ms Blackley vor ihr und drückte Lena eine Papiertüte in die Hand. „Du hast das Frühstück verschlafen. Da bist du sicher hungrig.“ – „Danke.“ – „Lena, wenn es etwas gibt, worüber du mit mir sprechen willst, kannst du jederzeit zu mir kommen, das weißt du, ja?“ Lena nickte. Ms Blackley lächelte angestrengt. Dann wandte sie sich mit lauter Stimme an die gesamte Gruppe: „Ein neuer Tag beginnt, neue Abenteuer warten!"

„Welche Abenteuer denn?" rief Josh.

„Hohe Bäume und alte Mauern, Josh. Auf zum Bus!"

Im Vorbeigehen fasste Nea Halligan Lena am Handgelenk. Nea war ihr schon öfter aufgefallen. Sie hatte alles, was andere Schulkinder auch hatten; nur hatte sie alles in schwarz mit Totenköpfen drauf. Schwarze Schuhe mit Totenköpfen, eine schwarze Schultasche mit Totenköpfen, ein schwarzes Etui mit Totenköpfen und darin schwarze Stifte mit Totenköpfen. Was es nicht mit Totenköpfen zu kaufen gab, das bemalte sie mit Totenköpfen. Das konnte sie erstaunlich gut, sie musste es viel geübt haben. Auch ihre Haare und ihre Kleidung waren schwarz, und jetzt, als sie Lena so nahe kam, bemerkte Lena, dass sie sogar wie ein Totenschädel roch: Wie nasser Stein und kaltes Moos. „Bevor du die Neue an der Schule warst, war ich die Neue an der Schule. Ich weiß, wie das ist", sagte sie leise. „Es wird gerade viel Scheiß über dich geredet, und du kriegst viel Hass ab. Ich hab keine Ahnung, ob die Gerüchte stimmen oder nicht, und ehrlich gesagt interessiert mich das auch nicht. Ich will dir nur sagen: Gib einen Scheiß drauf, was sie sagen. Sie reden, was sie reden. Lass sie reden. Sie sind alle Idioten. Und du bist du. Das ist alles. Okay?"

„Okay ...", antwortete Lena verdutzt. Nea drückte noch einmal ihr Handgelenk, ließ dann los und ging weiter zum Bus. Lena blieb sprachlos stehen.

Als sie vom Ausflug zurückkamen, sah Lena durch das Busfenster Maureen, die Rangerin, am Waldrand. Beim Aussteigen bat sie Ms Blackley um Erlaubnis, mit ihr zu reden – „Für ein Referat", behauptete sie. „Okay", erlaubte die Lehrerin. „Sprich mit ihr und danach kommst du zum Essen."

„Hallo Maureen", sprach sie die Rangerin an. „Ich bin Lena."

Maureen lächelte. „Das Mädchen, das sich so für Eichhörnchen interessiert."

„Richtig ... Ich würde dazu gerne noch etwas fragen. Stimmt es, dass es hier in den Wäldern immer mehr Grauhörnchen gibt?"

Maureen nickte. „Das stimmt. Seit einiger Zeit haben wir hier zwei Arten von Eichhörnchen: das europäische, rote Eichhörnchen, und die Grauhörnchen. Die sind hier nicht heimisch, sie kommen aus Amerika; vor gut hundert Jahren wurden ein paar davon in England ausgesetzt. Seitdem verbreiten sie sich. Für die roten Eichhörnchen ist das nicht so einfach, denn die Grauhörnchen sind größer und stärker, und vor allem bringen sie eine Krankheit mit, an der die roten Eichhörnchen sterben, wenn sie sich damit anstecken."

„Pocken."

„Genau", Maureen klang überrascht. „Das Parapoxvirus. Eichhörnchenpocken. Grauhörnchen sind dagegen immun, aber sie stecken die roten damit an. In England haben sie sich inzwischen so stark ausgebreitet, dass es in vielen Gebieten kaum noch rote Eichhörnchen gibt. Viele Menschen machen sich inzwischen Sorgen um die einheimischen Hörnchen. In England hat man sogar damit begonnen, Grauhörnchen zu keulen."

„Zu keulen?"

„Umzubringen. Aber das ist auch nicht so einfach, denn viele Menschen verwechseln europäische Eichhörnchen mit grauem Fell mit Grauhörnchen. Und bringen am Ende die falschen um. Denn auch rote Eichhörnchen können graues Fell haben. Mir tut es um jedes Eichhörnchen leid, das getötet wird, egal ob europäisches Hörnchen oder Grauhörnchen."

„Und hier in Irland?"

„Hier geht es jetzt erst los, dass die grauen sich ausbreiten. Bisher haben sie es nicht geschafft, den Shannon zu überqueren. Ihr kommt doch von der anderen Seite des Flusses, oder?"

Lena nickte. „Aus Galway."

„Da gibt es noch keine Grauen. Es ist aber nur eine Frage der Zeit, bis sie über den großen Fluss kommen, denke ich."

„Deshalb haben sie mir nichts davon erzählt ...", sagte Lena mehr zu sich selbst.

„Hm?"

„Ach nichts. Gegen die Krankheit ... gibt es da ein Gegenmittel?"

„Bislang nicht. Forscher suchen danach. Man hat auch schon entdeckt, dass nicht jedes rote Eichhörnchen krank wird – manche sind immun. Aber eine Impfung gibt es noch nicht."

„Vielen Dank, das war sehr informativ." Lena lächelte und verabschiedete sich.

Kapitel 10: Snoggy

Lena war froh, als die Klassenfahrt vorbei war, aber die Tage in der Schule wurden nicht besser. Nach der Fahrt in die Wicklow Mountains wurde ihr Spitzname „Shriek“ durch einen neuen abgelöst: „Snoggy“, auf deutsch ungefähr „Knutschi“. Lena hing es zum Hals raus, so genannt zu werden. Inzwischen wäre ihr lieber gewesen, alle wüssten die Wahrheit – dass sie in dieser Nacht als Blutpelz, das Eichhörnchen, gegen einen Marder und ein Grauhörnchen gekämpft und neue Freunde gefunden hatte. Stattdessen dachten alle, sie hätte mit Andy Linden geknutscht. Ausgerechnet Andy. Und als ausgerechnet Andy ihre Hausaufgaben abschreiben wollte, platzte ihr schließlich der Kragen.

„Hey Snoggy, gib mal Hausaufgaben“, forderte er großkotzig im Stuhl zurückgelehnt vor dem Geschichtsunterricht bei Mr Donovan.

„Ich lass dich überhaupt nichts abschreiben“, antwortete Lena kühl.

„Ach ja? Und warum?“

„Weil du ein Arsch bist.“

Ein paar Mitschüler lachten. Andys Gesicht wurde knallrot. „Snoggy wird wütend!“, rief irgendwer, und jetzt reichte es Lena endgültig. Sie stand auf. „Mein Name ist Lena und nicht Snoggy. Wer kam überhaupt je auf die Idee, ich hätte diesen Arsch geknutscht?“ Sie zeigte auf Andy. „Bevor ich den küsse, küsse ich lieber den Arsch eines Schimpansen.“

Jetzt sprang Andy auf. Viele lachten. „Das war aber sehr oft ‚Arsch‘ in einem Satz“, sagte plötzlich die Stimme eines Erwachsenen: Es war Mr Donovan, der gerade jetzt den Klassenraum betrat. Andy beugte sich mit rotem Kopf über den Tisch zu Lena und zischte: „Niemand lacht über mich, verstanden? Ich finde dich nach der Schule. SNOGGY.“

Während Mr Donovan zum Pult ging, schulterte Andy seinen Rucksack und lief raus. „Mr Linden?“, rief der Lehrer hinter ihm her. „Die Stunde ist noch nicht vorbei, wir wollten gerade erst beginnen!“

Mr Donovan blickte in die Runde. „Alles in Ordnung? Gibt es etwas, das ich wissen sollte?“ Und er sah genau Lena an bei dieser Frage. Sie schaute auf die Tischplatte und schüttelte den Kopf.

Als die Schüler den Klassenraum nach der Stunde verließen, ging Lena extra weit hinten. Sie suchte mit den Augen nach Andy Linden. Ob er draußen auf sie lauerte?

„Es war ziemlich cool, was du gemacht hast.“ Theo, der blasse Junge, war plötzlich neben ihr.

„Hm?“, fragte Lena abgelenkt.

„Es war dringend an der Zeit, dass jemand Andy mal die Meinung sagt.“

„Danke.“

Andy lauerte nicht auf dem Schulhof und auch nicht auf Lenas Heimweg. Sie setzte sich erleichtert auf die Bank im Park und holte einen Beutel Nüsse aus dem Rucksack.

Nuknuk saß nicht weit entfernt über den Wurzeln eines Baums, nahe bei einem Eichhörnchen mit kirschrotem Fell, langen Pinseln auf den Ohren und ausladenden Schnurrbarthaaren – das war Löwenzahn, wenn Lena sich nicht irrte.

„Na sowas“, hörte Lena eine Stimme hinter sich. Sie erkannte sofort, wem diese Stimme gehörte. „Snoggy ganz allein im Park und weit und breit kein Lehrer, der sie beschützen könnte.“

Lenas Herz pochte. Sie blieb einfach sitzen und antwortete nicht, drehte sich auch nicht um. Andy Linden trat um die Bank herum und stellte sich vor sie hin; er war nicht alleine gekommen. Mit Josh O‘Reilly und Brian Barry hatte er sich zwei willfährige Zuschauer mitgebracht.

Josh packte Lenas Rucksack.

„Hey!", rief Lena. „Gib mir meinen Rucksack zurück!" Doch Josh gab den Rucksack an Andy, der leerte ihn aus und ließ Lenas Sachen auf die Wiese fallen.

„Wow, ihr seid ja echt Helden", meinte Lena abschätzig und versuchte, sich die Angst nicht anmerken zu lassen. Andys Kopf wurde wieder rot. Er kam nah zu Lena heran.

„Du wirst dich nie wieder über mich lustig machen, hörst du?", zischte er.

Lena wollte aufstehen, doch Andy stieß sie zurück auf die Bank. „Brian", kommandierte er. „Gib ihr eine."

„Was?", fragte Brian.

„Hau ihr eine rein."

„Ehm ..." Brian zögerte. „Mädchen schlagen ist eigentlich nicht so cool."

„Jungs hauen ist genauso uncool", erklärte Lena.

„Halt die Klappe", fuhr Andy sie an.

„Komm Andy, es reicht", beschwichtigte Josh. „Wir wollten ihr Angst machen. Jetzt können wir gehen."

„Das ist noch lange nicht genug", sagte Andy und zog ein Taschenmesser. Er klappte die Klinge aus.

„Hey Andy", Josh klang jetzt selbst ängstlich, „übertreib nicht."

„Haut ab!", schrie Andy mit seinem roten Kopf und fuchtelte mit dem Messer herum.

„Komm, wir verschwinden", meinte Brian zu Josh.

„Wir sehen uns morgen in der Schule, Andy", sagte Josh. Dann zogen die beiden ab. Jetzt war Lena mit Andy ganz allein. Sie sah sich hilfesuchend um, aber auch Willow war nirgends zu sehen.

„Steh auf", wies Andy sie an. Lena schluckte. Sie versuchte aufzustehen, aber Andy stieß sie sofort wieder zurück auf die Bank. „Steh auf, hab ich gesagt."

„Das ist mir zu doof, Andy."

„Steh auf!" Er streckte das glänzende Messer in ihre Richtung.

Lena seufzte. Sie stand auf.

„Was zur …“, murmelte Andy. Er schaute an Lena vorbei. Sie blickte über die Schulter: Hinter ihr, auf der Lehne der Bank, hockte eine ganze Horde Eichhörnchen. Lena erkannte Nuknuk, Löwenzahn, Fuchsfell und Weidenkätzchen mit mehreren Eichhörnchen, deren Namen sie nicht kannte.

„Was soll das …“ rätselte Andy, und Lena spürte neuen Mut. „Sie wollen, dass du mich in Ruhe lässt.“

„Lächerlich.“ Andys Stimme klang unsicher.

Bevor er noch etwas sagen konnte, sprang Nuknuk mit einem großen Satz an Lenas Kopf vorbei und landete in Andys blonden Haaren. Nuknuk kratzte und biss in Andys Kopfhaut, Andy fuchtelte mit dem Messer herum. Löwenzahn sprang auf Andys Arm und biss in sein Handgelenk; Andy schrie auf, schimpfte und verlor das Messer aus der Hand. Mit zwei wildgewordenen Eichhörnchen auf dem Körper und immer noch überrascht, taumelte Andy rückwärts, woraufhin auch die anderen Hörnchen zum Angriff ansetzten. Als die sich auch noch auf ihn stürzten, nahm Andy Reißaus; er fuhr herum und rannte weg, versuchte die Tiere abzuschütteln, die erst von ihm abließen, als er schon ein ganzes Stück gerannt war. Lena war so erleichtert, dass ihr die Tränen kamen. Die Eichhörnchen liefen ihr entgegen, Lena hob das Messer auf. Nuknuk kletterte Lenas Bein hinauf und setzte sich auf ihre Schulter, Löwenzahn blieb vor ihr stehen und es sah aus, als machte er eine kleine Verbeugung. Die anderen Eichhörnchen bildeten einen Ring um sie, wie um sie zu beschützen.

„Ihr seid großartig“, freute sich Lena und wischte sich die Tränen weg, wohlwissend, dass die Eichhörnchen sie wahrscheinlich nicht verstehen konnten. „Ihr wart genau zum richtigen Zeitpunkt da. Tausendmal danke, ihr Lieben.“ Sie schmiegte die Wange an Nuknuks kleines Köpfchen. Sie verteilte Nüsse an die kleinen Helden, dann räumte sie ihre Sachen, die Andy auf den Boden geworfen hatte, zurück in den Rucksack.

Auf dem Weg nach Hause lief sie mit Nuknuk auf der Schulter noch an dem kleinen See im Park vorbei. Sie zog Andys Taschenmesser, schaute es noch einmal an und warf es dann in hohem Bogen ins Wasser. Nuknuk begleitete sie bis zum Gartenzaun und verschwand dann wieder zwischen den Bäumen.

Kapitel 11: Honigmond

Vier Wochen nach der Reise in die Wicklow Mountains kam endlich der neue Vollmond. Die Wochen bis dahin verliefen einigermaßen ruhig. Andy Linden schien ihr aus dem Weg zu gehen und fehlte an vielen Tagen ganz in der Schule. Lena hatte die Tage bis zum Vollmond im Kalender abgestrichen und konnte kaum erwarten, endlich wieder ihre Eichhörnchenfreunde zu treffen und mit ihnen zu reden, um ihnen alles zu berichten, was in der Zwischenzeit geschehen war.

So sehr sie sich darauf gefreut hatte, so wenig verlief der Abend nach Plan. Lena war extra früh ins Bett gegangen, konnte aber lange nicht einschlafen. Als sie endlich richtig müde war und schon erste Traumbilder sah, hörte sie wieder ihre Eltern streiten. Das war doch nicht fair. Egal, wie Lena sich anstrengte, am Ende ging wieder alles dadurch kaputt, dass ihre Mama und ihr Papa sich wegen irgendeiner Kleinigkeit in die Haare bekamen. Und wenn sie einmal anfingen zu streiten, wurde es immer schlimmer.

Statt gemütlich einzuschlafen und sich auf nächtliche Abenteuer zu freuen, weinte sie sich in den Schlaf.

Endlich wachte sie auf. Klein und pelzig lag sie auf dem viel zu großen Kopfkissen. Sie schaute an ihrem blutroten Fell hinunter und lächelte so breit, dass die Schnurrbarthaare weit abstanden. Sie schnallte sich den Eichhörnchenspeer, das angespitzte Essstäbchen, auf den Rücken. Hinter der Fensterscheibe stand schon Nuknuk und klopfte mit der Pfote ans Fenster.

Aber – das Fenster war geschlossen! Lena hatte es auf Kipp gestellt, da war sie ganz sicher, damit sie nach ihrer Verwandlung hinausklettern könnte. Ihre Mama oder ihr Papa musste das Fenster geschlossen haben, nachdem sie eingeschlafen war! Nuknuk klopfte und winkte. Lena breitete hilflos die Pfoten aus.

Denk Lena, denk. Wie konnte sie in den Garten kommen?

Sie bedeutete Nuknuk zu warten und schlich zur Zimmertür. Mit einem großen Satz sprang sie auf die Türklinke,

wie sie es in der Jugendherberge gelernt hatte – die Tür sprang auf. Sie zwängte sich durch den Spalt in den Flur und lauschte. Es klang, als wenn unten der Fernseher lief. Lena lief ins Badezimmer: Auch hier war das Fenster geschlossen. Dann schlich sie ins Schlafzimmer: Da lag ihre Mutter im Bett, eingeschlafen mit einem Buch in der Hand, die Nachttischlampe brannte. Das Fenster – war geschlossen. Ihr Vater lag nicht im Bett, sicher war er noch unten.

Hier oben gab es keinen Weg nach draußen. Sie konnte doch nicht die Vollmondnacht im Haus verbringen — danach würde sie wieder einen ganzen Monat bis zur nächsten Verwandlung warten müssen! Sie musste es im Erdgeschoss versuchen – also die Treppe hinunter und irgendwie an ihrem Vater vorbei.

Sie krabbelte leise die Treppenstufen hinab und hörte immer deutlicher die Klänge, die aus dem Wohnzimmer kamen; es waren Stimmen, aber es klang nicht wie Fernsehen. Tatsächlich erkannte Lena ihre eigene Stimme! Was hatte das denn zu bedeuten?

Die Tür zum Wohnzimmer stand einen Spalt weit offen. Lena prüfte erst die anderen Räume. Vielleicht könnte sie entwischen, ohne an ihrem Vater vorbei zu müssen? Aber ... das Fenster in der Küche war geschlossen, genauso wie das Fenster in der Gästetoilette und im Arbeitszimmer. Also setzte Lena sich in den Spalt der Wohnzimmertür und spähte in den Raum.

Sie hörte ihre Eltern „Happy Birthday“ singen. Dann die Stimme ihres Vaters: „Wünsch dir was, Lena!“ Und sie hörte ihre eigene Stimme, eine kleinere, piepsigere Version ihrer Stimme. Sie sagte: „Ich wünsche mir, dass wir uns alle immer liebhaben und es allen in der Familie gut geht.“

Lenas Eichhörnchenaugen wurden feucht. „Du darfst es nicht verraten“, hörte sie die Stimme ihrer Mutter, „sonst geht es nicht in Erfüllung.“

Lena rollte eine Träne über das Gesicht. Jetzt hörte sie ihren Vater schluchzen. Sie streckte das Köpfchen weiter in den Raum, da konnte sie ihn sehen: Er saß auf der Couch, vor ihm auf dem Tisch sein Computer, auf dem er sich das alte Video ansah. Sein Kinn bebte, seine Augen waren rot. Neben dem Computer stand eine Flasche irischer Whiskey. Am liebsten hätte sie ihren Vater in den Arm genommen.

Er streckte die Hand aus und aktivierte ein anderes Video. „Wie macht der Löwe, Lena?“, kam seine Stimme aus dem Computer. Sie schlich nahe bei der Wand unter der Couch hindurch zur Gartentür. Sie war verschlossen.

„Rauuuuuuuuu“, machte die kleine Lena im Computer. Lenas Papa hielt das Whiskeyglas an seine Lippen und weinte.

Sie fasste einen Plan: Statt sich zu verstecken, würde sie sich zeigen. Ein Eichhörnchen im Haus – das wird er doch in den Garten scheuchen! Ihren Speer durfte er nicht sehen. Sie versteckte ihn unter der Couch.

Lena hopste auf den Tisch. Ihr Vater schaute sie an, als könnte er nicht glauben, was er sah. Er stellte das Glas ab. „Wer bist du denn?“, sagte er. Seine Augen waren vom Weinen und Trinken ganz trüb.

„Ich bin Lena“, sagte Lena, „dein Kind.“ Aber sie sagte es natürlich in Eichhörnchensprache und wusste, dass ihr Vater sie nicht verstehen konnte. Er schmunzelte. Lena war froh, dass sie sich in ein Eichhörnchen und nicht in eine

Ratte verwandelte, sonst wäre er bestimmt schon mit dem Besen hinter ihr her wie der grimmige Hausmeister in den Wicklow Mountains. Er hielt die Hand an ihr Köpfchen, Lena schmiegte sich dagegen wie ein Kätzchen. Er lächelte. „Du magst mich wenigstens", sagte er, und gleich fing wieder sein Kinn an zu beben. „Was machst du denn hier drinnen? Du willst bestimmt, dass ich dich rauslasse." Er stand auf. „Danke", sagte Lena und hoppelte hinter ihm her. Er öffnete die Gartentür, Lena schmiegte sich noch einmal an sein Bein, dann lief sie raus in den Garten.

„Pass auf dich auf", rief er hinter ihr her.

Nuknuk wartete auf dem Rasen. „Du hast es geschafft, geschafft!", strahlte sie. Als Lena näher kam, schaute sie besorgt. „Hast du geweint? Geweint?"

„Ach Nuknuk", sagte Lena und fragte sich, wie viel von ihren Problemen sie dem kleinen Hörnchen zumuten wollte. „Lass uns erst mal weg von hier."

Sie durchquerten den Garten, kletterten den Zaun hinauf und auf der anderen Seite wieder hinunter. Im Park sprangen sie von einer Kiefer zur anderen und erreichten bald die große Wiese, an deren Rand der Alte Walnussbaum im Mondschein wachte.

„Du kannst mir alles sagen", lächelte Nuknuk. „Wir sind nämlich Freundinnen, beste Freundinnen." Sie strahlte.

„Es ist ...", setzte Lena an und seufzte. „Meine Eltern. Seit wir hier wohnen streiten sie ständig. Es ist überhaupt nicht mehr schön zu Hause." Sie konnte es nicht aussprechen, ohne zu weinen.

„Arme Lena." Nuknuk runzelte die Stirn. „Was passiert denn, wenn Menschen streiten?"

„Ein bisschen Streit ist nicht schlimm, aber wenn Menschen immer streiten, gehen nach und nach alle guten Gefühle weg. Und wenn keine schönen Gefühle mehr da sind – dann trennen sich Menschen manchmal. Leben nicht mehr zusammen."

„Und was passiert dann?"

Lena wischte die Tränen weg. „Zu Hause hatte ich eine Freundin, deren Eltern haben sich getrennt. Sie hat dann eine Woche beim Vater gelebt und eine Woche bei ihrer Mama, immer abwechselnd. Aber bei mir wäre das ja noch komplizierter ... Mama würde bestimmt zurück nach Deutschland gehen, und Papa hier bleiben ... dann müsste ich mich entscheiden."

„Wen magst du denn mehr?"

„Ach ... im Moment mag ich beide nicht mehr. Aber eigentlich ...", sie weinte eine neue Träne, „eigentlich hab ich beide lieb. Und ich will beide behalten." Jetzt konnte sie nicht mehr anders, als richtig zu weinen und zu schluchzen.

Nuknuk versuchte sie zu trösten. „Bei uns Hörnchen, da ist der Papa immer schon weg, wenn die Babys geboren werden. Meistens weiß man gar nicht, wer sein Papa ist. Das ist alles ein bisschen anders, anders als bei Menschen. Menschen."

Lena schnaubte. „Das hilft mir gerade gar nicht, Nuknuk."

Jetzt mussten beide lachen.

„Worüber streiten sie denn, deine Eltern?"

„Ach, ich weiß auch nicht ... Alles fing mit diesem Umzug an. Seitdem streiten sie eigentlich immer über Geld."

„Geld? Wieso Geld?"

„Wir haben vorher weit weg gewohnt, in einem anderen Land. Wo man eine andere Sprache spricht. Papa sollte einen tollen neuen Job bekommen, einen besseren als zu Hause, mit dem er mehr Geld verdient. Deshalb sind wir hierher umgezogen."

„Und Geld braucht man wofür? Wofür?"

„Weißt du gar nicht, was Geld ist?"

„Doch", erwiderte Nuknuk stolz. „Münzen und Scheine. Münzen und Scheine, die Menschen sehr gern haben. Nur wofür man sie braucht, weiß ich nicht."

„Für Geld kann man sich alles kaufen. Bei Menschen funktioniert das so. Wenn Menschen arbeiten, bekommen sie Geld und für das Geld können sie dann Sachen kaufen."

„Was für Sachen?“

„Alles.“

„Nüsse? ... auch Nüsse?“

Lena nickte. „Nüsse auch.“

„Wow. Wie viele Nüsse?“

„Das kommt darauf an, wie viel Geld man hat. Mehr Geld – mehr Nüsse.“

„Wow.“

„Scheinbar ist Papas Job jetzt aber doch nicht so toll, und jetzt haben wir irgendwie weniger Geld als vorher und Mama sagt, der Umzug war ein Fehler. Weil Papa nicht mehr verdient als zu Hause, Mama hier gar nicht richtig arbeiten kann und ich keine Freunde finde.“

„Das stimmt doch gar nicht! Du hast viele Freunde gefunden. Zum Beispiel mich!“

Lena lächelte. „Ja, schon. Aber keine Menschenfreunde.“

Nuknuk runzelte die kleine Stirn.

„Mama gibt meinem Vater die Schuld für alles, dabei kann der auch nichts dazu, glaube ich. Das ist alles nicht fair.“

„Es ist nicht fair, dass ihr Geld braucht und die Marder alles für sich behalten.“

„Was?“

„Die Marder haben einen Schatz. Aus Geld. In einem Baum, der mal uns gehört hat. Der Alte Uferbaum. Die Marder haben ihn erobert. Er ist jetzt ihr Revier. Es ist nicht fair, dass die den Schatz nicht teilen und deine Eltern deswegen streiten. Dabei können die Marder sich eh nichts davon kaufen. Keine Nüsse und gar nichts.“ Nuknuk verschränkte wütend die Arme vor der Brust.

„Wo steht dieser Baum?“

„Der Alte Uferbaum? Am Ufer natürlich“, sagte Nuknuk, als könnte sie nicht glauben, dass Lena eine so dumme Frage stellte. „Bei den Froschwassern. Komm, ich bring dich hin. Ich zeig es dir.“

„Aber ...“ Noch bevor Lena widersprechen konnte, rannte Nuknuk los, quer über die große Wiese, vorbei an den knorrigen Wurzeln des Alten Walnussbaums und verschwand zwischen den Bäumen. Lena setzte ihr nach.

„Warte mal, Nuknuk“, rief sie, denn ihr war wieder eingefallen, worüber sie eigentlich mit Nuknuk sprechen wollte. Aber Nuknuk wartete nicht. Sie rannte einen Baumstamm hinauf und sprang über die Äste von einem Baum zum anderen, bis sie den kleinen See erreichten, in dem Lena Andys Taschenmesser versenkt hatte. Das Wasser lag schwarz und still da und spiegelte den vollen Mond. Nuknuk wartete auf einem tiefhängenden Ast über dem Wasser. Lena erreichte sie außer Atem.

„Wir müssen die Augen offenhalten“, flüsterte Nuknuk. „Das hier ist schon Revier der Marder, Marder! Siehst du?“

Sie deutete in die Dunkelheit.

„Was soll ich sehen?“

„Den Kackhaufen. Da auf dem großen Stein beim Wasser. Das ist ein Kackhaufen von einem Marder. Damit markieren sie ihr Gebiet.“

„Buäh.“ Lena verzog angeekelt das Gesicht.

„Marder haben Zähne, spitz wie Heckendornen. Sie sind größer und stärker als wir, aber auch ein bisschen langsamer. Und weißt du, was sie am liebsten essen?“

Lena nickte. „Hab ich gelesen. Eier.“

„Ja, vielleicht. Und am zweitliebsten?“

Lena zuckte die Schultern.

„Eichhörnchen!“, erklärte Nuknuk mit aufgerissenen Augen. „Komm!“ Der Weg durch die Wipfel führte sie aus dem Park, an Willows Haus vorbei hinter das leerstehende Haus am Ende der Straße. Der ehemalige Garten war verwildert, Himbeer- und Brombeerranken wuchsen in Schichten übereinander und bildeten ein nahezu undurchdringliches Dickicht zwischen wilden Holundersträuchen.

„Die Himbeeren wachsen bis runter zum Fluss“, erklärte Nuknuk, „und da unten am Wasser steht der Alte Uferbaum. Komm!“

„Warte, Nuknuk. Ich muss dir so viel erzählen!“

„Lena – erzählen kannst du immer noch. Wir haben doch nur diese eine Nacht, danach müssen wir wieder auf den nächsten Vollmond warten. Reden ist langweilig. Holen wir uns –", ihre Augen weiteten sich, „den Schatz."

„Ist das nicht zu gefährlich?"

„Es ist ein Abenteuer!" Nuknuk verschwand unter den dornigen Ranken.

„Mag ich eigentlich Abenteuer?", fragte Lena sich selbst. Sie folgte ihrer Freundin. Nuknuk fand ihren Weg durch das Gestrüpp, mal lief sie unten am Boden, nah bei den Wurzeln, mal kletterte sie in den Holunderbüschen empor und sprang durchs Mondlicht von einem Zweig zum anderen. Lena versuchte ihr zu folgen; hätte sie ihren eigenen Weg gesucht, hätte sie wohl die halbe Nacht gebraucht, um den Fluss zu erreichen.

Auf einem Holunderzweig hielt Nuknuk an und richtete sich auf, um das Gelände zu überblicken. Ihr weißer Bauch leuchtete im Mondlicht. Etwas Schwarzes rauschte durch die Nacht, nahe beim Dach des verfallenen Hauses. Lena hörte das Flap-flap-flap lederner Flügel.

„Das sind nur Fledermäuse", beruhigte Nuknuk. „Von denen haben wir nichts zu befürchten. Das da ist schlimmer, viel schlimmer."

„Das da? Was meinst du?"

„Hör mal genau hin."

Lena spitzte die Ohren; weit entfernt hörte sie im nächtlichen Rauschen der Bäume und Büsche ein tiefes „Huuut-Huuut".

„Eine Eule?", fragte sie.

„Der große alte Uhu", erklärte Nuknuk. „Oder der kleine alte Uhu. Ihre Stimmen klingen ähnlich. Uhus sind stark und haben scharfe Krallen. Sie sind hungrig, und sie lieben Eichhörnchenfleisch."

„Gibts hier eigentlich auch Tiere, die uns nicht essen wollen?"

„Die Fledermäuse", erklärte Nuknuk. „Hast du schon gesehen, wer da vorn herumschleicht?"

Tatsächlich hatte Lena das Tier, auf das Nuknuk zeigte, nicht gesehen. Eine Katze schlich, dicht an den Boden gedrückt, zwischen den Himbeerranken umher.

„Die dürfte auf Mäusejagd sein“, erklärte Nuknuk. „Hier wohnen viele Mäuse. Nachts kommen sie aus ihren Löchern, Löchern.“

Lena erkannte das Raubtier wieder: Nachts sind zwar alle Katzen grau, aber diese trug dunkle Flecken im hellen Fell wie bei einer Kuh.

„Ist das nicht ...“

Nuknuk nickte. „Die Katze, vor der du mich gerettet hast. An dem Tag, als ich dich gebissen habe. Um danke zu sagen. Hab ich das eigentlich?“

„Deshalb hast du mich gebissen? Um danke zu sagen?“

„Sonst verstehst du ja meine Sprache nicht. Danke Lena, dass du mich gerettet hast. Vor dieser garstigen Katze.“

„Keine Ursache“, murmelte Lena, die Augen auf das kuhfleckige Tier gerichtet. Seine Augen leuchteten in der Dunkelheit. „Für einen Menschen ist es nicht schwer, eine Katze zu verscheuchen. Das braucht nicht viel Mut ...“

Nicht so viel, als wenn man ein Eichhörnchen ist, dachte Lena. Sie mussten unter den Augen eines Uhus vorbei an einer Katze, um in einen Baum voller Marder zu kommen. Vielleicht sollten sie ihr Abenteuer abbrechen? Lena könnte morgen in Menschengestalt wiederkommen, dann würden weder Marder noch Katzen oder Uhus eine Gefahr für sie bedeuten.

Lena wollte gerade ihren Vorschlag äußern, da sprang Nuknuk schon aus dem Holunderbusch in das Meer aus Himbeerranken. Leichtfüßig hüpfte sie über das dornige Gestrüpp; sie schien genau zu wissen, welche Zweige sie halten würden und welche zu dünn waren.

Lena wusste es nicht. Sie hatte auch keinen geheimen Eichhörncheninstinkt, der es ihr hätte sagen können. Sie versuchte sich zu merken, über welche Stellen Nuknuks Weg führte, aber es ging viel zu schnell. Nuknuk sprang über das Dickicht wie ein flacher Stein über Wasser, ohne unterwegs innezuhalten.

Lena folgte ihr, doch die vierte Ranke, auf die sie sprang, gab mehr unter ihr nach, als sie erwartet hatte. So rutschte sie im Moment des Absprungs ab, schlingerte durch die Luft und kam unelegant in trockenen Zweigen auf, die gleich unter ihr brachen und sie auf eine unsanfte Reise abwärts schickten. Lena fiel durch brechende Zweige und morsche Stachelranken, verdrehte sich im Versuch, sich irgendwo festzukrallen und knallte schließlich auf die kahle Erde zwischen den Wurzeln. Sie richtete sich auf und rieb die schmerzenden Stellen an ihrem Körper. Wie ein Gewölbe erhob sich über ihr ein Gespinst aus vielen Schichten Himbeer- und Brombeerranken. Das Licht der Sterne konnte es kaum durchdringen. Düster und leise war es hier unten.

„Nuknuk?", rief sie halblaut.

Am Boden piepste etwas. Eine kleine Maus schaute sie verdutzt aus großen, braunen Augen an.

„He, Mäuschen", sagte Lena freundlich, doch der kleine Nager huschte weg von ihr und verschwand zwischen Wurzeln und Ranken.

„Ich wollte dir doch nichts Böses", beschwichtigte Lena. Etwas raschelte hinter ihr. Sie drehte sich um: Die Maus hatte nicht vor ihr Angst gehabt. Die kuhfleckige Katze stand vor ihr! Lena sprang hoch, im gleichen Moment machte die Katze einen Satz vorwärts und packte mit Pfoten und Maul ins Leere. Lena blieb in den verwobenen Ranken stecken und hing jetzt über dem Kopf der Katze, die fauchend herumfuhr. Sie wischte mit den Krallen nach Lena, die sich irgendwie nach oben zog und gerade eben der Reichweite der Katze entkam. Da kam Nuknuks Pfote von oben durch das Dickicht: „Le-

„Ich mag Menschen", antwortete der Marder. „Ich verdanke ihnen mein Leben. Sie haben mich aufgenommen, als ich verletzt war. Haben mich gepflegt und gerettet."

„Ich bin ein Mensch", wiederholte Lena erleichtert, jetzt in der Hoffnung, dass ihr das helfen würde. „Nur bei Vollmond werde ich zum Eichhörnchen. Alle anderen Tage des Monats bin ich ein Mensch. Ein Mädchen."

„Ein Fuchs hatte mich geschlagen. Mir ins Genick gebissen. Das ist schon lange her. Ich bin ihm davongekommen, mehr tot als lebendig. Ohne die Menschen, die mich gepflegt haben, verbunden, gewaschen, gefüttert, wäre ich längst nicht mehr da."

„Ich freue mich", sagte Lena. „Ich freue mich, dass du Menschen magst und dass Menschen dir geholfen haben."

„Mensch oder nicht Mensch, dieser Baum gehört uns. Mir und meinen Kindern. Was hast du hier zu suchen?"

„Ich suche tatsächlich etwas. Einen Schatz. Einen Menschenschatz."

„Silberne Scheiben?"

Lena nickte.

„Du hast ihn gefunden. Du stehst drauf. Er liegt unter deinen Füßen."

„Dann ist das hier ..." Lena legte die Pfote auf das bleiche Holz. „Das hier ist der Alte Uferbaum?"

„So nennen ihn die Eichhörnchen. Wir nennen ihn die Kastanienmutter. Und hier lebe ich, in der Mutter der Kastanien, denn ich bin heute selbst eine Mutter."

„Du bist ein", fast hätte Lena ‚Weibchen' gesagt, „eine Frau?", sagte sie stattdessen. „Eine Marderfrau?"

Das Tier nickte. „Eine Mardermutter, die die Menschen mag. Die ihnen gegenüber eine alte Schuld zu begleichen hat. Das ist heute Nacht dein Glück. Das rettet dir das Leben. Meine Schuld ist damit getilgt. Aber meine Kinder ...", sie schaute über den Rand des Baumstamms in den Nachthimmel, „Meine Kinder haben keinen Grund, Menschen zu mögen. Sie lieben den Geschmack von Eichhörnchenfleisch. Sie sind irgendwo da draußen, jagen. Sie sind wild. Jung, stolz und stark. Wenn sie dich sehen, werden sie nicht auf mich hören. Ich werde dich nicht vor ihnen beschützen können."

Sie gab den Ausgang frei. „Geh besser schnell und komm nicht wieder."

Lena kratzte in dem Holzmehl unter ihren Pfoten. Zwischen morschem Holz und Kellerasseln sah sie tatsächlich etwas glänzen. Sie nahm ihren Mut zusammen.

„Was ist mit dem Schatz?"

„Was soll mit ihm sein?", fragte die Mardermutter.

„Ich brauche ihn. Für meine Familie."

„Du wirst ihn kaum tragen können."

„Als Eichhörnchen nicht. Als Mensch schon."

„Der Schatz ist mir egal. Ich brauche ihn nicht."

„Dann darf ich zurückkommen? Als Mensch? Und ihn holen?"

Die Mardermutter nickte. „Komm am Tag. Dann schlafen meine Kinder. Störe unsere Ruhe nicht und gib acht auf die Kastanienmutter, krümme ihr keinen Zweig."

„Danke", sagte Lena. „Ich schulde dir etwas."

Die Mardermutter deutete ein Nicken an. „Mach, dass du hier wegkommst. Bevor meine Kinder von der Jagd zurückkommen."

Sie kletterten aus dem hohlen Baumstamm empor und standen einander oben auf dem hölzernen Kranz gegenüber, als plötzlich Nuknuks Stimme ertönte: „Du Mardermutter, halt dich bloß fern von meiner Freundin Blutpelz, sonst bekommst du es mit mir zu tun, hörst du? Hörst du?"

Lena wollte Nuknuk beschwichtigen, erschrak aber, als sie sie sah: Blutige Krallenspuren liefen ihr vorn übers weiße Fell an Brust und Bauch.

„Was ist passiert?"

„Die Katze hat mich aufgehalten", erklärte Nuknuk, dann drohte sie wieder der Mardermutter: „Ja, ich habe gerade gegen eine Katze gekämpft. Glaubst du, da kann ich es nicht mit einem Marder aufnehmen?"

Die Augen der Mardermutter funkelten, dann stieß sie ein markerschütterndes Kreischen aus.

„Komm weg hier", Lena nahm Nuknuks Pfote. Besorgt betrachtete sie ihre Wunden. „Kannst du rennen?"

„Klar kann ich rennen, rennen."

Doch bevor sie sich auf den Weg machen konnten, erschallte das schrille Kreischen der Marder von allen Seiten. Augenpaare blitzten im Dunkel auf.

Lena drehte sich noch einmal zur Mardermutter um. „Deine Kinder."

Die Mardermutter nickte. „Sie kommen."

Denk Lena, denk! Sie hatte etwas in den Büchern gelesen. Marder, die schlimmsten Feinde der Eichhörnchen, sind gute Kletterer und springen bis zu vier Meter weit. Sie sind schwerer und schwerfälliger als Eichhörnchen, die bis zu fünf Meter weit springen können.

„Können Eichhörnchen eigentlich schwimmen?", fragte sie Nuknuk und packte ihre Pfote fester.

„Nur, wenn sie müssen."

Aus der Dunkelheit kamen die Kinder der Mardermutter von allen Seiten auf den Baum zu; Lena und Nuknuk rannten den einzig freien Weg: auf den Fluss zu. Sie rannten bis zum Ende eines Astes, der über den Fluss ragte, und dann – der Sprung. Die Pfoten ineinander, die buschigen Schwänze ausgestreckt, machten sie einen riesigen Satz, der sie fast bis zum anderen Ufer trug. Fast. Mit einem lauten PLATSCH klatschten die beiden ins kalte Wasser und paddelten ans Ufer. Lena spürte die Kälte des Wassers in ihren Wunden. Als sie sich ans Ufer gerettet hatten, blickten sie zurück: Da hockten die Marder. Im Geäst des alten Uferbaums reckten sie die Köpfe auf und nieder, offenbar unentschlossen, ob sie den Sprung wagen sollten oder nicht.

Nuknuk lachte, erst zaghaft, dann immer lauter. Sie zeigte auf die Marder am anderen Ufer und bog sich vor Lachen. Lena konnte nicht anders als mitzulachen und bald lachten sie darüber, dass sie so sehr lachen mussten.

„Übrigens, Lena", sagte Nuknuk, als sie sich langsam beruhigte, „du hast den Alten Uferbaum gefunden."

„Ich weiß, Nuknuk. Ich weiß."

Sie liefen am Flussufer entlang, bis sie weit weg von den Mardern eine Stelle fanden, an der der Fluss schmal war und Bäume nah am Ufer standen. Sie überquerten den Fluss mit einem weiten Sprung von einem Baum zum anderen, diesmal sogar ganz ohne nass zu werden.

Lena erzählte Nuknuk auf dem Weg nach Hause von ihren Abenteuern bei den letzten beiden Vollmonden: Das funkelnde Eichhörnchen in der eisigen Höhle unter dem Dornbaum. Und noch ein funkelndes, graues Eichhörnchen weit weg in den Wicklow Mountains. Die Grauhörnchen mit den Eichhörnchenpocken. Nuknuk hörte aufmerksam zu und wiederholte Lenas Worte manchmal leise, als wenn sie sie auswendig lernen wollte, denn Lena hatte ihr aufgetragen, alles auch Löwenzahn und dem Kriegsrat zu berichten. Zuletzt sprachen sie darüber, wie die Eichhörnchen Lena vor Andy Linden gerettet hatten.

„Ich bin so dankbar, dass ihr mir geholfen habt", sagte Lena. „Dabei konntet ihr nicht einmal verstehen, worum es ging."

„Mussten wir auch nicht. Ich habe gehört, wie er mit dir gesprochen hat, auch wenn ich die Sprache nicht verstehen konnte. So darf keiner mit meiner Freundin reden. Und wenn einer, der größer und stärker ist, jemandem droht, der kleiner und schwächer ist – auch noch mit einer Waffe – dann kann das niemals richtig sein."

„Ihr habt mir wirklich aus der Klemme geholfen. Bitte sag auch Löwenzahn und den anderen danke von mir."

„Mach ich, mach ich."

Sie durchquerten den Park und kletterten über den Gartenzaun.

„Wie kommst du eigentlich wieder rein ins Haus?", fragte Nuknuk, als sie über den Rasen liefen.

Oh Schreck – daran hatte Lena noch gar nicht gedacht! Ihr Vater hatte sie aus dem Haus gelassen, aber wie sollte sie wieder hineinkommen? Die Terrassentür war geschlossen. Lena blickte zu den Fenstern hinauf – sie konnte ihr Glück kaum fassen: Das Fenster des Elternschlafzimmers stand einen Spalt offen. Vermutlich hatte ihr Vater es geöffnet, als er sich schlafen gelegt hatte.

„Danke, Papa", flüsterte Lena.

Nuknuk drückte sie fest zum Abschied. „Ich mochte unser Abenteuer, Lena."

Kapitel 12: Für eine Handvoll Silber

Natürlich war der nächste Tag ein ganz normaler Schultag, und Lena war todmüde, als ihre Mutter sie weckte. Sie duschte und schnitt die Pinselhaare auf ihren Ohren zurück. Ihr Vater, dem sie am Frühstückstisch gegenübersaß, sah mindestens genauso blass und müde aus, wie sie sich fühlte. Er trank Kaffee und schluckte Kopfschmerztabletten.

Lena steckte heimlich den Schlüssel für den Gartenschuppen ein, in dem Rasenmäher und Werkzeug lagerten. Sie räumte Schulbücher, Hefte und Etui aus dem Rucksack und hängte ihn sich leer über die Schulter. Sie verabschiedete sich und tat so, als würde sie zur Schule aufbrechen. Stattdessen wartete sie hinter dem Schuppen, bis sie den Wagen ihres Vaters abfahren hörte.

Lena spähte vorsichtig zum Haus: Sie konnte ihre Mutter weder am Küchenfenster, noch am Wohnzimmerfenster, noch am Schlafzimmerfenster entdecken. Vermutlich war sie im Bad oder saß schon am Computer im Arbeitszimmer, dessen Fenster zur anderen Seite des Hauses zeigte. Die Luft war rein – Lena schloss die Schuppentür auf. Sie steckte eine Rosenschere in den Rucksack und nahm die Heckenschere vom Haken. Sie schloss den Schuppen ab, steckte den Schlüssel in die Hosentasche und machte sich durch den Park auf den Weg zum Alten Uferbaum.

Sie erreichte das verwilderte Grundstück hinter dem leerstehenden Haus und schnitt mit der Rosenschere einen daumendicken Stock von einem Holunderbusch. Mit diesem Stock schlug sie sich den Weg frei, hackte eine Schneise in die Brombeerranken. Je weiter sie kam, desto dichter wuchsen die Ranken, türmten sich auf über totes Holz aus den Vorjahren. Mit dem Holunderstock kam sie hier nicht weiter. Sie schnitt sich den Weg mit der Heckenschere frei. Es brauchte viel Kraft, um die Ranken zu kappen, die Dornen zerkratzten Lenas Hände und bohrten sich durch die Hosenbeine.

Jetzt hörte sie schon den kleinen Fluss rauschen, den die Eichhörnchen Froschwasser nannten. Über die Brombeerbüsche hinweg sah sie den Alten Uferbaum, den Kastanienbaum mit dem geteilten Stamm, da stand er gekrümmt wie ein alter Mann am Flussbett. Als sie ihn erreichte, ließ sie die Heckenschere ins hohe, ungemähte Gras fallen. Die Rinde des alten Stamms war aufgebrochen und gab altes, ausgeblichenes Holz frei. Lena packte einen Ast, suchte Halt für ihren Fuß und kletterte zwei, drei Schritte höher am Baum empor. Eine Libelle schwirrte mit knatternden Flügeln vorbei. Jetzt konnte Lena von oben in den hohlen Stamm sehen: Halb vergraben unter Holz, das fast schon wieder zu Erde geworden war, glitzerte etwas silbern in der Tiefe. Lena streckte den Arm weit in den Stamm hinunter, doch sie konnte den Schatz nicht erreichen. Sie sprang vom Baum ab, landete in Gras und Moos. Mit der Rosenschere schnitt sie einen Ast von einem jungen Baum, dessen Astgabel wie ein Haken gewachsen war.

Die Sonne brannte Lena auf die braunen Locken. Sie wischte sich Schweiß von der Stirn. Sie konnte wirklich eine Erfrischung brauchen. Sie trat zu dem kleinen Flusslauf, dessen klares Wasser rauschend über graue Steine spülte. Lena zog Schuhe und Strümpfe aus. Barfuß trat sie in das klare Wasser und ließ sich die Füße kühlen. Sie trank aus der hohlen Hand und befeuchtete sich die Stirn.

Erfrischt und abgekühlt drehte sie sich wieder zum Alten Uferbaum. Sie kletterte noch einmal den Stamm hinauf. Mit dem hölzernen Haken angelte sie in der Tiefe – bis er endlich an etwas hängen blieb. Mit aller Kraft zog sie den Ast nach oben und wuchtete ein dunkles Paket über den Rand des hohlen Stamms. Mit einem dumpfen „Plock!" fiel das braun-schwarze Päckchen auf die Erde. Kellerasseln, deren Unterschlupf Lena gerade aufgebrochen hatte, stoben aufgeregt in alle Richtungen davon. Zufrieden blickte Lena auf den Schatz herunter, dann stocherte sie noch einmal in der Tiefe. Zwei weitere Beutel beförderte sie ins Licht, dann sprang sie vom Baum ab und ließ sich neben der Beute ins Gras fallen. Mit verschwitzen Fingern grub sie in einem Riss des ledrigen Päckchens – und brachte unregelmäßig geformte, schwarz angelaufene Münzen zum Vorschein. Lena rieb eine an ihrem T-Shirt ab: Sie glänzte silbern im Sonnenlicht. Sie hatte tatsächlich einen Schatz gefunden!

Eine Katze fauchte sie an: Lena richtete sich im Gras auf. Die Katze mit den Kuhflecken, sie kauerte unter einem Busch nahe beim Ufer. Lena hatte keine Angst vor ihr. „Hau ab, du Biest", zischte sie und legte sich zurück ins Gras unter den blauen Himmel.

Es musste kurz nach Mittag sein, als Lena nach Hause ging. Sie hatte sich im Schatten der alten Kastanie noch etwas ausgeruht, bevor sie den Schatz in den Rucksack verfrachtet hatte, der jetzt schwer und wertvoll an ihren Schultern hing.

Mit zerkratzten Armen und zerzaustem Haar betrat sie den Garten, um die Heckenschere zurück in den Gartenschuppen zu hängen – da schrie ihre Mutter auf.

„Lena?" Sie sagte ihren Namen, als könnte sie nicht glauben, dass sie ihre Tochter sah. Sie stand auf der kleinen Terrasse hinter dem Haus, das Telefon in der Hand. Ihre Augen waren rot.

Aus dem Wohnzimmer kam Lenas Vater gerannt. Lena nahm den Rucksack ab. Wie sie wohl gucken würden, wenn Lena den Schatz präsentierte. Den Rucksack in den Händen, ging sie ihnen entgegen. Sie blieb stehen, als zwei weitere Personen durch die Gartentür traten: ein Mann und eine Frau in Polizeiuniformen.

Lenas Vater kam zu ihr, kniete sich hin und fasste sie bei den Schultern. „Wo warst du denn, Lena?"

Sie setzte den Rucksack wieder auf.

„... spazieren", antwortete Lena unsicher.

Der Polizist sah sie sparsam an, die Polizistin zog eine Augenbraue hoch.

„Spazieren? Du solltest in der Schule sein, Lena."

„Ich weiß. Aber ..."

„Kein ‚aber'. Ms Blackley hat uns angerufen. Lena, niemand wusste, wo du bist. Wir haben uns schon sonst was ausgemalt." Lena sah zu Boden.

„Sie sollten ein ernstes Wort mit Ihrer Tochter reden", riet die Polizistin Lenas Mutter.

„Es tut mir sehr leid", entschuldigte sich Lenas Mutter mit belegter Stimme.

Mit einem Knoten im Magen setzte sich Lena auf einen Gartenstuhl und wartete, während die Eltern sich von den Polizisten verabschiedeten. In den Kiefern hinter dem Gart enzaun entdeckte sie Nuknuk. Sie hockte auf einem Ast und spähte herüber. Lena fühlte sich zu schlecht, um ihr zu winken.

Lenas Mutter setzte sich wortlos an den Gartentisch. Sie rieb sich die Augen. Dann, die Hände immer noch vor dem Gesicht, sagte sie leise ihren Namen. „Lena. Lena. Was sollen wir denn machen?" Endlich schlug sie die Augen auf und sah ihre Tochter an. „Ich weiß ja, dass es im Moment nicht einfach ist ..."

Lenas Vater trat neben seine Frau. Lena hob den Rucksack auf den Gartentisch und öffnete den Reißverschluss.

„Jetzt wird es einfacher", sagte sie. „Mama, Papa – ihr müsst nie wieder streiten. Ab heute sind wir reich."

Sie zog das morsche Leder aus dem Rucksack; es brauchte nur einen Ruck, damit der Beutel aufplatzte und die silbernen Münzen sich über den Tisch ergossen.

„Was …“ staunte Lenas Vater.

„Lena!“, rief ihre Mutter.

Kapitel 13: Ratatösk

Die Geschichte um den Schatz der Marder ging völlig anders aus, als Lena und Nuknuk erwartet hatten. Die Münzen in den Ledersäcken waren viel älter, als Lena sich hätte träumen lassen, ihre Eltern hatten das schnell erkannt und direkt wieder die Polizei angerufen, die ja gerade erst gegangen war. Schnell war klar: Lena hatte einen historischen Fund gemacht. Sowohl die Polizei als auch Archäologen und bald darauf ein paar Reporter wollten genau wissen, wo Lena den Schatz entdeckt hatte. Die Mardermutter hatte sicher noch nie so viele Menschen zu Besuch bei ihrem Baum gehabt und bestimmt war der Alte Uferbaum noch nie so häufig fotografiert worden. Nur darüber wie Lena den Schatz entdeckt hatte, schwieg sie sich aus. Sie hätte einfach ein bisschen die Gegend erkundet, behauptete sie, und durch ein Astloch in dem hohlen Stamm hätte sie ein silbernes Glitzern gesehen. Dass sie eigentlich in der Schule hätte sein sollen, ging in der Aufregung um die alten Münzen irgendwie unter, nur ihre Mutter führte noch einmal ein ernstes Gespräch mit ihr, in dem sie sagte: „Es ist ja jetzt alles gut gegangen, Lena, aber es geht nicht, dass du die Schule schwänzt. Es ist schwer genug für uns alle, da kannst du nicht noch zusätzliche Probleme schaffen." Dass Lena den Schatz geborgen hatte, um die Probleme ihrer Eltern zu lösen, versuchte sie gar nicht erst zu erklären.

Lena landete in der lokalen Zeitung als „Schuldmädchen-Schatzjägerin" mit einem Foto, auf dem sie dämlich grinste, fand sie. Warum hatte der Fotograf von den vielen Bildern, die er gemacht hatte, bloß ausgerechnet dieses ausgesucht?

In den folgenden Wochen wurde ihr Schatz durch verschiedene Ämter gereicht, bis ein Brief sie erreichte.

„Lena, du hast Post!“, rief ihr Vater und reichte ihr den Umschlag. Der Brief kam vom Museum in Dublin. Der Schatz sollte dort einen besonderen Platz finden. Lena wurde zur Enthüllung des neuen Ausstellungsstücks eingeladen, bei der eine Plakette mit ihrem Namen eingeweiht werden und sie einen Finderlohn erhalten sollte.

„Familienausflug nach Dublin“, sagte ihr Vater begeistert.

Am Tag des Ausflugs waren alle angenehm aufgeregt. Zwei nervige Dinge passierten: Erstens hörten Lenas Eltern nicht auf zu fragen, ob sie nicht eine Freundin nach Dublin mitnehmen wollte. Es sei doch ein Platz im Auto frei. Lena musste wieder und wieder antworten: „Ich habe keine Freunde.“ Zweitens wollte Lenas Mutter sie ganz besonders schick und ordentlich herausputzen, schließlich würden da auch Fotos gemacht. Lena sperrte sich dagegen, denn sie wollte gegenüber ihren Mitschülern auf keinen Fall den Eindruck erwecken, sie wäre besonders stolz auf die Ehrung. Mindestens Andy Linden und seine Freunde würden sich über die Fotos in der Zeitung lustig machen, und je mehr sie sich herausputzte, für desto eingebildeter würde man sie halten. Das Beste war, die Sache herunterzuspielen – und das fing bei zerschlissenen Turnschuhen und einem abgetragenen Pulli an.

Trotz dieser Nervereien gab es keinen richtigen Streit,

Mama, Papa und Tochter verstanden sich gut, bis sie fast das Zentrum von Dublin erreicht hatten und Lenas Vater aus einem der vielen Kreisverkehre falsch abbog.

„Warum bist du denn hier rausgefahren?“, fragte Lenas Mutter streng.

„Was soll ich denn darauf jetzt antworten?“, fragte Lenas Vater ebenso streng. „Ich kann ja eh nichts richtig machen.“

„Meine Güte Lennart, hör mal auf, hier immer das wehrlose Opfer zu spielen“, giftete Lenas Mutter zurück.

Lena schloss die Augen und versuchte, nicht hinzuhören, während die Eltern in die eine Richtung stritten, in die andere Richtung stritten ... und so weiter. Wegzuhören gelang ihr aber nicht einmal halb. Als sie in einem Parkhaus anhielten, konnte Lena es nicht länger ertragen.

„Hört auf!", brüllte sie so laut, dass beide zusammenzuckten und verstummten. Sie drehten sich zu ihr um.

„Es reicht, versteht ihr? Ihr streitet jeden Tag, den ganzen Tag, tagein, tagaus und nachts streitet ihr weiter. Ich kann es mir nicht mehr anhören. Ich habe diesen dämlichen Schatz gefunden, damit ihr aufhört zu streiten, aber es hat nichts geholfen. Ihr macht einfach weiter wie vorher! Entweder ihr schafft es jetzt, den Rest des Tages nicht zu streiten – oder ich gehe jetzt alleine zum Museum und fahre mit dem Bus nach Hause."

Die verstummten Eltern sahen einander an. Beide setzten an, etwas zu erwidern und sagten dann doch nichts. Schließlich nickte Lenas Mutter, ihr Vater sagte „Okay".

Sie liefen wortlos vom Parkhaus zum Museum. Lenas Herz pochte vor Wut, aber irgendwo in ihrem Bauch fühlte es sich auch gut an.

Sie wurden sehr freundlich begrüßt. Bis die Feierlichkeit begann, wanderte Lena im Museum umher und betrachtete die Ausstellungsstücke: Tonkrüge, Scherben, Goldschmuck und ein Wagenrad aus längst vergangener Zeit. In einem Schaukasten entdeckte sie ein Eichhörnchen: Es war gemalt in einer mittelalterlichen Handschrift. Das Eichhörnchen saß auf dem Arm einer Dame bei Hofe und trug ein kleines Glöckchen an einem Halsband. Wie es Nuknuk wohl gefallen würde, ein Glöckchen um den Hals zu tragen? Ein anderes Bild zeigte ein Eichhörnchen einen großen Baum hinaufklettern. Im Baumwipfel hockte ein Adler; um seinen Stamm wand sich ein Drache.

„Ratatösk", sagte eine Stimme. Ein glatzköpfiger, hagerer Mann stellte sich zu Lena. Sein Kinn war spitz, und auf seinen Ohren wuchsen weiße Härchen wie kleine Pinsel in die Höhe. Er hielt den Blick auf den Schaukasten gerichtet.

„So heißt das Eichhörnchen“, erklärte er. „Der Nagezahn. Er trägt Nachrichten zwischen dem Adler und dem Drachen hin und her. Die beiden streiten, und Ratatösk muss vermitteln.“

„Worüber streiten sie? Der Drache und der Adler?“

„Die Geschichte ist sehr alt. Vieles wurde vergessen, seit dieses Bild gemalt wurde. Worüber sie streiten, kann man nur noch vermuten. Manche denken, der Adler erschafft und der Drache zerstört.“

„Wie Frühling und Winter?“

„Vielleicht.“

„Und was für ein Baum ist das?“

„Yggdrasil. Die Weltenesche. Als dieses Bild gemalt wurde, dachte man, die ganze Welt wäre ein Baum.“ Jetzt sah er Lena an. „Du musst das deutsche Mädchen sein. Das den Schatz gefunden hat.“

Lena fiel jetzt erst auf, dass der Fremde sie in ihrer Muttersprache angeredet hatte – auf Deutsch.

„Das stimmt“, sagte sie.

„Ein sehr alter Schatz, sagen meine Kollegen. Fast so alt wie diese Bilder. Jemand hat ihn vor langer Zeit in einem hohlen Baum versteckt?“

Lena nickte. „Ich hätte nicht gedacht, dass diese Kastanie so alt ist.“

„Bäume überraschen uns. Sie werden älter als wir und stehen länger als unsere Häuser. Manche Kastanien leben länger als tausend Jahre. Sie haben Lieder gehört, die wir längst vergessen haben. Viele Schätze wurden damals versteckt, um sie in Sicherheit zu bringen. Vor Räubern, vor Wikingern, vor Steuereintreibern. Wie hast du den Schatz gefunden?“

„Durch Zufall.“

Er schmunzelte und rieb sich den Puschel auf seinem Ohr. Er deutete auf die gezeichneten Eichhörnchen hinter dem Glas. „Wusstest du, dass es hier in Dublin eine neue Art von Eichhörnchen gibt?“

Lena nickte. „Grauhörnchen.“

„Und auf welcher Seite stehst du?“, fragte der Mann.

„Seite? Muss man da eine Seite wählen?“

„Früher oder später schon. Es wird ein Krieg kommen. Hörnchen gegen Hörnchen. Und es führt kein Weg daran vorbei.“

„Im Krieg gibt es keine Gewinner“, zitierte Lena ihren Geschichtslehrer. Der Mann schmunzelte. „Das klingt sehr weise. Und es mag auch stimmen. Gekämpft werden muss der Krieg trotzdem. Und du solltest rechtzeitig deine Seite wählen.“

Lena zuckte zusammen, als sie jemand am Arm fasste. Es war ihr Vater. „Es geht los, Lena. Die Feier.“ Er deutete zu den Leuten, die sich um das neue Ausstellungsstück geschart hatten, Lenas Schatz auf einem Baumstumpf, von allen Seiten angeleuchtet.

Lena nickte dem hageren Mann zum Abschied zu und war froh, dass ihr Vater das Gespräch beendet hatte.

Kapitel 14: Traubenmond

Die Tage blieben heiß und es regnete wenig. An den Haselbüschen hingen grüne, unreife Nüsse. An den Pflaumen- und Apfelbäumen reifte das Obst.

Am Streit zwischen Lenas Eltern hatte der Schatz nicht viel verändert. Den Briefumschlag mit dem Finderlohn hatten sie ins Bücherregal gesteckt. Reich gemacht hatte der Schatz sie nicht.

Auf die Schultage wirkte sich Lenas Entdeckung zum Glück auch nur wenig aus; ein paar Tage wurde sie „Schätzchen“ oder „mein Schatz“ genannt, nachdem der Zeitungsartikel erschienen war. Aber der neue Spitzname war schnell wieder verschwunden.

Dann endete das Schuljahr, die Sommerferien fingen an. Lenas Eltern hatten vor ein paar Wochen noch davon geredet, dass sie in den Ferien Urlaub in Deutschland machen würden. Dass Lena ihre alten Freunde besuchen könnte. Aber offenbar hatten sie vergessen, etwas Konkretes zu planen.

„Wann fahren wir nach Deutschland?“, fragte Lena nach den ersten Ferientagen.

„Ach, Lena. Wir haben hin und her geplant. Ich muss dieses Projekt fertigbekommen, der Bauherr sitzt meinem Chef im Nacken. Und dein Vater hat einen sehr anspruchsvollen Mandanten im Moment, da geht es um richtig viel Geld. Da kann er sich leider nicht vertreten lassen.“

„Und jetzt? Was heißt das?“

Lenas Mutter fasste sie am Arm. „Diesen Sommer wird es leider nichts, Mäuschen. Du hast zwar Ferien, aber wir haben keinen Urlaub. Aber du kannst es dir ja hier schön machen. Deine Freunde wären sicher froh über einen Sommerurlaub in Irland!“

Lena traten die Tränen in die Augen. Sie sagte kein Wort mehr. Enttäuscht und wütend stapfte sie die Stufen zu ihrem Zimmer hinauf.

„Ach jetzt schmoll doch nicht!“, rief ihre Mutter ihr hinterher. „Lena!“

Lena schloss die Tür hinter sich.

Die Wochen gingen dahin, und die Haselnüsse an den Büschen färbten sich braun, die Kirschen rot. Am Alten Walnussbaum waren grüne Kapseln gewachsen wie kleine grüne Äpfel, die jetzt nach und nach aufplatzten und die braunen Walnüsse preisgaben. Lena freute sich auf den nächsten Vollmond und darauf, ohne Klassenfahrt und ohne Schatzsuche ihre Eichhörnchenfreunde wiederzusehen.

Als es endlich soweit war, erwartete Nuknuk sie im Garten unter dem weißen Licht des Traubenmonds. Als Lena auf sie zukam, schaute das junge Hörnchen ihr staunend entgegen.

„Wow! Was ist das, das?“

„Das?“ Lena nahm ihre Waffe von den Schultern. „Das ist mein Speer. Ich will Grauhörnchen, Mardern oder Elstern nie mehr ohne Waffe begegnen.“

„Nein, ich meine das da! Das ist schön, das da!“

Nuknuk zeigte auf den silbernen Anhänger, den keltischen Knoten, der am Schulterriemen hing.

„Das ist Schmuck“, erklärte Lena. „Gefällt er dir?“

Nuknuk nickte mit großen Augen.

Lena lächelte. „Dann schenk ich ihn dir.“

„Wirklich?“

Lena nickte. „Du hast so viel für mich getan, Nuknuk. Du hast mir eine ganz neue Welt gezeigt. Hinter meiner Welt. Du bist meine beste Freundin. Ich freue mich, wenn ich dir etwas schenken kann.“

Nuknuk strahlte. Lena nagte den Schulterriemen durch, mit Eichhörnchenzähnen war das ein Kinderspiel. Sie band das kürzere Stück mit dem silbernen Anhänger um Nuknuks Hals. Nuknuk fiel ihr in die Arme. „Das ist das Schönste, was ich je besessen habe!", murmelte sie in Lenas Fell. „Danke, Freundin."

Lena lächelte. „Gerne."

Sie knotete den Schulterriemen wieder fest. Er war jetzt etwas kurz und saß ihr stramm um die Brust, aber für eine Nacht sollte es gehen.

„Heute ist wieder eine Nacht, in der die Hörnchen nicht schlafen", erklärte Nuknuk. „Wir feiern heute Sammelfest. Komm, zum Alten Walnussbaum!"

Auf der Wiese waren viele Hörnchen versammelt; statt frischer Blumen wie beim Blütenfest trugen sie heute Kränze aus trockenen Halmen und Stroh auf der Stirn und um den Hals. In der Luft mischte sich die Musik von Nusstrommeln und Holunderflöten mit dem Nachtgesang der Grillen. Vor dem Baum lagen große Blätter ausgebreitet, darauf waren Erdbeeren, Pflaumen, Beeren, Trauben und die ersten reifen Nüsse gebettet.

Auf einem Stein am Fuß des Alten Walnussbaums stand der Kriegsrat versammelt: Löwenzahn, Augenstern, Fuchsfell, Weidenkätzchen und der alte Bockshorn.

„Ich muss zu ihnen", sagte Lena. „Ich habe ihnen viel zu erzählen."

„Gut", nickte Nuknuk. „Gehen wir."

Sie nahm Lenas Pfote und zog sie zwischen den Feiernden hindurch. Lena stellte sich in die Nähe des Kriegsrats, höflich auf eine Gesprächspause wartend; Nuknuk fiel den Beratenden stattdessen mitten ins Wort. „Hier ist Blutpelz!", erklärte sie. „Sie muss euch Wichtiges erzählen."

Alle Augen richteten sich auf Lena.

„Ehm ...", begann sie unsicher. „Erst mal danke für die Hilfe, als Andy Linden mich im Park bedroht hat."

Löwenzahn nickte. „Du bist eine von uns. Es ist selbstverständlich, dass wir für dich da sind, wenn du uns brauchst."

„Dafür bin ich sehr dankbar." Sie runzelte die Stirn. „Es ist sehr viel passiert die letzten Monde. Ich habe Dinge erfahren, die für euch, für uns alle, von Bedeutung sein könnten."

Sie berichtete vom Blütenfest und dem grauen Hörnchen unter dem Dornbaum. „Nuknuk hat bereits davon erzählt", bestätigte Augenstern. Aber dann ergänzte Lena die Teile der Geschichte, die sie Nuknuk als Mensch nicht hatte begreiflich machen können: Die gefrorene Pfütze am Boden der Höhle. Der Kampf mit den Eiszapfen.

„Eine Pfütze, die auch im Sommer nicht taut?", fragte Augenstern. „Solche Orte nutzt der Frost, um die Frostriesen in unsere Welt zu schicken."

„Wir werden den Dornbaum in unsere Beobachtungen mit aufnehmen", erklärte Weidenkätzchen.

„Ein Hörnchen, das für den Frost arbeitet? So etwas hat es lange nicht gegeben", brummte Bockshorn.

„Es ist vielleicht kein normales Hörnchen", erklärte Lena, und dann berichtete sie von ihrer Reise in die Wicklow Mountains, von den Grauhörnchen und der Krankheit, die sie mit sich bringen – und dass es sie nur auf der anderen Seite des großen Flusses gab.

Löwenzahn nickte. „Wir haben Geschichten über Grauhörnchen gehört. Aber wir haben noch nie eins gesehen. Ich werde später mit dem Hüter sprechen und fragen, ob er mehr darüber weiß."

Bockshorn verschränkte die Arme. „Wenn die Grauhörnchen jetzt hierherkommen und auf der Seite des Frosts stehen, dann müssen wir uns auf einen Krieg vorbereiten, wie wir ihn noch nie gesehen haben. Ein Krieg Hörnchen gegen Hörnchen."

„Hörnchen töten keine Hörnchen", widersprach Löwenzahn. „Wir kämpfen gegen die Frostriesen. Sie sind Unwesen. Sie atmen nicht, sie essen nicht, sie haben keine Kinder. Sie leben nur durch den Willen des Frosts. Aber Hörnchen aus Fleisch und Blut – gegen sie werden wir keine Waffen erheben."

„Pah!", machte Bockshorn empört. „Ich habe gegen Knaxdrax und ihre Horden gekämpft. Wäre Blut'ger Hauer damals so zimperlich gewesen wie du ..."

„Ich bin nicht Blut'ger Hauer", gab Löwenzahn zurück. „Und die Geschichte von Hexe Knaxdrax ist etwas völlig anderes. Solange ich der Kriegsherr unseres Stammes bin, wird es keinen Krieg zwischen Eichhörnchen geben."

„Wir wissen noch viel zu wenig", fand Augenstern. „Gerüchte. Und ein Grauhörnchen, das Blutpelz angegriffen hat, aus welchen Gründen auch immer. Da ist es viel zu früh, über einen Krieg zu sprechen."

„Jemand, den ich kenne", Lena dachte an ihren Geschichtslehrer Mr Donovan, „hat gesagt, dass jeder vernünftige Mensch – und dann wohl auch jedes vernünftige Eichhörnchen – mit allen Mitteln versuchen sollte, einen Krieg zu verhindern."

„Das klingt weise", meinte Löwenzahn.

„Ich werde Robin, das Rotkehlchen, bitten, zum Shannon zu fliegen. Vielleicht kann er etwas herausfinden", schlug Bockshorn vor. Die anderen nickten. „Und wenn wir mehr wissen, beraten wir erneut."

Fuchsfell deutete in die Krone des Alten Walnussbaums. „Der Hüter tritt auf!"

Es wurde still auf der Wiese. Aus einer Höhle im Baumstamm trat der Hüter auf einen knorrigen Ast und schritt ihn entlang, bis er hoch über der Wiese stand. Unter der Kapuze seines Blättermantels ragte das Geweih hervor.

„Ich grüße euch, Hörnchen vom Stamm des Alten Walnussbaums. Wir versammeln uns unter dem Traubenmond. Die Zeit der Reife ist gekommen! Beeren und Obst sind jetzt süß und saftig, und die ersten Nüsse fallen von den Sträuchern. Die Kapseln des Alten Walnussbaums öffnen sich. Die Zeit des Sammelns beginnt! Sammelt Nüsse und legt sie in den Boden, damit sie mit der Kraft des Frühlings die Wurzeln kitzeln, wenn der Winter vorübergeht. Legt Vorräte für den Winter an, damit wir nicht hungern müssen, wenn der Schnee die Welt bedeckt.

Dankt mit mir den Wäldern und den Wiesen für die üppige Ernte: Wir danken der Erde, dem Regen und der Sonne", die Eichhörnchen auf der Wiese sprachen ihm nach, „Der Erde für ihre Kraft. Dem Regen für seinen Trank. Der Sonne für ihre Wärme. Wir nehmen nur, so viel wir brauchen und geben zurück, so viel wir können."

Löwenzahn schwang sich auf einen Ast nahe beim Hüter. „Ihr habt gehört, was der Hüter gesagt hat. Traubenmond und Nussmond sind zum Sammeln da. Bald kommt der Blutmond, dann werden wir unsere Waffen bereit machen. Aber bevor es so weit ist, lasst uns feiern, dass die Bäume und die Sträucher, die Wiesen und Kräuter uns so reich beschenken! Esst und trinkt, Freunde, und labt euch an den Gaben!"

Die Eichhörnchen auf der Wiese jubelten, und zu den Klängen von Nusstrommel und Holunderflöte machten sie sich über die Früchte und Nüsse auf den großen Blättern her. Lena und Nuknuk futterten Himbeeren, Erdbeeren, Haselnüsse und Kräuter. Sie tanzten, und Nuknuk zeigte jedem ihren neuen Kettenanhänger.

Kapitel 15: Drei Prüfungen

Sie hätten wohl die ganze Nacht durchgetanzt, aber plötzlich fanden sie sich von den Mitgliedern des Kriegsrats umgeben – mit Ausnahme von Fuchsfell.

„Blutpelz, es ist an der Zeit, über deine Aufgabe zu entscheiden", erklärte Löwenzahn.

„Meine Aufgabe?"

„Deine Aufgabe im kommenden Krieg."

„Ich habe schon dem Hüter gesagt ... ich glaube nicht, dass ich für den Krieg gemacht bin."

Löwenzahn nickte. „Niemand ist für den Krieg gemacht."

„Das hat der Hüter auch gesagt."

„Es gibt Kämpfe, vor denen man sich nicht verstecken kann, Blutpelz. Und auch, wenn wir nicht dafür gemacht sind, müssen wir für den Frühling kämpfen. Für die Sonne, für das Leben. Denn wenn wir es nicht tun – wer dann?"

Lena schluckte.

Weidenkätzchen trat vor. Ihr Fell war schwarz, sie trug einen Ledergurt über dem weißen Bauch, in dem zwei Dolche steckten – aus Glasscherben, am Griff mit Leder umwickelt. „Bist du mutig?"

„Ich weiß nicht...", antwortete Lena unsicher.

Weidenkätzchen wandte sich an Nuknuk: „Ist sie mutig?"

Nuknuk nickte lächelnd. „Mutig ist sie und flink, flink."

„Wenn du mutig und flink bist, kannst du eine meiner Kundschafterinnen werden. Wir sehen die Feinde als erster, und wir müssen schnell und lautlos schleichen, um den anderen Bescheid zu geben."

Augenstern, das elegante Eichhörnchen mit grauen Schultern und roten Pfoten, ergriff das Wort. „Wenn du scharfe Augen hast, kannst du zu meinen Schützen kommen."

„Oder du wirst eine meiner Kriegerinnen, wenn du stark bist, mutig und schnell", erklärte Löwenzahn.

„Nur zu mir kannst du nicht kommen", brummte Bockshorn. „Ich führe die Veteranen an, die schon in vielen Kriegen gekämpft haben. Dafür bist du nicht alt genug."

Ich bin wahrscheinlich älter als du, dachte Lena, sagte aber nichts.

„Zu Fuchsfells Wächtern können auch nur erfahrene Krieger werden", erklärte Augenstern. „Deshalb ist er nicht bei uns. Er steht Wache beim Hüter."

„Wie soll ich entscheiden?", fragte Lena.

„Wie es von alters her entschieden wird", erklärte Löwenzahn. „Durch drei Prüfungen. Wir beginnen mit meiner."

Prüfungen? Damit hatte Lena nicht gerechnet. Sie hatte sich auf eine gemütliche Feier gefreut!

Löwenzahn zog den langen Nagel unter seinem Gürtel hervor und hielt ihn empor. „Siehst du mein Schwert?"

„Du meinst den Nagel?"

Löwenzahn runzelte die Stirn. „Das ist mein Schwert."

„Okay."

Er rammte den Nagel – sein Schwert – in den Boden.

„Wenn du es schaffst, mein Schwert aus dem Boden zu ziehen, und ich dich nicht davon abhalten kann – dann kannst du eine Kriegerin werden."

Er hob zwei Stöcke auf und reichte ihr einen. „Greif mich an."

„Ehm …", zögerte Lena.

Löwenzahn hielt seinen Stock wie ein Schwert vor sich. Lena tat es ihm gleich. Sie führte ein paar Probehiebe durch die Luft. Löwenzahn und sie schlichen umeinander, ließen einander nicht aus den Augen. Jetzt setzte Löwenzahn zur Attacke an: Er machte einen Satz vorwärts und hieb mit dem Stock nach Lenas Kopf. Sie duckte sich und sprang zurück, prallte gegen Bockshorn, der sie auffing und unter den Achseln packte. „Keine Angst, er schlägt nicht richtig zu“, brummte er und schubste sie wieder vorwärts in den Kampf.

Sie tanzten langsam umeinander. Um den Nagel zu erreichen, musste sie an Löwenzahn vorbei. Sie sprang vor, schlug mit dem Stock nach ihm, er wehrte den Schlag ab und hieb selbst zu, Lena wich aus, doch der nächste Schlag traf sie an der Schulter.

„Treffer“, sagte Löwenzahn. Lena nickte. Zum Glück hatte er wirklich nicht fest zugeschlagen.

„Ich möchte etwas anderes probieren“, sagte Lena. „Bitte halt das mal“, sie reichte Weidenkätzchen den Stock. Sie nahm das Essstäbchen vom Rücken und packte es fest mit beiden Pfoten. Löwenzahn zog die Augenbrauen hoch. „Dein Speer. In Ordnung, versuchen wir es.“

Mit dem Stäbchen in den Pfoten fühlte Lena sich wohler. Mit dieser Waffe war sie vertraut. Und sie konnte Löwenzahn damit auf Abstand halten. Wieder tanzten sie umeinander und warteten darauf, wer den ersten Angriff führen würde. Es war Löwenzahn. Lena riss den Speer hoch und wehrte den Schlag ab. Er machte einen Schritt zurück, dann sprang er wieder vorwärts und führte einen kräftigen Hieb; Lena blockierte erneut, aber es lag soviel Kraft in diesem Angriff, dass Lena die eigene Waffe gegen den Kopf prallte.

„Aua“, sie rieb sich den Schädel.

„Alles in Ordnung?“, fragte Löwenzahn.

Lena brummte zustimmend und packte ihre Waffe wieder, fester als zuvor. Jetzt wollte sie es ihm zeigen. Statt auf seinen Angriff zu warten, stürmte sie vor und stieß den Speer in seine Richtung. Er schlug ihren Angriff mühelos zur Seite, sprang vorwärts, war plötzlich neben ihr und hielt den Stock an ihren Hals.

„Hätte ich jetzt zugeschlagen, würde es richtig wehtun.“

Lena nickte und senkte die Augen.

„Du bist geschickt, keine Frage“, erklärte Löwenzahn etwas außer Atem. „Deine Reflexe sind gut, und du bist schnell. Aber noch fehlt es dir an der nötigen Kraft, um Kriegerin zu werden."

„Jetzt bin ich an der Reihe", erklärte Augenstern. Sie legte Lena einen Arm um die Schultern und deutete zum Himmel. „Siehst du die hellen Sterne da oben, die in einem Dreieck stehen?"

„Ja, die sehe ich."

„Auf der rechten Seite des Dreiecks, wie viele Sterne siehst du da zwischen den Spitzen?"

Lena kniff die Augen zusammen. „Da sind ... zwei ... nein, drei! Drei Sterne stehen zwischen den beiden Spitzen."

Augenstern strahlte. „Du hast scharfe Augen, Lena. Folge mir."

Sie führte Lena an den Rand der Wiese. Ein Bogen stand da neben einigen Pfeilen an einen Baum gelehnt. Augenstern nahm ihn auf. Er sah wie ein Flitzebogen aus, war aber so groß, dass er Augenstern überragte.

„Das ist ein Vogelbeinbogen", erklärte sie. „Er ist so groß und so kräftig, dass ihn nur zwei Hörnchen gemeinsam bedienen können."

„Vogelbeinbogen? Der ist doch nicht aus dem Bein von einem Vogel, oder?", fragte Lena.

Augenstern schüttelte den Kopf. „Nein, nein. Wir machen die Bögen aus Eibe oder Hasel. Aber die Sehne ...", sie zupfte an der Bogensehne, „die kommt aus einem Vogelbein. Vögel brauchen kräftige Sehnen, damit sie sich gut festklammern können, wenn sie auf Zweigen sitzen."

Lena verzog das Gesicht.

„Ich zeige dir, wie man diesen Bogen benutzt. Ein Hörnchen kniet und hält den Bogen über seinen Kopf. Das andere Hörnchen steht hinter ihm und legt den Pfeil an die Sehne. Sie zielen gemeinsam, und dann lässt das hintere Hörnchen den Pfeil frei." Sie nahm einen Pfeil auf. Er war lang, fast wie ein Speer. „Die Pfeile, die wir im Krieg benutzen, bestreichen wir mit einem Brei aus Nüssen."

„Wozu ist das gut?"

„In den Nüssen ist die Kraft des Frühlings gespeichert. Das ist die mächtigste Waffe gegen die Unwesen, die Eisriesen."

„Könnte man nicht ganze Nüsse verschießen?"

„Dafür reicht die Kraft unserer Bögen nicht aus."

Sie drückte Lena den Pfeil in die Hand. „Komm, wir versuchen es mal."

Augenstern kniete sich hin und stemmte mit beiden Armen den Bogen in die Höhe. Lena legte den Pfeil an die Sehne und versuchte, den Bogen zu spannen. Sie legte beide Pfoten an die Sehne und zog mit aller Kraft; der Bogen war noch lange nicht gespannt, da zitterten ihre Arme schon. Sie ließ los und schnaufte.

„Zu schwer?", fragte Augenstern über die Schulter.

„Ich versuche es noch einmal." Lena zog mit aller Kraft. „Du schaffst es! Du schaffst es!", feuerte Nuknuk sie an. Aber Lena schaffte es nicht. Sie gab auf. „Du schaffst es ... nicht", merkte dann auch Nuknuk. Augenstern stand auf. Sie legte eine Pfote auf Lenas Schulter. „Mach dir nichts draus, Blutpelz. Man braucht viel Kraft, um einen Vogelbeinbogen zu spannen. Noch bist du nicht stark genug, aber Kraft kann man aufbauen. Deine Augen sind scharf, das ist das Wichtigste."

„Jetzt bin ich dran", Weidenkätzchen trat vor. „Wenn du eine Späherin werden willst, dann musst du leise sein wie der Wind und schnell wie ... auch der Wind."

„Das ist sie!", rief Nuknuk.

„Das werden wir sehen." Weidenkätzchen verschränkte die Arme. „Rund um den Alten Walnussbaum stehen Fuchsfells Wächter. Sie bewachen den Hüter und unseren alten Baum. Das soll deine Prüfung sein." Alle blickten gespannt auf Weidenkätzchen. „Schleiche unbemerkt in die Baumhöhle des Hüters und bring mir etwas aus seinem Besitz. Wenn dir das gelingt, kannst du eine Späherin werden."

„Sagen wir Fuchsfell vorher Bescheid?", fragte Augenstern.

Weidenkätzchen grinste. „Es ist doch viel spannender, wenn wir das nicht tun."

„Was, wenn mich die Wächter bemerken?", fragte Lena.

„Dann rufst du einfach ‚Kundschafterprüfung' und sagst, sie sollen dich zu mir bringen", erklärte Weidenkätzchen. „Dann hast du nichts zu befürchten."

„Es sei denn, sie schlagen erst zu und fragen später", murmelte Bockshorn.

„Worauf wartest du?" Weidenkätzchen wedelte mit den Pfoten, als würde sie eine Fliege verscheuchen. „Los, los!"

„Jetzt?", fragte Lena überrascht.

„Genau jetzt!"

Lena nickte, wandte sich um und lief los. Nuknuk kam an ihre Seite.

„Allein!", rief Weidenkätzchen hinter ihnen her.

Nuknuk blieb stehen. „Viel Glück, Lena!"

„Danke", Lena nickte. „Das kann ich brauchen."

Sie lief zur Mitte der Wiese, wo die Eichhörnchen tanzten, und schob sich zwischen den Feiernden hindurch, immer näher zum Alten Walnussbaum. Sie hielt nach den Wächtern Ausschau.

Sie entdeckte den Hüter. Er stand auf dem flachen Stein beim Stamm des Alten Walnussbaums, Fuchsfell gleich neben ihm. Aber wo waren die anderen Wächter?

Lena schlich in die Dunkelheit zwischen den Bäumen und lief in weitem Bogen durch die Schatten, um den Baumstamm von der anderen Seite aus zu erreichen.

Aha. Da, genau da, standen zwei breitschultrige Eichhörnchen nebeneinander. Der eine hatte einen spitzgenagten Stock wie einen Speer in der Pfote, der andere trug eine stachelige Kastanienkapsel als Helm. An den beiden führte kein Weg vorbei, wenn sie die Baumhöhle des Hüters erreichen wollte.

Denk, Lena, denk. Sie hob ein Steinchen vom Boden auf und warf es ins Gebüsch. Das Geräusch schreckte die beiden auf. Sie wechselten ein paar Worte, einer zeigte dahin, wo der Stein gelandet war. Lena hielt sich bereit, um loszulaufen. Aber nur einer der beiden verließ seinen Posten. Der andere blieb stehen und bewachte weiterhin den Weg zum Baumstamm.

Lena brauchte einen neuen Plan. Sie lief ein Stück ins Dunkel und kletterte den nächsten Baum neben dem Alten Walnussbaum hinauf. Mit genug Anlauf und etwas Glück müsste ihr der Sprung von seinen Ästen in den Wipfel des Alten Walnussbaums gelingen; es durfte sie nur niemand dabei entdecken. Und wenn sie abstürzen würde, würde sie genau auf die Köpfe der Feiernden fallen und wahrscheinlich direkt vor den Füßen des Hüters landen.

Unter ihr am Boden spielten Trommeln und Flöten ein ruhiges Lied. Lenas Herz pochte. Die Musik steigerte sich. Die Tänzer wirbelten immer schneller. Zeit zu springen. Lena rannte, der Ast federte unter ihren Schritten, dann der Sprung – Lena flog durch den Nachthimmel, über ihr die Sterne, unter ihr die Feier. Sie streckte sich, und da – ein Ast des Alten Walnussbaums, Lenas Krallen schnappten zu, griffen tief in die Rinde — sie war sicher gelandet. Sie huschte den Ast entlang und kauerte sich gegen den Baumstamm, lauschte, schaute. Die Musik lief weiter. Die Tänzer tanzten. Offenbar hatte sie niemand bemerkt. Sie schlich um den Baumstamm herum. Unter ihr standen die Wächter, sie blickte auf ihre Köpfe hinab. Sie krabbelte am Baumstamm hinauf und betrat die Höhle des Hüters. Sie hatte es geschafft.

Das Licht von Mond und Sternen erhellte den Raum nur spärlich. Schnüre mit unregelmäßigen Knoten hingen von der Decke herab. Ein flacher Stein lag in der Mitte der Höhle, groß wie ein Tisch. In den Stein waren Vertiefungen eingearbeitet, kleine Mulden, Lena zählte zwölf, in einem Kreis angeordnet, und eine dreizehnte aus dem Kreis versetzt. In einigen davon lagen farbige Steinchen und Murmeln, die die Eichhörnchen von Menschen gestohlen haben mussten.

„Da war ein Geräusch oben im Baum, habt ihr es nicht bemerkt?“, hörte Lena plötzlich Fuchsfells Stimme von unten. Oh nein. Jetzt musste es schnell gehen, etwas stehlen, etwas stehlen, um Weidenkätzchens Prüfung zu bestehen. Schnell schnappte sie etwas.

Als sie sich umdrehte, erschien schon ein großer dunkler Umriss im Höhleneingang. „Stehenbleiben!“

Fuchsfells Stimme. Er machte einen Schritt auf sie zu. „Blutpelz?“ fragte er überrascht, als er sie erkannte.

Lena nickte. Sie fühlte sich wirklich wie ein ertappter Dieb. „Kundschafterprüfung“, murmelte sie leise.

„Kundschafterprüfung“, wiederholte Fuchsfell genervt und verdrehte die Augen. „Weidenkätzchen hat sich das ausgedacht?“

Lena nickte.

„Und ich dachte, ich muss einen Eindringling bekämpfen! Ich fürchte, du hast nicht bestanden. Du solltest sicher etwas stehlen, richtig? Gib es zurück.“ Er streckte die Pfote aus. Lena legte einen farbigen Stein hinein.

„Komm, ich bringe dich zum Kriegsrat.“

Lena nickte und folgte.

Weidenkätzchen, Löwenzahn und Augenstern schauten ihr gespannt entgegen, aber niemand war so aufgeregt wie Nuknuk. „Und? Und? Hast du es geschafft, geschafft?“

„Ich fürchte nicht“, antwortete Fuchsfell für sie. „Sie ist zwar bis in die Höhle gekommen, aber was sie gestohlen hat, habe ich ihr abgenommen.“

Weidenkätzchen sah sie an. „Stimmt das?“

Lena schüttelte den Kopf. Und jetzt musste sie lächeln. Sie spuckte eine Murmel aus. Sie glänzte grün und hatte kaum in ihren Mund gepasst. Nuknuk jubelte.

„Ha!“, rief Weidenkätzchen. „Schnell, leise und mutig genug, um in die Höhle zu kommen. Und so schlau, dass du Fuchsfell austricksen konntest. Blutpelz – ab heute bist du eine Kundschafterin.“ Sie legte ihr die Pfote auf die Schulter.

Lena strahlte.

Kapitel 16: Nussmond

Die Sommerferien gingen zu Ende. Natürlich hatte Lena auch in anderen Jahren den Gang der Jahreszeiten bemerkt. Aber noch nie waren ihr die Veränderungen an Wetter und Pflanzen so deutlich aufgefallen wie jetzt. Der Sommer verabschiedete sich, es wurde früher dunkel, regnete öfter, und der Regen war kälter. Als Lena morgens das Haus verließ, lag kalter Tau auf allen Blättern und auf den Fenstern der parkenden Autos. Waren vor ein paar Wochen die ersten Nüsse und Eicheln von den Bäumen gefallen, so fielen sie jetzt zu Dutzenden und lagen auf den Wiesen und Straßen.

Auch, wenn Lena sich zu Hause manchmal gelangweilt hatte – vermisst hatte sie die Schule nicht. Zum Glück fehlte Andy. Wo er war, wusste niemand.

Gleich am ersten Schultag musste Lena etwas miterleben, das immer mal wieder vorkam, aber jedes Mal allen unangenehm war: Ms Blackley forderte Nea Halligan auf, eine Frage zu beantworten – obwohl Nea sich nicht gemeldet hatte. Nea meldete sich nie. Und auch, wenn sie drangenommen wurde, sagte sie nichts. Sie saß da mit ihren schwarzen Haaren, der schwarzen Kleidung und schwarzen fingerlosen Handschuhen mit weißen Totenköpfen drauf. Und sagte: nichts.

„Nea, ich weiß doch, dass du die Antwort kennst", meinte Ms Blackley fast flehend. „Sonst könntest du nicht so gute Klassenarbeiten schreiben. Aber deine mündliche Mitarbeit ..."

Neas blaue Augen funkelten. Ihre blassen Lippen blieben verschlossen. Eine Wolke der Stille schien sich um sie auszubreiten.

„Du musst auch mal etwas sagen", forderte Ms Blackley. „Wenn du nichts sagst, kann ich auch nichts benoten." Nea deutete ganz leicht ein Schulterzucken an.

„Gut", meinte Ms Blackley trotzig. „Dann trage ich hier eine Sechs ein. Mal wieder." Sie kritzelte etwas in ihre Notizen.

Als sie endlich ein anderes Kind drannahm, atmete die ganze Klasse auf. Und sogar von Nea schien ein bisschen Spannung abzufallen.

Zwei weitere Wochen musste Lena warten, bis der nächste Vollmond kam. Soweit sie wusste, stand kein Fest an – also würde sie den Abend mit Nuknuk allein verbringen. Das junge Hörnchen erwartete sie auf der Wiese hinter dem Haus im Mondschein.

„Heute ist Nussmond! Frag mich, was wir heute machen!"

„Okay … Nuknuk, was machen wir heute?"

„Wir lauern dem grauen Grauhörnchen auf und hören, was es zu sagen hat, das machen wir."

Lena runzelte die Stirn. „Hast du dir das selbst ausgedacht?"

Nuknuk nickte begeistert. „Alle haben beim Traubenfest gesagt, wir müssen mehr herausfinden. Über die Grauhörnchen und die Pfütze unter dem Dornbaum. Also los: finden wirs raus!"

Gemeinsam rannten sie los, Nuknuk blieb plötzlich stehen. „Meinst du, wir haben Zeit für einen kleinen Umweg?"

Lena zuckte die Schultern.

„Komm, ich will dir etwas zeigen."

„Was denn?"

„Den Naschebusch!"

„Naschebusch?"

Nuknuk schlug eine andere Richtung ein und rannte los. Sie führte Lena zu einem Strauch, der voller brauner Nüsse hing. Viele waren schon abgefallen und lagen auf dem Boden verteilt.

„Ist das dein Naschebusch?“

Nuknuk nickte aufgeregt.

„Das ist ein Haselstrauch, oder?“

Nuknuk nickte. „Weißt du, warum man ihn so nennt? Haselbusch? Weil er voller Haselnüsse hängt!“

„Heißen nicht die Haselnüsse so, weil sie vom Haselbusch kommen?“, fragte Lena.

Nuknuk schüttelte den Kopf. „Das glaube ich nicht.“ Ihre Augen wurden ganz groß. „Es gibt so viele Nüsse, Lena, sooo viele! Ich liebe den Nussmond, nie gibt es so viel zu futtern wie unter dem Nussmond. Nüsse fallen einfach auf den Boden! Man kann sie nehmen und knacken und futtern!“ Nuknuk zitterte vor Aufregung, ihr Schwanz schlug hin und her. „Komm, wir naschen ein paar, ja? Ja?“

Dafür, dass Nuknuk noch große Pläne für die Nacht hatte, verbrachten sie recht viel Zeit beim Naschebusch. Als Nuknuk sich schließlich von der Nussernte lösen konnte, machten sie sich auf den Weg durch die Stadt bis zu der breiten Straße mit dem Kreisverkehr.

Der Dornbaum ragte wie ein schwarzer Turm in den Nachthimmel. Lange, ledrige Samenschoten hingen an den Ästen. In der Baumkrone hockten Elstern; nicht nur die beiden, mit denen Lena sich einen Kampf geliefert hatte. Sie zählte insgesamt fünf.

Erst mal mussten sie über die Straße kommen. Sie warteten, bis sich eine Lücke zwischen den fahrenden Autos bot und rannten los. Nuknuks silberner Anhänger blitzte im Mondlicht. Eine Elster keckerte. Hatten die Vögel sie bemerkt? Sie erreichten die Insel im Kreisverkehr und duckten sich ins hohe Gras.

„Was machen wir jetzt?“, flüsterte Lena.

„Etwas herausfinden!“

„Was denn? Wie denn?“, fragte Lena.

Nuknuk zuckte die Schultern. „Ich dachte du weißt das.“

Lena schüttelte den Kopf. „Ich habe keinen Plan!“

„Mach einen“, sagte Nuknuk. „Du kannst doch sowas! Wo ist der Eingang zur Höhle, Höhle?“

Lena deutete mit der Pfote.

„Sollen wir da rein?“, zischte Nuknuk.

„Vielleicht“, nickte Lena. Sie schlich vorwärts Richtung Baumstamm. Zwischen den Wurzeln sah sie den Tunneleingang.

„Da drin wohnt das Grauhörnchen?“, fragte Nuknuk. Lena nickte. „Hast du deine gute Waffe dabei?“, wollte Nuknuk wissen. Lena nickte und nahm das Essstäbchen von ihren Schultern.

Ins Gras geduckt schlichen die beiden auf den Tunneleingang zu, als sie über sich eine Stimme hörten.

„Packt sie!“

Sie blickten hinauf – da oben im Baumwipfel stand es: Das Grauhörnchen, groß und dunkel, mit eisblauen Augen und funkelndem Fell. Es zeigte mit dem ausgestreckten Arm in ihre Richtung, und seine Augen blitzten im Mondschein.

Die Elstern erhoben sich aus dem Baumwipfel, schwangen sich in die Höhe. „Lena!“, rief Nuknuk alarmiert. Sie packte Lenas Pfote, gemeinsam rannten sie los, weg vom Baum. Die Vögel setzten zu einem Sturzflug an und rasten auf die beiden Eichhörnchen zu. „Runter!“, rief Lena, duckte sich und streckte das Essstäbchen in die Höhe. Ein Vogel schoss auf sie herab und spießte sich selbst auf die Waffe. Erschreckt ruderte er mit den Flügeln zurück und taumelte davon. Eine andere Elster stürzte auf Nuknuk nieder.

Lena schrie noch eine Warnung, da packte der Vogel Nuknuk schon bei den Schultern und stieg mit ihr in den Nachthimmel auf. Nuknuk hing zwischen seinen Krallen und strampelte mit den Beinen. „Lena!“, rief sie. Lena rief Nuknuks Namen und packte den Speer, um ihn zu werfen – aber was, wenn sie Nuknuk treffen würde?

Autos rasten über den Kreisverkehr, rund und rund um den Dornbaum. Der Vogel ließ Nuknuk fallen. Lena sah fassungslos zu, wie Nuknuk stürzte, sie prallte gegen die Windschutzscheibe eines Autos und fiel zwischen die fahrenden Autos.

„Nuknuk!“, schrie Lena und rannte an den Rand der Fahrbahn. Sie konnte ihre Freundin nicht sehen, und die Autos fuhren zu dicht, um die Straße zu überqueren. Jetzt! Endlich ergab sich eine Lücke, Lena rannte los, wich einem Auto aus und erreichte die andere Straßenseite. Da lag Nuknuk, hingeschleudert und regungslos am Rand der Fahrbahn. Lena sprang vor, packte sie mit beiden Pfoten und zerrte sie von der Straße, bevor das nächste Auto kam.

„Nuknuk!“

Das junge Eichhörnchen rührte sich nicht. Blut sickerte aus seinem Mäulchen.

„Wach auf, Nuknuk, wach auf!“ Tränen rollten aus Lenas Augen. Sie wischte sie weg. Denk, Lena, denk! Willow kann helfen. Sie kennt sich aus mit verletzten Eichhörnchen. Lena versuchte, Nuknuk hochzuheben, um sie zu tragen. Das wollte nicht funktionieren. Lena war zu schwach, Nuknuk zu schwer, der Weg zu weit, die Beine zu kurz. Sie packte Nuknuk unter den Armen und zerrte sie über den Asphalt. So kam sie kaum voran. Wenn ich jetzt nur ein Mensch wäre, dachte Lena. Ich könnte Nuknuk in die Hand nehmen und bräuchte nur ein paar Minuten, um Willows Haus zu erreichen.

Ich bin ein Mensch. Ich bin ein Mensch, ein elfjähriges Mädchen! Ich bin Mensch und Hörnchen, und jetzt gerade muss ich Mensch sein! Meine beste Freundin wird sonst sterben!

Da fing Lenas Fell an zu jucken, am ganzen Körper, überall zugleich, und das Jucken wanderte durch die Haut ins Fleisch und durchs Fleisch bis in die Knochen. Lena wurde größer, ihr Fell verschwand im Körper, der Schwanz schrumpfte und die Beine wurden länger, und als ihr Körper endlich aufhörte zu jucken, stand sie da als nacktes Mädchen auf der Straße in der Dunkelheit.

Egal, ob mich jemand sieht, dachte Lena, jetzt gibt es Wichtigeres zu tun. Sie nahm Nuknuk behutsam auf, barg sie mit beiden Händen an der Brust. Ein Auto hielt am Rand des Kreisverkehrs: „Hey, Mädchen“, rief eine Frau aus dem Fenster. „Ist alles in Ordnung? Brauchst du Hilfe?“

Lena drehte sich um und rannte los.

„Mädchen! Warte!“, rief die Frau hinter ihr her. Lena rannte weiter. Der Weg durch die Einkaufsstraße war so spät in der Nacht dunkel und menschenleer. An einem Andenkenladen riss Lena eine große, grüne Fahne mit einer goldenen Harfe darauf von der Wand und hüllte sich und Nuknuk in den dünnen Stoff. Dann rannte sie weiter, so schnell sie konnte, barfuß über den Teer.

Obwohl es eine kalte Nacht war, war Lena nassgeschwitzt, als sie Willows Haus erreichte. Außer Atem schellte sie an der Tür. Das Herz hämmerte in ihrer Brust. Sie schellte noch einmal. Im Haus gingen die Lichter an.

Willow öffnete im Bademantel die Tür, schaute mit großen Augen erst Lena an, dann das verletzte Eichhörnchen in ihren Händen. Sie verlor keine Worte. „Leg sie auf die Couch“, sie winkte Lena ins Wohnzimmer. „Ich mache Wasser heiß.“

Als Lena Nuknuk auf ein Kissen bettete, legte Willow ihr von hinten eine Decke um die Schultern.

„Was ist passiert?“ Sie untersuchte Nuknuk mit vorsichtigen Handgriffen.

Jetzt kamen die Tränen. „Elstern ... ein Auto ...“, schluchzte Lena.

Willow nickte. „Sie atmet.“

Die beiden lächelten einander an. Willow holte die Schatulle vom Schrank und öffnete sie. Getrocknete Blätter, Moos und Kräuterstängel lagen darin und darauf auf eine winzige Umhängetasche – in Eichhörnchengröße.

„Ich werde nach ihren Wunden sehen. Eine Medizin für sie mischen. Und dann braucht sie vor allem Ruhe.“

Willow entdeckte den Kettenanhänger an Nuknuks Hals.

„Was ist das?“

„Das hat sie von mir.“

Willow lächelte. „Ihr seid gute Freundinnen, oder?“

Lena nickte und unterdrückte ein Schluchzen. „Beste Freundinnen. Bitte mach sie gesund, Willow."

Kapitel 17: Ein Eichhörnchen mit Menschenaugen

Am nächsten Tag ging Lena direkt nach der Schule zu Willows Haus, um nach Nuknuk zu sehen.

„Ich bin die Nacht aufgeblieben, um bei ihr zu wachen", erklärte Willow.

„Ist sie aufgewacht?"

Willow schüttelte den Kopf. Nuknuk lag zusammengerollt auf einem weichen Handtuch in einem Weidenkorb auf Willows Wohnzimmertisch. Sie schlief tief und fest, aber trotzdem ging ihr Atem hektisch und ihr kleines Herz pochte schnell, das spürte Lena, als sie das verletzte Hörnchen streichelte.

Willow drückte Lenas Hand. „Mach dir nicht zu viele Sorgen. Ich habe schon Eichhörnchen in schlechterem Zustand gesehen. Die habe ich auch wieder aufgepäppelt."

Am nächsten Tag war es ähnlich; Nuknuk schlief und wachte nicht auf, solange Lena zu Besuch war.

Am dritten Tag war es anders.

„Komm rein", Willow lächelte, als sie die Tür öffnete.

Lena ging durch den schmalen Flur und unter dem Tuch hindurch ins Wohnzimmer. Auf einem Kissen auf dem Tisch hockte Nuknuk. Wach und lebendig. Lena strahlte und nahm sie auf den Arm; Nuknuk kletterte in ihr Haar und begann aufgeregt zu tschirpen und zu tschucken. In Menschengestalt verstand Lena natürlich kein Wort.

„Ich glaube, sie hat dir viel zu erzählen", meinte Willow.

„Wenn ich sie bloß verstehen könnte ..."

„Du kannst sie verstehen. Als Hörnchen."

„Darauf muss ich vier Wochen warten", meinte Lena niedergeschlagen.

„Als du Nuknuk hergebracht hast, warst du ein Mädchen – trotz Vollmond. Wer sagt, dass du dann nicht auch ohne Vollmond ein Hörnchen sein kannst?"

Lena sah sie skeptisch an.

„Ich habe dir gesagt, dass du es lernen wirst", erklärte Willow. „Als du das erste Mal bei mir warst. Ich wusste nur nicht, wann. Jetzt ist es soweit."

„Du meinst, ich kann ... aber wie?"

„Mir hat es immer geholfen, meinen Eichhörnchennamen zu sagen. Und dass ich ein Hörnchen bin."

Lena runzelte die Stirn. Sie hob Nuknuk von der Schulter und setzte sie zurück auf die Tischplatte. Sie stellte sich vor den Spiegel über der Kommode in Willows Wohnzimmer. Sie schaute dem Spiegelbild in die Augen.

„Mein Name ist Blutpelz, und ich bin ein Hörnchen", sagte sie entschlossen. Sie beobachtete im Spiegel, ob etwas geschah. Sie konnte keine Veränderung sehen, aber sie spürte, wie ihre Kopfhaut unter den Haaren zu jucken anfing.

„Ich bin Blutpelz, und ich bin ein Hörnchen." Das Jucken wurde stärker. Es kroch vom Kopf abwärts und von den Füßen aufwärts.

„Ich – bin – Blutpelz. Ich – bin – ein Hörnchen."

Jetzt juckte ihr ganzer Körper. Mit einem Mal kam es ihr vor, als würde sie aufwärts geschleudert, dann abwärts, als hinge sie an einem großen Gummiband. Und dann hockte sie da. Auf der Kommode. Zu klein, um in den Spiegel zu schauen. Und das Jucken hörte auf.

Sie blickte an sich hinab: Eichhörnchenpfoten, Eichhörnchenbauch, Eichhörnchenbeine. Sie wedelte mit dem puscheligen Schwanz und betastete die Nagezähne. Kein Zweifel: Sie war ein Eichhörnchen.

Begeistert sprang sie von der Kommode herunter und auf die Tischplatte, fiel Nuknuk um den Hals. „Oh Nuknuk, meine liebe Freundin. Ich bin so froh, dass es dir besser geht."

„Du hast mich hergebracht, oder? Du hast mich gerettet, Lena, gerettet. Danke, danke."

Sie nahmen einander bei den Pfoten und strahlten.

„Wie geht es dir?", fragte Lena besorgt.

„Ungefähr alles tut weh", meinte Nuknuk. „Aber es geht."

„Wir hätten nicht alleine gehen sollen, oder? Wir hätten doch ahnen können, dass die Elstern da sind und uns angreifen werden."

Nuknuk zuckte die Schultern. „Wir haben trotzdem etwas Wichtiges herausgefunden."

„Haben wir?"

„Hast du es nicht gesehen?"

Lena runzelte die Stirn.

„Das Grauhörnchen, das wir verfolgt haben ... es ist ein Werhörnchen. Wie du!"

„Was? Bist du sicher?"

Nuknuk nickte.

„Woher weißt du das?"

„Hast du nicht seine Augen gesehen?"

„Seine Augen?" Lena versuchte sich zu erinnern.

„Sie waren blau. Blaue Augen."

„Und?"

„Kein Hörnchen hat blaue Augen. Hörnchen haben schwarze Augen. Es hat Menschenaugen. Wie du."

„Ich habe Menschenaugen? Was meinst du damit?"

„Hast du das nie bemerkt?", fragte Nuknuk erstaunt. „Schau!"

Sie führte Lena zu Willows Teetasse. Auf der Oberfläche spiegelten sich ihre Gesichter. Nuknuk hatte die schwarzglänzenden Augen eines Eichhörnchens. Lenas Augen waren nicht schwarz. Sie hatte die gleiche Augenfarbe, die sie auch als Mensch hatte: grün wie frische Blätter.

„Du hast Menschenaugen", sagte Nuknuk.

„Ich habe Menschenaugen", staunte Lena. „Auch als Eichhörnchen."

„Eisblaue Augen hatte das Grauhörnchen“, erklärte Nuknuk. „Kennst du einen Menschen mit solchen Augen?“

„Du denkst, ich kenne den Menschen, der sich in dieses Grauhörnchen verwandelt?“

Nuknuk nickte. „Es war mit dir in den Wicklow Mountains, oder? Warum?“

Lena schlug sich vor die Stirn. „Natürlich! Es war das gleiche Hörnchen! Nicht zwei verschiedene. Das Grauhörnchen ist mit mir auf die Schulfahrt gegangen! Und hat sich in der Nacht genauso verwandelt wie ich. Nur das müsste ja heißen, dass in der Nacht zwei Schüler gefehlt haben ...“

Plötzlich wurde Lena alles klar. Ihr wurde fast schwindelig von ihrer neuen Erkenntnis. Sie setzte sich auf den Rand der Untertasse. „Andy Linden“, sagte sie. „Andy Linden war verschwunden in der Vollmondnacht. Er wurde von allen Lehrern gesucht. Andy Linden hat blaue Augen. Andy Linden – ist das Grauhörnchen.“

„Ist das nicht der Junge ...“

„Der Junge, vor dem ihr mich beschützt habt. Im Park. Der mit dem Messer.“

Nuknuk runzelte die Stirn. Willow beobachtete die beiden als versuche sie zu erraten, worüber sie sprachen.

„Was hast du jetzt vor?“, fragte Nuknuk.

Lena schürzte die Lippen. „Ich werde ihn zur Rede stellen. Vielleicht kann ich herausfinden, was der Frost ihm versprochen hat.“

„Das klingt gefährlich, Lena. Hol dir lieber Hilfe. Nimm die anderen mit, Fuchsfell, Löwenzahn, die sollen dich beschützen, ja?“

„Meinst du wirklich?“

Nuknuk nickte aufgeregt.

Bald darauf hockte Lena auf dem Waschbeckenrand in Willows Badezimmer. Willow hatte Lenas Kleidung ins Bad gelegt und sie dann allein gelassen. Zeit, sich zurückzuverwandeln.

„Mein Name ist Lena, und ich bin ein Mädchen.“

Nichts geschah.

„Mein Name ist Lena. Und ich – bin ein Mädchen."

Jetzt kam das Jucken. Unter dem Fell an den Armen fing es an.

„Ich bin Lena. Ein Mädchen. Ein Menschenmädchen."

Alles kitzelte. Wieder fühlte sie sich, als würde sie herumgeschleudert, und mit einem Mal knallte sie mit dem Po auf den Badezimmerboden. Ihrem menschlichen Po. Sie hieß Lena, und sie war ein Mensch. Sie stand auf und schaute in den Spiegel. Sie sah aus wie immer. Nur die Puschel auf den Ohren waren nachgewachsen. Und ihr Po tat weh, wo sie aufs Steißbein geknallt war.

Sie zog sich an.

Kapitel 18: Die Herren der Schlacht

Lena hatte etwas wiedergutzumachen: Sie hatte gestohlen. Die grüne Fahne vom Andenkenladen hatte sie von der Wand gerissen, um sich und Nuknuk einzuwickeln, damit sie nicht nackt durch die Stadt rennen musste.

Sie betrat das Geschäft mit schlechtem Gewissen und der gefalteten Fahne unter dem Arm. Es roch gut und aufgeräumt in dem Andenkenladen, nach Porzellan und Packpapier. Überall standen Regale und Aufsteller mit hübschen Andenken, Bierdeckeln, Schlüsselanhängern, Figürchen und Schmuck.

Die Frau hinter der Theke telefonierte.

„Ich weiß nicht", sagte sie, „gestohlen oder Vandalismus. Jedenfalls brauchen wir jetzt eine neue, genau wie die, die wir letztes Jahr bestellt haben. Die gleiche Größe."

Sie war dabei, eine neue Fahne zu bestellen! Lena musste das Gespräch unterbrechen, bevor der Schaden sich verdoppelte.

„Entschuldigung", sagte sie, aber die Frau hinter der Theke bedeutete ihr, bis zum Ende des Telefonats zu warten. Lena faltete die Fahne aus und hielt sie hoch.

„Oh, warte mal ...", sagte die Frau überrascht ins Telefon. „Ich rufe gleich noch einmal an." Sie legte auf.

„Ehm ...", fing Lena unsicher an. „Neulich Nacht habe ich aus Versehen diese Fahne mitgenommen."

„Mitgenommen? Wo hast du sie denn gefunden?"

„Ehm ... vor dem Laden."

„Es hat sie bestimmt jemand abgerissen, ohne Sinn und Verstand. Das dachte ich mir schon."

„Nein ... Eigentlich habe ich ... Also, ich habe sie abgenommen, um ... um ein verletztes Eichhörnchen darin einzuwickeln."

„Ist das dein Ernst?"

Lena nickte.

„Das finde ich ja herrlich. Dass du mit unserer Fahne ein Eichhörnchen gerettet hast. Und dass du dann auch noch so viel Anstand hast, in den Laden zu kommen und die Fahne zurückzugeben. Wie heißt du?"

Lena atmete auf. Das hätte schlechter laufen können.

„Lena. Ich heiße Lena."

„Ich bin Moina. Mir gehört dieser Laden. Komm, du kannst mir helfen, sie wieder aufzuhängen."

Gemeinsam machten sie die Fahne außen an der Fassade fest, und als wieder an beiden Seiten der Glastür grüne Fahnen hingen, sah es wirklich schöner aus, da waren sie sich einig.

„Schau dich mal im Laden um", sagte Moina, „Wenn du etwas Kleines findest, das dir gefällt, dann sag mir Bescheid. Das gebe ich dir als Finderlohn."

Lena wiegelte ab, sie hatte die Fahne ja nicht gefunden, sondern selbst genommen – aber Moina wollte von ihren Einwänden nichts wissen. „Ehrlichkeit muss belohnt werden."

Also schaute Lena sich um. Teekannen, Tassen und T-Shirts interessierten sie wenig. An einem Stand mit Ketten und Ringen entdeckte sie etwas: Ein kleiner Kettenanhänger in Form eines keltischen Knotens. Die gleiche Form wie der Anhänger, den Lenas Mutter ihr geschenkt und den sie Nuknuk gegeben hatte. Sie nahm den Anhänger vom Haken und schloss die Hand darum. Das sollte ihr Finderlohn sein. Nuknuk und sie würden das gleiche Symbol tragen. Es passte perfekt: Ineinander verschlungene Bänder für das viele Durcheinander, das sie gemeinsam erlebten, ohne Anfang und Ende, weil ihre Freundschaft für immer halten sollte.

Sie war schon auf dem Weg zur Kasse, als ihr etwas anderes ins Auge sprang: Unter einem Poster mit entschlossen dreinblickenden Kriegern lag ein Stapel Holzschachteln, und in jeder Schachtel ruhte ein kleines Schwert, lang wie ein Finger. Brieföffner. Lena öffnete eine Schachtel und nahm die kleine Waffe in die Hand. „Federschwinge, Schwert von Gion, dem verstoßenen Prinzen“, las sie auf einer Karte in der Schachtel. Der Schwertgriff hatte genau die richtige Größe für die Pfote eines Eichhörnchens. Das war ein besseres Schwert als ein alter Nagel! Was würden Löwenzahn und die anderen zu diesen Waffen sagen?

Fünf Schwerter von fünf Helden gab es: Federschwinge, Schwert von Gion, dem verstoßenen Prinzen; Hammerschlag, Schwert von Ellart, der Leibwache; Schnitter, Schwert von Dorn, der Fährtenleserin; Schattenklinge, Schwert von Tippa, der Dunkelelfe und Knochenbrecher, Schwert von Thuron, dem Mann-Bär. Die Namen sagten Lena nichts, aber vor ihrem inneren Auge sah sie die Eichhörnchen des Kriegsrats mit diesen Waffen in den Pfoten, wie sie sich den Frostriesen entgegenstellten und dabei ebenso entschlossen dreinblickten wie die Helden auf dem Poster.

„Magst du die Herren der Schlacht?“ Moina stand neben ihr.

„Die Herren der Schlacht?“, fragte Lena.

Die Frau zeigte auf das Poster. „Die Schwerter sind aus dem Film. Bald kommt der dritte Teil ins Kino: ‚Die Rache des Schattenkönigs‘. Hast du nichts davon mitbekommen?“

Lena schüttelte den Kopf.

„Ich fand auch die Bücher besser“, erklärte die Frau. „Hast du sie gelesen?“

„Nein“, antwortete Lena. Aber sie erinnerte sich daran, dass Theo, der blasse Junge, ein Buch mit diesem Titel neben ihr im Bus gelesen hatte.

Für die Schwerter hatte Lena nicht genug Geld dabei. Sie öffnete die Hand und zeigte der Frau den silbernen Anhänger.

„Der gefällt mir.“

Moina lächelte. „Den kannst du gerne nehmen. Soll ich die Kette einpacken oder willst du sie direkt umhängen?“

Schon am nächsten Tag ging Lena mit den Schwertern der „Herren der Schlacht“ in den Park. Das Geld hatte sie von dem Finderlohn genommen, den das Museum gezahlt hatte.

Die Frau vom Andenkenladen hatte sich gewundert, dass Lena jedes Schwert einmal kaufte, wo sie doch weder Buch noch Film kannte, doch Lena hatte ganz wahrheitsgemäß gesagt: „Es soll ein Geschenk sein.“

Sie stieg am Rand der großen Wiese in ein Dickicht, das sie rundum vor fremden Blicken schützte. Dann verwandelte sie sich: „Ich bin Blutpelz, und ich bin ein Hörnchen.“ Wie durch einen Tunnel zwängte sie sich aus ihrem Hosenbein ins Sonnenlicht – und da stand sie als Eichhörnchen über ihren Kleidungsstücken. Sie holte die Schwerter aus den Schachteln und rammte sie vor dem Gebüsch nebeneinander in die Erde. Dann lief sie los, um die Eichhörnchen zu suchen.

Augenstern war die erste, die sie auf der Wiese entdeckte. Sie kam überrascht zu ihr gelaufen.

„Blutpelz? Du bist es wirklich. Aber … der Mond …“

Lena nickte. „Ich habe euch viel zu erzählen. Bitte lass uns den Kriegsrat zusammenholen.“

Lena erklärte, was unter dem Nussmond geschehen war und wie sie in der größten Not gelernt hatte, sich auch ohne Vollmond zu verwandeln. Sie musste viele Fragen darüber beantworten, was mit Nuknuk passiert war, wie es ihr ging und wo sie war. Die Eichhörnchen zeigten sich erleichtert, dass sie in guten Händen war.

„Nuknuk hat mich darauf gebracht, dass das Grauhörnchen Menschenaugen hat. Ich wusste nicht, dass man daran Werhörnchen erkennt. Ich werde mich auf die Suche machen, um herauszufinden, welcher Mensch sich in das Grauhörnchen verwandelt. Einen Verdacht habe ich schon.“

„Das sind wichtige Neuigkeiten“, erklärte Löwenzahn. „Das könnte auch erklären, warum es hier, so weit entfernt vom großen Fluss, ein Grauhörnchen gibt. Sag uns Bescheid, wenn du unsere Hilfe brauchen kannst bei der Suche nach dem Werhörnchen. Ab jetzt kannst du ja jederzeit zu uns kommen – statt auf den Vollmond zu warten."

Lena bedankte sich. „Jetzt will ich euch etwas zeigen. Eine Überraschung."

Sie führte die Eichhörnchen zu dem Gebüsch, in dem sie sich verwandelt hatte, und dann endlich standen sie im Halbkreis vor den glänzenden Waffen: Löwenzahn, Augenstern, Weidenkätzchen, Fuchsfell und Bockshorn. Fasziniert machte Löwenzahn einen Schritt vorwärts und legte die Pfote an den Griff von Federschwinge, dem Schwert von Gion, dem verstoßenen Prinzen. Er zog die Klinge aus dem Boden und betrachtete sie. Er führte ein paar Probehiebe durch die Luft und sah dabei sehr elegant aus.

„Das ist ein wundervolles Geschenk." Er sah Lena an. „Kein Vergleich zu meinem alten Nagel. Vielen Dank Lena. Es kommt zur richtigen Zeit."

Augenstern zog Schnitter, das Schwert von Dorn, der Fährtenleserin. Fuchsfell zog Hammerschlag aus dem Boden, das Schwert von Ellart, der Leibwache. „Eine prächtige Waffe", befand er. „Diese Handwerkskunst ist uns Eichhörnchen verborgen."

Weidenkätzchen zog Schattenklinge, das Schwert von Tippa, der Dunkelelfe. Sie runzelte die Stirn. „Ich weiß nicht ... Eine tolle Waffe, keine Frage ... Aber ich bin nicht so für Schwerter. In jeder Faust eine kleine Klinge, das ist mein Ding. Schnell und wendig, ein Schwert würde mich nur behindern beim Schleichen und Springen."

Ein Schwert blieb stecken: Knochenbrecher, das mächtige Breitschwert von Thuron, dem Mann-Bär, an dessen langem Griff zwei Pfoten Platz hatten. „Ich weiß nicht", brummte Bockshorn, „ob ich meinen alten Knüppel gegen diese Waffe eintauschen will."

„Das Schwert dürfte mehr Schaden anrichten als dein alter Prügel", fand Löwenzahn.

„Da wäre ich nicht sicher", meinte Bockshorn. „Dieser Knüppel ist wie ein Teil von mir. Ich habe mit ihm schon viele Schlachten geschlagen und bisher noch immer gesiegt. Probier es und tritt gegen mich an, wenn du dich traust." Er hob den Knüppel vors Gesicht.

„Aber nur zum Spaß", stellte Löwenzahn klar. „Wir wollen kein Blut vergießen."

„Komm schon", brummte Bockshorn. „Bevor ich einschlafe."

Löwenzahn schwang das Schwert vor sich hin und her. Dann setzte er zum ersten Angriff an: Er sprang vorwärts, das Schwert vor sich ausgestreckt, Bockshorn wich aus und führte einen wuchtigen Hieb mit seinem Knüppel, der ins Leere ging. Beide holten erneut aus; diesmal trafen sich die Waffen. Mit einem freudlosen Knacken brach die Schwertklinge und fiel ins Gras.

„Ha!", triumphierte Bockshorn. Löwenzahn blickte ernüchtert auf das Schwertheft in seiner Hand.

Augenstern schaute ihre Klinge prüfend an. „Fuchsfell?", sagte sie dann, und beide machten sich zu einem Duell mit den neuen Waffen bereit. Kurz tänzelten sie umeinander, dann machten beide einen Schritt vor und schlugen die Klingen gegeneinander. Aus Ritterfilmen kannte Lena die majestätischen Klänge, die ertönen sollten, wenn Schwertklingen aufeinandertrafen. Diese Schwerter klangen anders. Ein enttäuschendes Plak-Plak-Plak und schon beim nächsten Schlag knickten die Klingen um.

„Hm, Blutpelz", sagte Löwenzahn und klang gleichzeitig enttäuscht und mitleidig. „Ich fürchte, das sind nicht die Waffen, die uns den Krieg gewinnen lassen."

Lenas Überraschung war gründlich schiefgegangen. „Das tut mir leid", sagte sie. „Das hatte ich mir wirklich anders vorgestellt. Ich hätte es wissen müssen – das sind eigentlich keine Schwerter. Sondern Fanartikel, mit denen man Briefe öffnen kann."

„Was sind ‚Fanartikel'?", fragte Augenstern.

„Was sind ‚Briefe'?", fragte Bockshorn.

„Ist egal", meinte Lena geknickt. „Vergesst, was hier passiert ist. Das ist einfach schiefgegangen."

Augenstern nahm ihre Pfote. „Ist doch nicht schlimm, Blutpelz. Der Plan war ja gut. Wir könnten solche Waffen brauchen. Wenn sie halten, was sie versprechen. Dass diese Klingen nichts aushalten, konntest du nicht wissen."

Weidenkätzchen drückte ihr Schattenklinge in die Hand. „Hier. Ich bleibe lieber bei meinen Dolchen."

„Was für eine Enttäuschung", fand auch Willow, als Lena später bei ihr auf der Couch saß. Nuknuk lag auf ihrem Schoß. „Dabei war es ein guter Plan."

„Das haben die Eichhörnchen auch gesagt."

„Ich hab da eine Idee ...", meinte Willow nachdenklich. „Ich kenne einen Schmied. Oder ich kannte einen Schmied. Es ist lange her."

„Einen richtigen Schmied?", fragte Lena. „Meinst du, er könnte echte kleine Schwerter schmieden?"

„Zumindest könntest du ihn fragen." Sie stand auf. „Ich schreibe dir die Adresse auf. Das ist ein bisschen außerhalb der Stadt ... Aber es müsste ein Bus in der Nähe halten. Sean heißt er. Sean Brennan."

„Meinst du, ich soll da einfach hinfahren? Sollte ich nicht zuerst anrufen und fragen, wann er Zeit hat?"

Willow schmunzelte. „Sean kann man nicht anrufen. Er hat kein Telefon. Er ist ein bisschen ... wunderlich. Fahr einfach hin, er wird zu Hause sein. Und wenn nicht, kannst du dort auf ihn warten. Er ist nie lange fort. Ich würde mitkommen, aber ich will Nuknuk nicht so lange allein lassen."

Kapitel 19: Andy

Am nächsten Tag tauchte endlich mal wieder Andy Linden auf. Lena freute sich, obwohl sie sich ohne ihn in der Schule wohler fühlte. Sie witterte die Chance, das Grauhörnchen mit den eisblauen Augen zu stellen. Sie musste nur noch die richtige Gelegenheit abpassen und ihn irgendwie allein erwischen ohne seine Spießgesellen Brian und Josh.

Sie liefen vom Chemieraum zu Mr Donovans Geschichtsunterricht, als Andy Linden Theo von hinten ein Bein stellte. Theo stolperte und fiel hin; die Gelegenheit nutzte Josh O'Reilly, um ihm auch noch den Rucksack wegzureißen; er warf ihn zu Andy. Andy grinste breit, öffnete den Reißverschluss und schüttete den gesamten Inhalt auf den Boden aus. Neben Büchern und Heften fielen eine Menge kleiner zugesägter Holzstücke auf den Boden.

„Theo will wohl Schreiner werden, was?", lachte Andy, ließ den leeren Rucksack fallen und ging weiter.

Lenas Mitschüler liefen an Theo vorbei, der auf dem Boden zwischen den verstreuten Schulsachen sitzenblieb. Lena hockte sich zu ihm und sammelte seine Sachen ein. „Warum machen die das mit dir?", fragte sie wütend.

Theo zuckte die Schultern. „Ich schätze, sie fühlen sich stark, wenn sie andere runtermachen."

„Das ... oder es sind einfach fiese Idioten."

Theo lachte. „Oder das." Er nahm den Rucksack und stopfte seine Sachen wieder hinein. „Sie machen das schon seit wir zusammen auf der Schule sind. Meine Mutter hat mir damals geraten, es zu ignorieren. ‚Wenn du so tust, als ob es dir nichts ausmacht, macht es ihnen keinen Spaß', hat sie gesagt."

„Und, hat das geholfen?"

„Nein, das hat es schlimmer gemacht. Mein Vater hat mir geraten, ihnen richtig eins in die Fresse zu hauen."

„Und hat das geholfen?"

„Das hat es auch schlimmer gemacht. Aber es zeigt, wie wenig meine Eltern einer Meinung waren. Das war noch vor ihrer Scheidung."

Bei diesem Wort zuckte Lena zusammen. „Und warum hilft dir niemand?"

„Tja ... Außenseiter sein ist manchmal ansteckend", meinte Theo. „Ich glaube, deshalb will sonst niemand mit mir zu tun haben. Du solltest dir auch darüber im Klaren sein."

„Das ist mir egal, ich habe eh keine Freunde hier." Sie hob die Holzstücke auf, die aus Theos Rucksack gefallen waren. „Was ist das eigentlich? Warum hast du das im Rucksack?"

„Mrs Kelly vom Technikunterricht lässt mich die Werkbank benutzen. Das sind Bauteile für ein Trebuchet."

„Ein was?"

„Weißt du was ein Katapult ist?"

Lena nickte. „Eine Art Steinschleuder. Damit hat man im Mittelalter die Mauern von Burgen und Städten beschossen."

„Genau. Ein Trebuchet ist die beste Art von Katapult. Es schießt weiter als alle anderen."

„Und warum hast du die Teile dafür in deinem Rucksack?"

„Ich werde eins bauen. Mit meinem Dad. Ich bin dieses Wochenende bei ihm. Natürlich nur eine Modellversion."

„Wie groß wird das Modell?"

„Ungefähr im Maßstab eins zu sechzig. Passend für achtundzwanzig Millimeter Miniaturen."

Lena verstand kein Wort. „Wie groß ist das ungefähr?"

„Ungefähr so" – Theo zeigte die Größe mit den Händen. Etwa so hoch wie zwei Äpfel aufeinander.

Lena kam eine Idee. „Könnte man damit auch Nüsse schleudern?"

„Bestimmt. Aber ich hab ja diese Nussallergie, deswegen würde ich das nicht versuchen."

Es läutete zur nächsten Stunde. „Wir kommen zu spät!" Lena stopfte die letzten Sachen in Theos Rucksack und gemeinsam liefen sie zum Geschichtsunterricht.

Obwohl Lena und Theo schon spät dran waren, standen Andy, Josh und Brian noch vor der Klasse. Andy teilte seinen Kumpanen auf seine charmante Art mit, dass er noch zur Toilette gehen wollte: „Geht schon rein, ich muss noch pissen."

Er ging den Flur entlang, Josh und Brian betraten das Klassenzimmer. Lena drehte sich zu Theo um: „Ich komme gleich nach", sagte sie, ohne sich weiter zu erklären, und schlich Andy nach. Sie folgte ihm durch die leeren Flure der Schule; durch die Türen der Unterrichtsräume hörte man die Stimmen der Lehrer, denn der Unterricht hatte jetzt schon begonnen. Als Lena um die nächste Ecke bog, sah sie Andy gerade noch in der Tür des Jungenklos verschwinden. Sie wartete vor der Tür. Sie sah auf die Uhr. Sie war jetzt schon zu spät zu Mr Donovans Geschichtsstunde. Sie wollte nicht noch länger warten. Sie öffnete die Tür zum Jungenklo und ging hinein.

„Andy?"

Andy blickte ihr überrascht entgegen. Er war gerade dabei, sich die Hose zuzumachen. Es roch nicht schön im Jungenklo, genaugenommen noch schlimmer als im Mädchenklo. Aber ihr Plan war aufgegangen: Sie war alleine mit Andy Linden und konnte ihn zur Rede stellen.

„Ich kenne dein Geheimnis", sagte sie nüchtern.

Andy schaute sie verblüfft an. „Wovon redest du?"

„Ich weiß, wo du warst in den Wicklow Mountains, in der Nacht, in der alle nach dir gesucht haben."

„Jeder weiß das", antwortete Andy. „Ich war draußen knutschen. Machst du mir jetzt eine Szene, weil du eifersüchtig bist?" Mit gespieltem Mitleid fügte er hinzu: „Hat Snoggy noch nie geknutscht?"

„Davon rede ich nicht."

Andys Augen wurden zu Schlitzen. „Wenn meine Eltern erfahren, dass ich rauche, sorge ich dafür, dass du nie wieder glücklich wirst."

Lena verdrehte die Augen. „Auch davon rede ich nicht. Ich habe dich gesehen in der Nacht. Draußen."

„Draußen? Was hast du denn nachts draußen gemacht?"

Auf diese Frage hatte sie sich tatsächlich nicht vorbereitet. „Ich war ... spazieren. Ich konnte nicht schlafen."

Sie konnte sehen, dass ihm diese Antwort nicht reichte. „Na gut – ich musste da raus. Aus dem Zimmer mit den vielen Mädchen. Ich kann die meisten davon kaum ertragen. Deshalb war ich draußen. Und da habe ich dich gesehen."

„Wenn du jemandem davon erzählst, bist du tot, Snoggy."

„Hör endlich auf, mich so zu nennen, sonst erfährt es die ganze Welt. Mein Name ist Lena."

Andy schnaufte. „Na gut, Lena. Ich hatte einen schwachen Moment, okay? Ich wollte nicht, dass die anderen mich so sehen."

„Dich sehen als ... " Jetzt musste er nur noch ‚Grauhörnchen' sagen, dann hätte sie ihn überführt.

„Als Schwächling. Als Heulsuse. Als weinendes Baby mit einem Foto von seiner Mama in der Hand."

Lena war verdutzt. Wovon redete er? Sein Gesicht schien sich nicht entscheiden zu können, ob es traurig oder wütend aussehen sollte.

„Deshalb warst du draußen?"

Andy nickte. „Es ist nicht so einfach. Meine Mum ist weggegangen. Ich bin jetzt allein mit meinem Dad." Er räusperte sich. „Ich kann verstehen, warum sie gegangen ist. Es ist nicht einfach, mit Dad zu leben."

„Konnte sie dich nicht mitnehmen?"

„Sie hätte gekonnt. Aber ich glaube, sie wollte nicht. Es ist auch nicht so einfach, mit mir zu leben, verstehst du?"

„Das tut mir leid, Andy. Ich hatte keine Ahnung ..."

„... dass ich so ein Schwächling bin?" Er zog scharf die Nase hoch. „Jetzt kannst du gehen und es allen erzählen. Mir egal. Wird eh keiner glauben."

„Nein, Andy, ich werde es niemandem erzählen. Es ist keine Schande, traurig zu sein. Ich hab selbst Angst, dass meine Eltern sich trennen. Ich hatte keine Ahnung, dass so etwas bei dir los ist. Ich werde darüber weder lachen noch tratschen, da kannst du sicher sein. So wie du jetzt bist, mag ich dich viel lieber als so, wie du sonst bist."

Sie legte ihm die Hand auf die Schulter, aber als sie ihn berührte, zuckte er zusammen und wich zurück.

„Scheiße", sagte er. „Kann ich mir jetzt die Hände waschen?"

Lena nickte. Andy ging zum Waschbecken und drehte das Wasser auf. „Du schuldest mir noch ein Messer, Snoggy."

Sie verließen das Jungenklo, und da stand Josh vor der Tür. Er lachte hämisch. „Na, na? Snoggy und Andy zusammen im Jungenklo? Wart ihr schon wieder knutschen?"

„Halt die Fresse, Josh", schimpfte Andy so scharf, dass Josh das Grinsen aus dem Gesicht fiel.

Ein Stück gingen sie nebeneinander, dann stieg Andy plötzlich eine Treppe hinunter. „Andy – wir müssen da lang. Zu Geschichte."

Andy schüttelte den Kopf. „Ich geh nach Hause. Josh wird nicht sagen, dass er uns gesehen hat, wenn ich es ihm verbiete. Aber wenn wir jetzt zusammen ins Klassenzimmer gehen, wirds wieder blöde Gerüchte über dich geben. Machs gut, Lena."

Er ging die Treppe hinab. Lena blieb verblüfft zurück.

Kapitel 20: Die Feuer des Brennan

Die Werkstatt von Sean Brennan war nicht leicht zu finden, obwohl Willow ihr die Adresse gegeben hatte. Lena stand mit dem Rucksack auf dem Rücken und einem Stadtplan in der Hand vor einem niedrigen Haus an einer langen Straße, die eher einem breiten Feldweg glich. Von der Bushaltestelle war sie fast eine halbe Stunde nur an Hecken und alten Mauern entlanggelaufen.

Das Haus lag im Grünen, zu allen Seiten von Bäumen umsäumt. Ein verrosteter Traktor stand neben dem Haus, seine Reifen waren längst verrottet. Ein Weg führte von der Straße zur Haustür. Es gab weder eine Hausnummer noch ein Schild, das auf eine Werkstatt hingewiesen hätte.

Lena öffnete das niedrige Gartentor und ging den Weg entlang. Der Geruch eines öligen Feuers lag in der Luft. An der Haustür fand Lena keine Klingel, also klopfte sie. Niemand reagierte. Der Geruch könnte doch von einem Schmiedefeuer kommen? Hinter dem Haus stieg dunkler Rauch auf. Lena lief um das Haus herum; dahinter fand sie eine niedrige Scheune. Aus dem Dach ragte ein langes Rohr als Schornstein in den Himmel, mit Schnüren abgespannt wie ein Zeltpfosten.

Da müsste ich richtig sein, dachte Lena, und folgte einem ausgetretenen Pfad, auf dem die ersten bunten Herbstblätter lagen. Das Scheunentor stand offen. Rauchfäden schälten sich unter dem Torbalken in den Himmel. Im Halbdunkel machte Lena Schultern und Kopf eines Mannes aus, der an irgendetwas zu arbeiten schien. Als sie näher kam, sah sie die rote Glut des Schmiedefeuers unter einem verrußten Abzug, eiserne Zangen und Hämmer an der Wand aufgereiht, einen Amboss und Eimer und Bottiche am Boden.

„Mr Brennan? Sir?“

Der Mann hielt in der Arbeit inne und drehte sich um. Ein rotes Gesicht voller geplatzter Äderchen, ein kurzer Vollbart, der sich nicht entscheiden konnte, ob er aus roten oder weißen Haaren bestehen wollte. Sean Brennan trug eine Lederschürze über einem schmutzigen Hemd und eine abgegriffene Kappe auf dem Kopf. Er hielt kein Schmiedewerkzeug in den Händen, sondern eine Farbpalette und einen Pinsel; als er vorwärtstrat, erkannte Lena, dass er vor einem unfertigen Bild auf einer Staffelei gestanden hatte.

„Kommt drauf an, wer das wissen will", knarrte Mr Brennan mit so breitem irischem Akzent, dass Lena sich anstrengen musste, ihn zu verstehen. Ein dürrer schwarzer Hund rührte sich in einer Ecke.

„Mein Name ist Lena, ich bin eine Freundin von Willow, Mary Willow."

„Willow", wiederholte er. Er legte Palette und Pinsel ab und putzte mit einem dreckigen Lappen seine Finger. „Das ist lange her."

„Sie hat gesagt, dass Sie mir vielleicht mit etwas helfen könnten. Einer Schmiedearbeit?"

„Nun, ich bin Schmied", sagte er und legte den Lappen weg. „Ich kann schmieden. Ich koche uns eine Tasse Tee, und dann erzählst du mir, was du haben willst."

Er stellte einen rußgeschwärzten Kessel in die Glut.

Lena sah sich um. Ihre Augen gewöhnten sich an das schummrige Licht. Neben dem Scheunentor hingen so viele Bilder, dass sie die ganze Wand bedeckten, nebeneinander, über- und untereinander.

Manche waren in wilden Pinselstrichen gemalt mit dick aufgetragenen Farben, die ineinanderflossen; andere waren sorgsam gezeichnet und sahen fast wie Fotos aus. Alle zeigten Eichhörnchen. Keins davon sah niedlich aus. Ihre Mienen waren entschlossen, grimmig, kämpferisch. Auf manchen Bildern standen sie klobigen, bläulich schimmernden Gestalten gegenüber mit furchigen Gesichtern und großen, groben Fäusten. Sie überragten die Eichhörnchen, die auf manchen Bildern wie Zwerge neben ihnen aussahen. Eins der wilderen Bilder zeigte einen solchen Klotz über einem Hörnchen stehen, das wehrlos auf dem Boden lag, ohnmächtig oder tot? Der Grobian hatte dem Hörnchen einen Fuß auf die Brust gesetzt. Lena schluckte. Der Teekessel pfiff einen verbeulten Ton.

Sean Brennan goss Tee auf und stellte zwei dampfende Tassen auf den Amboss. Der dürre Hund tapste neben ihm her. „Das ist Laddie", erklärte der Schmied. „Wie viel er auch frisst, er bleibt dürr wie ein Skelett." Er reichte Lena eine Tasse, sie bedankte sich.

„Ich habe diese Schwerter gekauft", erklärte sie und holte die Brieföffner aus dem Rucksack. „Leider sind sie nicht so stabil, wie ich dachte."

„Lass mal sehen ..." Er holte eins der zerbrochenen Schwerter aus der Schachtel. Seine Finger waren dick und rot; Schwarz von Ruß oder Farbe, die sich in die Rillen seiner Haut und unter die Fingernägel gesetzt hatte. Der Schmied zerdrückte die Klinge zwischen den Fingern.

„Kein Wunder, dass das nicht hält. Das ist Zinkguss oder sowas, Druckguss. Kein vernünftiges Metall. Ein Andenken. Nicht zum Kämpfen gemacht. Wenn du gegen die in den Kampf ziehst", er deutete auf die Bilder, „dann willst du richtige Waffen. Aus Stahl. Nicht solche Spielzeuge."

„Sind das ..."

Sie war nicht sicher, ob sie fragen sollte.

Der Schmied nickte. „Frostriesen. Ymire in der alten Sprache. Bist du schon einem begegnet?"

Lena schüttelte den Kopf. Sean zog die abgegriffene Mütze vom Kopf. Es kamen aufrechte Haarpinsel zum Vorschein, die oben auf seinen Ohren wuchsen. Lena standen Mund und Augen offen.

Sie saßen noch lange in der Werkstatt zusammen. Der dürre Hund hatte den Kopf auf Lenas Bein gelegt und ließ sich kraulen. Der Schmied wollte genau wissen, welche Waffen Lena brauchte, und zeichnete Skizzen mit Kreide auf eine Schieferplatte. Lena wünschte sich Schwerter für

Löwenzahn, Augenstern und Fuchsfell. Für Weidenkätzchen bat sie Sean um zwei Dolche. Bockshorn dürfte mit seinem Knüppel am glücklichsten sein, dachte sie.

„Was davon ist für dich, Lena?“, fragte er schließlich.

„Nichts davon.“

„Wie müsste deine Waffe aussehen?“

„Ich bin eigentlich keine Kämpferin“, erklärte Lena. Und dann erzählte sie ihm von dem Essstäbchen, das sie auf dem Rücken trug. Er hörte ihr zu und malte etwas, das wie eine Speerspitze aussah, mit der Kreide auf den Stein.

„Hast du es dabei? Dein Stäbchen?“

Lena zog es aus dem Rucksack und reichte es ihm. Er schmunzelte und stupste den silbernen Anhänger an. Er markierte die Länge des Stäbchens auf seiner Schiefertafel.

„Komm wieder drei Tage vor dem Blutfest. Bis dahin werde ich fertig sein.“

„Blutfest? Wann ist das?“

„Du kennst dich noch nicht gut aus mit den Festen der Eichhörnchen, was? Blutfest feiern sie zum Neumond nach Blutmond. Wenn die Menschen Halloween feiern. Dann weihen sie ihre Waffen dem Frühling.“

„Vielen Dank, Sir.“

„Wer ist dieser Sir, von dem du redest?“ Er nahm einen Schluck Tee. „Ich bin Sean. Oder Stachelfell, wenn es dir besser gefällt.“ Er zwinkerte.

„Stachelfell“, Lena lächelte. „Ich bin Blutpelz.“

„Sehr erfreut.“

„Was wird das alles kosten?“

Sean schrieb mit der Kreide ein paar Zahlen untereinander. Er schien alles im Kopf zusammenzuzählen, dann sagte er: „Einen Frühling, Lena. Das ist der Preis. Ich schmiede euch die besten Waffen, mit denen je ein Eichhörnchen in die Schlacht gezogen ist. Und dafür gewinnt ihr mir einen Frühling.“

Er streckte ihr die Hand hin. Lena schlug ein.

Kapitel 21: Jenseits des großen Flusses

Andy war nicht das Wergrauhörnchen, so viel hatte Lena herausgefunden. Wer war es dann? Sie ging weiterhin davon aus, dass sie dem gleichen Hörnchen zweimal begegnet war – und nicht zwei verschiedenen Wergrauhörnchen mit eisblauen Augen und funkelndem Fell. Und wenn sie ihm einmal in Galway und einmal in den Wicklow Mountains begegnet war, bedeutete das vermutlich: Der Mensch, der sich in das Grauhörnchen verwandelte, musste mit ihr auf der Schulfahrt gewesen sein. Allen Lehrerinnen und Lehrern war sie in der Nacht begegnet, sie kamen also nicht in Frage. Außer Andy war niemand vermisst worden. Lena hatte keine neue Spur.

Mussten sie sich auf einen Krieg gegen die Grauhörnchen vorbereiten? Nach einer Geschichtsstunde ging sie zum Pult, um mit ihrem Lehrer Mr Donovan zu sprechen.

„Sie haben gesagt, dass vernünftige Menschen alles in ihrer Macht stehende tun würden, um einen Krieg zu verhindern."

Mr Donovan nickte. „Das stimmt. Weil Krieg immer eine Katastrophe für alle Beteiligten ist. Und für viele Unbeteiligte. Der beste Krieg ist der, der nicht gekämpft wird, heißt es."

„Wenn es aber zwei Gruppen gibt, die auf einen Krieg hinsteuern – was könnte man unternehmen, um das Kämpfen zu verhindern?"

„Gespräche", antwortete Mr Donovan. „Diplomatie. Man versucht, die beteiligten Gruppen an einen Tisch zu bekommen und sucht nach Wegen, die Konflikte ohne Gewalt zu lösen. Man sucht Kompromisse. Friedliche Lösungen. Gemeinsame Ziele."

„Vielen Dank."

Lena wurde klar: Das Grauhörnchen im Dornbaum war nicht das einzige Grauhörnchen, mit dem sie sprechen könnte. In Lenas Kopf entstand ein Plan. Er brauchte einige Tage, um zu reifen. Als Erstes musste sie sich eine Unterschrift ihrer Mutter ermogeln. Dazu dachte sie sich einen kleinen Text aus, mit dem die Eltern einen Schulausflug erlauben sollten. Den schrieb sie oben auf ein Blatt – und den Strich für die Unterschrift zeichnete sie ganz unten auf das Papier.

„Mama, hier ist ein Brief von der Schule, den du unterschreiben musst. Damit ich mit zum Ausflug darf."

Lenas Mutter saß noch am Computer, überflog nur kurz, was Lena geschrieben hatte, murmelte „Oh, schön, ins Aquarium" und malte ihre Unterschrift darunter, die man wirklich nie im Leben hätte fälschen können.

„Ich komme dann später nach Hause als sonst."

„Wann ist das?"

„Übermorgen."

„In Ordnung, Spatz."

Im Kinderzimmer schnitt Lena sorgfältig den oberen Teil des Blattes ab. Dann schrieb sie über die Unterschrift ihrer Mutter: „Meine Tochter Lena kann morgen nicht am Unterricht teilnehmen. Sie muss zu einer Untersuchung ins Krankenhaus."

Das klang überzeugend, fand sie. Sie steckte das Blatt in den Rucksack. Als sie die Entschuldigung am nächsten Tag Ms Blackley überreichte, hoffte sie, dass ihre Fälschung nicht auffallen würde. Ms Blackley las die Zeilen, ließ das Blatt sinken und sah Lena besorgt an. „Warum musst du denn ins Krankenhaus, Lena? Ist alles in Ordnung?"

„Ehm ... ja. Nur eine Untersuchung. Irgendwas ... mit den Organen oder so."

Die Lehrerin runzelte die Stirn und betrachtete das Blatt genau. „Deine Mutter hat eine wirklich schöne Unterschrift."

„Danke", meinte Lena erleichtert. „Das ... ehm ... richte ich ihr aus."

Nach der Schule ging Lena in ein Tiergeschäft und kaufte eine Transportbox für Katzen. Vier oder fünf Eichhörnchen müssten darin Platz haben, dachte sie. Das Geld dafür hatte sie aus dem Umschlag mit dem Finderlohn genommen. Sie versteckte die Box im Gartenschuppen, bevor sie das Haus betrat.

Damit waren die Vorbereitungen abgeschlossen. Am nächsten Tag begann das Abenteuer. Das Frühstück war hektisch, Lenas Vater trank Kaffee im Stehen und bot an, sie schnell noch zur Schule zu fahren. „Nein danke, Papa. Ich hab heute diesen Ausflug ins Aquarium. Da muss ich nicht so früh da sein."

Ihr Vater brach zur Arbeit auf, Lena frühstückte zu Ende und verabschiedete sich von ihrer Mutter. Sie öffnete ganz leise die Schuppentür und holte die Katzenbox. Dann ging sie nicht zur Schule, sondern in den Park. Sie versteckte sich im gleichen Gebüsch wie letztes Mal, um sich zu verwandeln: „Ich bin Blutpelz, und ich bin ein Eichhörnchen."

Es fühlte sich großartig an, wieder ein Hörnchen zu sein. Am helllichten Tag, ganz ohne Mondschein. Sie rannte ein paarmal kreuz und quer über die Wiese und schüttelte Pusteblumen im Schatten des Alten Walnussbaums; es machte so viel Spaß, dass sie dabei lachen musste. Löwenzahn entdeckte sie und kam angelaufen.

„Blutpelz, was machst du denn hier?"

„Ich nehme euch mit auf ein Abenteuer", erklärte Lena, ziemlich außer Atem.

„Wir müssen die anderen finden. Dann werde ich euch alles erklären."

Wenig später stand Lena mit dem ganzen Kriegsrat vor dem Alten Walnussbaum: Löwenzahn, Augenstern, Weidenkätzchen, Fuchsfell und Bockshorn.

„Erklär uns deinen Plan, Blutpelz."

„Es ist eigentlich einfach. Wir haben Gerüchte gehört, dass die Grauhörnchen für den Frost kämpfen. Und einige von uns", sie sah Bockshorn an, „sehen einen Krieg auf uns zukommen. Statt weiter Vermutungen anzustellen, werden wir heute zu ihnen gehen und mit ihnen reden."

Löwenzahn runzelte die Stirn. „Du hast gesagt, bis auf das eine unter dem Dornbaum gibt es keine Grauhörnchen auf dieser Seite des großen Flusses."

„Das stimmt. Wir werden ihn überqueren, den großen Fluss, den Shannon. Wir treffen Grauhörnchen am anderen Ufer und finden heraus, wie es wirklich um sie steht. Wenn es stimmt, dass sie für den Frost kämpfen, finden wir heraus, was er ihnen versprochen hat – vielleicht können wir sie umstimmen."

Bockshorn brummte. „Keiner von uns hat jemals den großen Fluss gesehen. Wir kennen ihn nur aus Erzählungen und aus den Liedern der Vögel. Wie sollen wir dahin kommen? Kannst du neuerdings fliegen? Ich sehe keine Flügel an deinem Rücken."

„Ich habe den großen Fluss gesehen", erklärte Lena, „Und wir brauchen keine Flügel, denn wir fahren mit dem Zug."

„Zug?"

„Ein Menschending."

„Hmm. Selbst, wenn wir wirklich mit diesem ‚Zug' den Fluss erreichen – was glaubst du, was die Grauhörnchen uns für einen Empfang bereiten werden? Hast du vergessen, dass sie eine tödliche Krankheit übertragen, von der einem Rothörnchen das Fleisch bei lebendigem Leib verfault? Nein danke, Menschlein. Dieser Plan ist nichts für mich."

„Nicht alle Grauhörnchen übertragen diese Krankheit, und nicht alle roten Hörnchen stecken sich damit an. Wir müssen sie ja nicht umarmen. Wir werden Abstand halten."

„Zeitverschwendung. Wir bleiben lieber hier und bereiten uns auf den Krieg vor."

„Fein – du musst nicht mitkommen, Bockshorn. Niemand muss mitkommen. Wenn es sein muss, gehe ich allein."

Löwenzahn trat vor. „Allein gehen musst du nicht. Ich komme mit dir."

„Ich auch!" Augenstern stellte sich zu ihnen.

„Wenn ihr geht, komme ich besser mit", erklärte Fuchsfell und stellte sich neben sie. „Wer soll sonst auf euch aufpassen?"

„Ihr werdet jemanden brauchen, der Spuren lesen kann", meinte Weidenkätzchen und trat zu ihnen.

Jetzt stand Bockshorn allein. „Tut, was ihr nicht lassen könnt", brummte er. „Ich werde hierbleiben und den Alten Walnussbaum bewachen."

Kaum eine Stunde später saßen sie schon im Zug. Lena hatte die Katzenbox neben sich auf den Sitz gestellt und ihre Jacke darüber gedeckt. In der Box, vor neugierigen Blicken verborgen, saßen die Eichhörnchen eng beieinander. Lena beobachtete durch die Fenster, wie die Landschaft vorbeizog.

Sie fuhren zwei Stunden, bis sie den breiten Shannon überquerten. Inzwischen war es Mittag und die Sonne stand hoch im blassen Himmel. Lena blieb im Zug sitzen, bis sie ein Waldstück durch die Fenster sah. Am nächsten Bahnhof stieg sie aus. Obwohl sie immer noch unsicher war, wenn sie mit Fremden Englisch reden musste, traute sie sich, eine Frau zu fragen, welchen Bus sie nehmen und wo sie aussteigen musste, um in den Wald zu kommen.

Von der Bushaltestelle folgte sie einem Weg, bis sie rundherum von Bäumen umgeben war. Sie setzte die Katzenbox auf den Boden und öffnete das Gitter. Die Eichhörnchen traten langsam und vorsichtig aus der Kiste und blickten sich um, schnüffelten.

Lena trat ein paar Schritte beiseite, um sich zu verwandeln. „Mein Name ist Blutpelz, und ich bin ein Hörnchen."

Sie hoppelte zu ihren Freunden.

„Eine tolle Reise, Blutpelz", lobte Augenstern freundlich.

„Wir waren noch nie so weit weg von zu Hause", erklärte Fuchsfell.

„Ist doch toll", meinte Weidenkätzchen, „Ein Ort, den wir noch nie zuvor gesehen haben!" Sie rannte los, einen Baumstamm hinauf und hielt Ausschau aus der Baumkrone.

„Was ist das für ein wundersamer Ort?", fragte sie verwundert. Die anderen Eichhörnchen setzten ihr nach in den Wipfel, Lena folgte ihnen. Alle staunten über den weiten Ausblick.

„So viele Bäume, keine Häuser, keine Straße ...", wunderte sich Augenstern.

„Wart ihr noch nie in einem Wald?", fragte Lena überrascht.

„Ich dachte, wir leben in einem Wald", sagte Löwenzahn. „Aber das hier ... ist etwas anderes."

„Ihr lebt in einem Park. Da gibt es eine Menge Bäume, aber ein Wald ... ein Wald ist viel größer. Und ... natürlicher. Parks werden von Menschen angelegt. Der Wald ... ist einfach da."

„Wald ...", murmelte Fuchsfell. „Wald gefällt mir."

„Wir sollten öfter herkommen", beschloss Weidenkätzchen.

„Jetzt müssen wir erst mal die Grauhörnchen finden", erklärte Lena. Krähen schrien in der Ferne. „Auch das noch", murmelte Fuchsfell.

Sie kletterten kreuz und quer durch den Wald, sprangen von einem Baum zum anderen und beugten sich über den Waldboden, um Spuren zu entdecken. Lena suchte nach abgefutterten Tannenzapfen am Waldboden. Wenn sie hier keine Grauhörnchen finden würden, wäre die ganze Reise umsonst gewesen! Nach der Blamage mit den zerbrochenen Schwertern wäre das ihr zweiter peinlicher Auftritt in kurzer Zeit.

Endlich rief Weidenkätzchen: „Ich hab eine Fährte!"

Sie versammelten sich um die Spurenleserin. Sie schnüffelte und schob mit den Pfoten braune Tannennadeln beiseite. „Es riecht nach Eichhörnchen hier, eindeutig. Frisch, nicht lange her. Die Spur führt dort entlang!"

Sie rannten los, Weidenkätzchen voraus, Lena direkt hinter ihr. Abrupt blieb Weidenkätzchen stehen; alle hielten an. Sie legte einen Finger auf die Lippen und sah sich um. Sie waren mucksmäuschenstill. Weidenkätzchen duckte sich und zeigte mit der Pfote in die Höhe. Da, Lena konnte es sehen: An einem Baumstamm nah bei ihnen, Kopf abwärts in die Rinde gekrallt, hockte ein großes graues Hörnchen und beobachtete sie. Die anderen entdeckten es ebenfalls. Jetzt schauten sie sich alle gegenseitig an und niemand sagte etwas. Plötzlich setzte sich das Grauhörnchen in Bewegung und sprang rasend schnell durch die Baumwipfel davon.

„Hey, warte!", rief Lena und rannte hinterher, „Wir sind hier, um mit dir zu reden!"

Ihr fiel ein, dass sie gar nicht wusste, ob das Grauhörnchen ihre Sprache verstehen konnte. Die anderen folgten ihr; die Hetzjagd führte kreuz und quer durch die Wipfel des Waldes, Stämme hinunter, über den Boden, Stämme hinauf, springen, rennen, klettern; endlich landete das Grauhörnchen nach einem weiten Satz am Boden zwischen zwei seiner Artgenossen, und alle hielten an, völlig außer Atem. Da saßen die Grauhörnchen zu dritt, jedes einen Kopf größer als Fuchsfell.

„Wir wollen euch nichts tun", keuchte Lena atemlos. „Wir wollen nur mit euch reden."

„Was wollt ihr?", fragte eins der Grauhörnchen, und Lena war erleichtert, dass sie die gleiche Sprache sprachen.

„Bringt uns zu eurem Anführer", bat sie.

Die drei Grauhörnchen steckten die Köpfe zusammen und berieten leise.

„Es sind nur drei", flüsterte Fuchsfell. „Wir sind", er zählte kurz durch. „Vier."

„Fünf", verbesserte Augenstern. „Du musst dich selbst mitzählen."

„Auf jeden Fall in der Überzahl", erklärte Fuchsfell.

Die Grauhörnchen beendeten ihre Beratung.

„Du läufst vor zu den Schwestern", wies eins das Grauhörnchen an, dem sie gefolgt waren. „Wir treffen sie beim Steinkreis."

Es nickte und rannte los, verschwand zwischen den Baumstämmen.

„Ihr", sagte das andere Grauhörnchen, „folgt uns."

Die Grauhörnchen gingen in gemächlichem Tempo voran. Sie liefen am Boden, statt in die Bäume zu klettern und von Ast zu Ast zu springen. Sie führten sie immer tiefer in den Wald hinein.

„Mir gefällt das nicht", murmelte Fuchsfell nach einer Weile leise. „Achtet auf das Moos an den Bäumen und den Stand der Sonne. Sie führen uns in einem riesigen Bogen, wo der gerade Weg viel kürzer wäre."

Löwenzahn nickte. „Das habe ich auch schon gemerkt."

„Warum tun sie das?", fragte Lena.

„Entweder wollen sie uns verwirren, damit wir den Weg zu ihrem Versteck nicht wiederfinden", erklärte Löwenzahn, „oder sie wollen dem Hörnchen, das sie losgeschickt haben, einen ordentlichen Vorsprung einräumen. Wer weiß, was für einen Empfang sie uns bereiten wollen."

„Ein Festmahl wird es wohl nicht sein", meinte Fuchsfell, „oder?"

Sie erreichten eine Lichtung im Wald in einem Feld aus jungen Tannen. In der Mitte der Lichtung bildeten graue Steine, groß wie Kinderköpfe, einen Kreis. In den Zweigen ringsum saßen mehr Grauhörnchen, als Lena auf die Schnelle zählen konnte.

„Wir sind fünf, und wie viele sind das?", flüsterte Fuchsfell.

„Zwanzig oder dreißig?", meinte Augenstern.

„Dann sind sie auf jeden Fall in der Überzahl", folgerte Fuchsfell.

„Soviel ist sicher", nickte Löwenzahn.

Drei Grauhörnchen standen in der Mitte des Steinkreises. Die beiden, die sie hergeführt hatten, bedeuteten Lena und den anderen, den Kreis zu betreten.

„Was haben die Steine zu bedeuten?", fragte Löwenzahn.

„Die Steine waren schon vor uns da", antwortete das eine Grauhörnchen. „Und sie werden noch hier sein, wenn es uns nicht mehr gibt."

Langsam traten sie in den Steinkreis.

„Denkt an die Pocken", flüsterte Fuchsfell, „kommt ihnen nicht zu nahe."

Sie blieben am Rand des Kreises stehen. Die drei Hörnchen stellten sich vor: „Ich bin Aka, Tochter der Arnika." – „Ich bin Ika, Tochter der Arnika." – „Ich bin Nika, Tochter der Arnika."

„Ehm …", antwortete Lena, „Ich bin Blutpelz, Tochter von Ilka." Tatsächlich hieß Lenas Mutter Ilka.

„Blutpelz", wiederholte Aka streng. „Ein brutaler Name. Ist es unser Blut, mit dem du deinen Pelz benetzen willst?"

„Ehm … nein", antwortete Lena. „Das ist nur … wegen der Farbe. Seht ihr?" Sie deutete auf ihr Fell.

„Du riechst nach Mensch", urteilte Ika.

„Ich bin ein Mensch", antwortete Lena. „Als Mensch geboren. Bei Vollmond von einem Mondkind gebissen. Und jetzt ein Werhörnchen."

„Wir verhandeln nicht mit Menschen. Menschen stellen Fallen auf und töten uns mit ihren Knallstöcken. Sie hassen Grauhörnchen. Sie lieben nur euch, die Roten."

Die Grauhörnchen sprachen zwar die gleiche Sprache, aber zwischen den Wörtern fletschten sie immer mal wieder die Zähne, schmatzten oder schnalzten.

„Leider betrachten die Menschen euch als Schädlinge … und uns als … putzige kleine Tierchen. Menschen sind manchmal komisch", erklärte Lena.

„Du solltest ihnen das mal sagen, wenn du bei ihnen bist."

Lena nickte. „Werde ich machen. Ich bin aber heute nicht als Mensch hier, sondern als Eichhörnchen. Wir kommen von weit her. Von hinter dem großen Fluss. Wir gehören zum Stamm des Alten Walnussbaums. Wir wollen mit euch über den Frost reden."

„Gut, reden wir über den Frost. Wir würden euch Nüsse und Bachwasser anbieten, aber eure Sorte hat Angst vor den Pocken."

„Das stimmt", sagte Löwenzahn. „Deshalb halten wir Abstand, obwohl wir uns lieber zu euch setzen würden."

„Sicher, dass wir das lieber würden?", flüsterte Weidenkätzchen.

„Mein Name ist Löwenzahn, ich gehöre zum Kriegsrat unseres Stammes." Er stellte auch die anderen vor.

„Lustige Namen habt ihr", fand Ika. „Wie aus einer unserer alten Geschichten."

Lena ergriff wieder das Wort. „Es gibt ein Grauhörnchen, da, wo wir herkommen. Ein Werhörnchen, so wie ich. Es lebt in einer Höhle unter einem Baum auf einer Eispfütze, die niemals taut. Es kämpft für den Frost."

„Schlimm genug", fand Aka. „Und was hat das mit uns zu tun?"

„Der Frost ist ein Lügner. Er will die Welt beherrschen und den Frühling verhindern, damit nie wieder frisches Grün wächst. Was hat er euch versprochen, damit ihr für ihn kämpft?"

Aka stampfte vor Wut auf und machte drei Schritte auf Lena zu. „Halt!", rief Fuchsfell. „Kommt nicht näher!" Er stellte sich schützend vor Lena.

Das Grauhörnchen blieb stehen und sah sie wütend an.

„Was soll das heißen? Dass wir für den Frost kämpfen? Das ist eine Unverschämtheit! Wir sind der Stamm ohne Baum. Die wilden Wanderer. Wir sind nicht alle eins. Lass ein graues Hörnchen für den Frost kämpfen. Was sagt das über die anderen? Nichts, gar nichts. Der Hollyking, der

Stechpalmenkönig, ist unser Feind wie er euer Feind ist. Wir kämpfen für Frühling und Sommer, genau wie ihr. Für das Grün. Für das Leben."

„Stechpalmenkönig?", fragte Lena.

„Der Herr des Winters. Ihr Menschen nennt ihn Weihnachtsmann, glaube ich."

Lena schnaufte. „Nein, das tun wir nicht."

„Schmückt ihr nicht eure Häuser im Winter mit grünen Zweigen?", fragte sie.

„Ja, das tut ihr!", antwortete Ika.

„Ja, das tut ihr!", echote Nika.

„Mit Holly, den Zweigen der Stechpalme!", fuhr Aka fort. „Ihre Blätter sind auch im Winter grün. Wenn alle anderen Pflanzen schwinden, trägt die Stechpalme rote Früchte. Aber ihre Blätter sind stachelig und ihre Beeren giftig. Trotzdem holt ihr sie in eure Kobel. Das Wappenzeichen des Stechpalmenkönigs."

Lena runzelte die Stirn. „Vielleicht weißt du nicht so viel über Menschen, wie du denkst. Du bringst einiges durcheinander."

„Wie dem auch sei", fuhr Löwenzahn dazwischen. „Offenbar haben wir den gleichen Gegner. Wir stehen beide auf der gleichen Seite. Für den Frühling, für die Sonne."

Aka nickte. „Für das Grün. Für das Leben."

„Ihr seid nicht unsere Feinde", wurde Lena klar. „Es wird keinen Krieg geben."

„Es gibt nur einen Krieg", erklärte Aka. „Den Frostkrieg." – „Den Frostkrieg", echoten ihre Schwestern.

„Und in diesem Krieg stehen wir auf der gleichen Seite", sagte Löwenzahn. „Und wäre diese Krankheit nicht, könnten wir Seite an Seite kämpfen."

Aka nickte. „Wir kämpfen auf dieser Seite des Flusses, ihr auf der anderen. Wenn im Frühjahr die ersten Blumen sprießen, werden wir wissen, dass wir ein weiteres Jahr gewonnen haben."

„So soll es sein." Löwenzahn nickte.

„Und das Grauhörnchen unter dem Dornbaum? Das für den Frost kämpft?", fragte Fuchsfell.

Aka zuckte die Schultern. „Hat nichts mit uns zu tun. Vielleicht gibt es irgendwo ein rotes Eichhörnchen, das Schnecken die Häuser stiehlt. Soll ich dich dann fragen, warum es das tut?"

„Woher soll ich das wissen?"

Aka nickte. „Genau."

Fuchsfell schaute verwirrt.

„Ich habe mit einer Rangerin gesprochen", meldete sich Lena zu Wort. „So nennt man Menschen, die sich um den Wald kümmern. Sie sagte mir, dass viele Menschen eine Medizin gegen die Eichhörnchenpocken suchen."

„Das tun sie für euch", meinte Aka. „Um euch vor uns zu schützen. Weil sie euch lieben und uns hassen."

„Warum auch immer", wiegelte Lena ab, „Wenn sie Erfolg haben, können wir uns in der Zukunft mit weniger Sorgen begegnen."

Die drei Schwestern nickten. „Das wäre schön", sagten alle drei nacheinander.

„Es ist Zeit, aufzubrechen", erklärte Löwenzahn. „Wir haben eine lange Heimreise vor uns." Die Hörnchen nickten und lächelten einander zu, die grauen den roten und die roten den grauen.

Die Grauhörnchen führten sie zurück zu der Stelle, an der sie sich getroffen hatten. Diesmal gingen sie den direkten Weg, und der war wirklich viel kürzer, wie Löwenzahn und Fuchsfell geahnt hatten. Sie winkten den Grauhörnchen zum Abschied und liefen zum Waldrand.

„Bockshorn wird Augen machen", meinte Fuchsfell, „wenn wir ihm das erzählen. Die Grauhörnchen sind nicht unsere Feinde."

„Wahrscheinlich wird er uns nicht glauben", lachte Augenstern. „Er wird es als Kriegslist der Grauhörnchen auslegen."

Es war längst dunkel, als Lena die Haustür aufschloss. Die Tage waren jetzt schon kürzer als im Sommer, die Dunkelheit kam früher. Sie waren mit dem Zug zurückgefahren, und Lena hatte die Hörnchen wohlbehalten im Park abgesetzt. Papas Auto war noch nicht da, ihre Mutter saß am Schreibtisch. Niemand hatte Lena vermisst.

„Wie wars im Aquarium?“, fragte ihre Mutter.

„Gut“, meinte Lena. „Der Ausflug hat sich auf jeden Fall gelohnt.“

„Schön. Kannst du heute vielleicht alleine essen? Ich muss hier noch etwas fertig machen, und Papa hat angerufen, er kommt spät.“

„Klar.“

Als Lena sich zum Essen hinsetzte, fühlte es sich merkwürdig unbequem an zu sitzen. Sie rückte auf dem Stuhl hin und her. Hatte sie etwas in der Hosentasche? Da war nichts. Aber sie fühlte eine merkwürdige Beule an ihrem Po. Sie ging ins Bad, zog die Hose herunter und schaute in den Spiegel: Wo der Rücken aufhört und der Po anfängt, genau am Ende des Rückgrads, da war eine Beule gewachsen. Auf dieser Beule sprossen rote Haare. Lena betastete die Stelle mit den Fingern – sie war nicht schmerzempfindlich. Es war keine Beule, kein Bluterguss. Es fühlte sich an wie ein normaler Körperteil – nur eben einer, der vorher noch nicht dagewesen war! Lenas Herz schlug schnell. Ihr wuchs ein Schwanz!

Sie befühlte die Ohren: die Haarpinsel, die sie nach jeder Verwandlung zurückschneiden musste, waren auch wieder da, länger und borstiger als zuvor. Ihr Herz pochte. Was, wenn ihr Körper sich immer weiter verändern würde? Was sollte als nächstes kommen? Riesige Nagezähne? Was, wenn sie sich bald nicht mehr zwischen den normalen Menschen bewegen konnte, ohne aufzufallen?

Sie zog die Hose hoch und lief ins Arbeitszimmer.

„Mama“, sagte sie und suchte nach den richtigen Worten, „Mein Körper verändert sich.“

Ihre Mutter schob die Computermaus weg und lächelte verständnisvoll. „Spätzchen", sagte sie, „Das ist ganz normal. Ich mache uns jetzt einen Tee, und dann schauen wir uns gemeinsam ein Buch zu dem Thema an."

„Nein, Mama, es ist nicht das, was du meinst. Mir wachsen Haare ..."

„Ist schon gut, Kleines. Das ist ganz normal. Ich hole das Buch."

Ihre Mutter verschwand die Treppe hinauf, und Lena sagte den Satz für sich alleine zu Ende: „... auf den Ohren. Und ein Schwanz wächst mir auch."

Den Rest des Abends musste sie sich mit ihrer Mutter Bilder von Mädchen und Jungen vor, während und nach der Pubertät ansehen und schämte sich zu Tode, während ihre Mutter vorsichtig und extra verständnisvoll erklärte, was mit Mädchen passiert, wenn sie zur Frau werden und was mit Jungen passiert, wenn sie zum Mann werden. Lena wünschte sich, ihre Mutter hätte nur etwas besser zugehört. Oder sie könnte ihr erklären, was passiert, wenn ein Mädchen zum Eichhörnchen wird. Aber sie fand an diesem Tag nicht mehr den Mut, ihrer Mutter zu erklären, worum es wirklich ging.

Kapitel 22: Totenköpfe

Am nächsten Tag ging Lena nach der Schule weder nach Hause noch in den Park. Sie lief durch die Innenstadt bis zum Kreisverkehr mit dem Dornbaum. In der Erinnerung blitzten die schrecklichen Bilder auf, wie Nuknuk auf das fahrende Auto prallte und leblos am Straßenrand lag.

Lena war hergekommen, um nach Spuren zu suchen. Wenn dieser Baum das Hauptquartier des Grauhörnchens war, vielleicht könnte sie hier Anhaltspunkte entdecken, um herauszufinden, wer aus ihrer Schule das Werhörnchen war. Vielleicht war es genau wie sie darauf gekommen, irgendwo einen Rucksack mit Kleidung zu verstecken. Für den Notfall.

Lena sah sich um. Wo würde ich etwas verstecken?

Sie sah ein Gebüsch, kaum dicht genug, um darin eine Tasche zu verbergen. Ein Stück von der Straße entfernt stand eine Bank, daneben ein Mülleimer. Die Bank lehnte an eine kleine Ziegelmauer. Dahinter würde ich etwas verstecken, dachte Lena. Sie ging zu der Bank und spähte über die Mauer. Versteckt war hier nichts, nur welkes Laub lag auf einem Blumenbeet. Sie setzte sich und suchte die Gegend mit den Augen ab. Elstern landeten in der Krone des Dornbaums. Verdammte Viecher, dachte Lena. Ihr hättet meine Freundin um ein Haar umgebracht. Bei der Spurensuche half ihr das allerdings nicht. Ein paar zerknüllte Blätter Papier lagen neben dem Mülleimer. Lena hob eins auf und wickelte es auseinander. Kritzeleien mit Kugelschreiber. Kleine Zeichnungen, halbfertig und dann durchgestrichen. Schädel, Totenköpfe. Und eine große, schöne Schneeflocke. Nea! Nea, das Mädchen, das Schädel auf alles malte, was sie besaß. Nea, das Mädchen, das erst seit einem

Jahr an der Schule war. Ein Mädchen mit eisblauen Augen. Lena schlug sich an die Stirn.

Nicht viel später saß sie mit Nuknuk auf dem Wohnzimmertisch. Sie hatte sich im Badezimmer verwandelt. Willow saß am Tisch und trank Tee.

Lena erzählte ihrer Freundin alles, was passiert war: Die Reise über den Shannon, das Gespräch mit den Grauhörnchen und der falsche Verdacht gegen Andy Linden. Vor allem aber freute sie sich, dass es Nuknuk zusehends besser ging.

„Ich weiß jetzt, wer es ist", erklärte Lena. „Das graue Werhörnchen, das Wergrauhörnchen, nennt man das so?"

Nuknuk zuckte die Schultern. „Wir können es ab jetzt so nennen. Wer ist es?"

„Nea. Nea Halligan. Ein Mädchen aus meiner Klasse."

„Die kenne ich nicht. Von der hast du noch nie erzählt."

„Das stimmt. Ich werde mit ihr sprechen. Schon morgen, wenn es irgendwie geht."

„Mein Name ist Lena, und ich bin ein Mädchen." Lena verwandelte sich in Willows Badezimmer zurück. Sie zog sich an. Die Puschel auf den Ohren waren wieder nachgewachsen.

Sie setzte sich zu Willow und nahm ihren Mut zusammen, um eine Frage zu stellen.

„Mein Körper verändert sich, glaube ich. Ist das normal?"

„Was passiert denn?", fragte Willow und goss Tee für Lena ein.

„Mir wachsen Puschel auf den Ohren. Wie bei einem Eichhörnchen. Und ich glaube ... ich glaube mir wächst vielleicht ein Schwanz? Kann das sein?"

Willow lächelte. Sie strich die langen weißen Haare zurück, und Lena sah, dass auch auf Willows Ohren Pinsel wuchsen. „Man gewöhnt sich daran", sagte Willow, „und man lernt, Röcke und Kleider zu schätzen."

Sie stand auf und zupfte hinten an ihrem weitfallenden grünen Rock; hinter ihr bäumte sich ein felliger, graublonder Schweif auf. Lena stand vor Staunen der Mund offen, und Nuknuk schlug aufgeregt mit dem Schwanz hin und her.

Kapitel 23: Nea

Lena beobachtete Nea den ganzen Schultag über. Jetzt, da sie ihr Geheimnis kannte, könnte sie vielleicht etwas erkennen, das ihr zuvor verborgen geblieben war. Sie achtete sogar darauf, ob Haarbüschel auf ihren Ohren wuchsen, aber da war nichts zu sehen. Dann wiederum fiel ihr ein, dass Grauhörnchen gar keine Puschel auf den Ohren tragen. Bei Wergrauhörnchen würde es dann wohl genauso sein.

Als der Schultag zu Ende war, folgte sie Nea auf dem Heimweg. Kaum hatte sie die Schule verlassen, steckte Nea Kopfhörer in die Ohren, und während des ganzen Weges drehte sie sich kein einziges Mal um. Es war nicht schwer, sie unbemerkt zu verfolgen. Lena schloss langsam zu ihr auf und holte sie schließlich an einer Ampel ein. „Nea?"

Sie drehte sich um; als sie Lena sah, zog sie den Kopfhörer aus dem Ohr. Eisblaue Augen.

„Ich will mit dir reden."

Nea zuckte die Schultern. „Okay."

Die Straße führte die Küstenlinie entlang. Man musste nur über ein paar dicke Steinbrocken steigen, und schon stand man auf einem Kieselstrand, an den grau die Wellen rauschten. Sie setzten sich auf ein paar Steine nahe am Wasser. Lena wünschte, sie hätte einen Plan für das Gespräch gemacht.

„Ich weiß von dem Baum", sagte sie schließlich. „Der Dornbaum im Kreisverkehr." Nea zeigte keine Reaktion. „Elstern leben in seinen Ästen und unter dem Stamm gibt es eine Höhle. Da liegt eine vereiste Pfütze, die niemals taut."

Nea sah sie weiter blass und ausdruckslos an, runzelte nicht einmal die Stirn.

„Ein Grauhörnchen geht da ein und aus", erzählte Lena, „und es hat einen Pakt mit dem Frost geschlossen. Was hat der Frost ihm versprochen?"

Nea schüttelte den Kopf. „Keine Ahnung, wovon du redest."

„Das Grauhörnchen kann sich verwandeln. Die meiste Zeit ... ist es ein Mensch. Ein Mädchen. Das Schädel malt." Lena streckte Nea den zerknüllten Zettel hin. „Du musst dein Geheimnis nicht hüten, Nea. Ich bin selbst ein Werhörnchen. Ein rotes. Sie nennen mich Blutpelz."

Nea schnaubte verächtlich. Sie schaute auf das Wasser. „Ein rotes. Eins von den guten. War ja klar."

Lena nickte. Ihr Herz hüpfte: Sie war es wirklich!

„Hast du auch einen Eichhörnchennamen?"

„Nein", erklärte Nea. „Mich hat so ein Biest gebissen, in Dublin. Und das wars. Dann kam der erste Vollmond."

„Und du hast dich verwandelt?"

Nea sah sie an. Sie nickte.

„Und niemand hat dir erklärt, was mit dir passiert?"

„Niemand."

„Das war bestimmt sehr gruselig. Das Hörnchen, das mich gebissen hat, hat mich in der ersten Vollmondnacht zu Hause abgeholt, und hat mir alles beigebracht. Es hat mich den anderen Hörnchen vorgestellt und mir gezeigt, wie sie leben."

„Da hast du ja Glück gehabt", sagte Nea bitter.

„Und du warst nach dem Biss ganz allein?"

„Ich bin immer allein. Ich gehöre nirgendwo hin, verstehst du? Erst war ich das komische neue Mädchen an der Schule und hatte keine Freunde. Dann war ich plötzlich auch noch das einzige Grauhörnchen weit und breit. Menschen hassen Grauhörnchen. Sie mögen nur die roten. Und sogar die roten Eichhörnchen hassen die grauen. Egal, wohin ich gehe – ich gehöre nirgendwo dazu."

„Die Roten hassen die Grauhörnchen nicht. Sie haben nur Angst vor ihnen. Vor der Krankheit, die sie in sich tragen."

„Kommt aufs Gleiche raus. Am Ende bin ich immer allein."

„Und dann kam der Frost zu dir?"

Nea nickte grimmig. „Es war in einer dieser Vollmondnächte. Zwei Elstern machten Jagd auf mich. Eine riss mir den Rücken auf, die Narbe habe ich noch immer. Ich bin vor ihnen weggelaufen, bin irgendwo in ein Loch gekrochen. Und da fand ich die vereiste Pfütze ..."

„... die niemals taut."

Nea nickte. „Aus der Tiefe des Wassers, von der anderen Seite der Eisschicht, kam eine Stimme. Da hat mich endlich jemand gefunden, der mich brauchen kann."

„Der Frost ist gefährlich, Nea. Er führt nichts Gutes im Schilde. Er lügt. Er macht falsche Versprechungen. Alles, was er will, ist ewiger Winter. Ohne Frühling. Ohne ... Leben."

Nea nickte. „Der Frost lügt nicht. Er hat mir genau das gesagt: Gemeinsam werden wir dem Leben ein Ende machen."

„Wie kannst du das wollen? Wie kannst du wollen, dass die ganze Welt für immer einfriert?"

Nea blickte eine Weile auf die grauen Wellen, die langsam über den Kies leckten. „Meine Mutter hasst mich, weil ich nicht das blonde Modepüppchen bin, das sie gerne hätte. Mein Vater hasst mich, weil ich so anstrengend bin. In der Schule hassen sie mich, weil ich auch nach einem Jahr immer noch die Neue bin, die keine Freunde hat. Die Lehrer hassen mich, weil ich nie etwas sage. Die roten Eichhörnchen hassen mich, weil ich die falsche Fellfarbe habe. Verstehst du? Alle hassen mich. Und ich tue nichts anderes, als sie alle zurückzuhassen. Die Welt wäre ein schönerer Ort, wenn es die alle nicht gäbe. Die Hörnchen, die Schulkinder ... und meine Eltern. Und von allen, die ich je getroffen habe, ist der Frost das einzige Wesen, das das verstehen kann."

„Ich glaube, ich kann das verstehen", sagte Lena langsam.

„Pah!“, schimpfte Nea. „Alle meinen immer, dass sie alles Mögliche verstehen. Dabei hören sie meistens nicht mal richtig zu.“

Lena streckte den Arm aus und berührte Neas Hand; Nea zog sie zurück.

„Ich glaube, ich kann verstehen, dass du so nicht leben willst“, erklärte Lena. „Aber dein Leben muss nicht so bleiben, wie es ist. Du siehst doch, wie es mir in der Schule geht. Ich habe auch keine Freunde. Es gibt viele blöde Leute auf der Welt. Aber es gibt auch viele nette. Man muss sie nur finden.“

Nea schüttelte den Kopf. „Ich suche keine Freunde. Die Zeit ist vorbei.“

„Vielleicht musst du gar nicht suchen. Du bist der einzige Mensch, den ich kenne, der sich nachts in ein Hörnchen verwandelt. Du bist in der Schule genauso einsam wie ich. In den Wicklow Mountains, als alle angefangen haben, mich Snoggy zu nennen, da hast du zur mir gesagt, ‚gib nichts darauf, was die anderen sagen‘. Es hat mir sehr geholfen, dass du in dem Moment nett zu mir warst, obwohl wir uns gar nicht kannten.“

„Worauf willst du hinaus?“

„Du musst nicht länger allein sein. Wir können zusammenhalten. Wir haben so viel gemeinsam … wir *sollten* zusammenhalten.“

„Aber du bist rot, ich bin grau. Du bist für den Frühling, ich für den Frost.“

„Mir ist egal, ob du rot bist oder grau. ‚Du bist du, und das ist alles‘, hast du zu mir gesagt. Ich kann dich mitnehmen zu meinen Freunden in der nächsten Vollmondnacht. Und wenn du erst mal merkst, dass es auch nette Hörnchen gibt … und nette Menschen … dann wirst du auch den Frost nicht mehr mögen.“

„Und wenn doch?“

Lena stand auf von dem Steinbrocken, auf dem sie gesessen hatte. „Wenn du für den Frost stehst, stehst du für den Tod. Ich stehe für das Leben. Für den Frühling. Dafür werde ich kämpfen. Auch gegen dich, wenn es sein muss. Aber ich will lieber deine Freundin sein."

Nea erhob sich ebenfalls. Sie standen einander gegenüber und das Wasser der Bucht rauschte. „Verstehe."

„Treffen wir uns im Park, wenn Vollmond ist. Als Freunde – oder als Feinde."

Nea nickte.

Kapitel 24: Blutmond

Der Herbst, der sich bislang nur angedeutet hatte, übernahm jetzt die Herrschaft. Die Blätter an den Bäumen färbten sich von Tag zu Tag bunter, an den Straßenrändern türmte sich das Laub und in den Geschäften wurden Masken für Halloween verkauft.

Nuknuk ging es zusehends besser, und sie war sicher: Bis zum Blutfest würde sie gesund genug sein, um mitzufeiern.

„Das dürfen wir nicht verpassen, Lena“, erklärte sie aufgeregt. „Da malen wir uns so gruselige Fratzen, dass der Frost selbst erschauert und es mit der Angst zu tun kriegt!“

Lena begegnete Nea täglich in der Schule, aber sie ließ sich nichts anmerken; daran hatte sich nichts geändert. Schwarz und ganz für sich bewegte sie sich durch die Schule, eingehüllt in eine eisige Wolke des Schweigens. Sie lief zwischen den Lebenden und wünschte allen den Tod, das wusste Lena jetzt. Wie wird sie sich entscheiden, wenn sie einander unter dem Blutmond gegenüberstehen?

Vor dem Geschichtsunterricht traf Lena auf Theo.

„Hey, hast du dein Katapult gebaut?“

Theo nickte begeistert.

„Und funktioniert es?“

„Und wie! Mit meinem Dad habe ich Steine quer durch den Garten geschossen. Komm doch nach der Schule mit zu mir! Dann kannst du es dir ansehen.“

Lena nickte. „Ja, gerne!“

Theo wohnte gar nicht weit von Lena. „Meine Mum ist noch arbeiten, die kommt später“, sagte er und schloss die Tür auf. Im Haus roch es nach Pfefferminz. Sie zogen die Schuhe aus und gingen die Treppe hinauf in Theos Zimmer.

Es war klein. Mit Schreibtisch, Bett und Bücherregal war es voll. Jede Abstellfläche war mit Kleinigkeiten vollgestopft. Im Bücherregal standen Farbtöpfchen, Gläser mit Pinseln und reihenweise Miniaturfiguren, groß wie Zinnsoldaten, viele bemalt.

Theo bediente eine Kurbel an der Wand, und über einen Seilzug wurde eine Tischplatte von der Decke herabgelassen. Eine Miniaturlandschaft war darauf aufgebaut mit Wiesen, Bäumen, Hügeln und einem See. Figuren standen in der Landschaft verteilt, auf einer Wiese neben einem Sumpf lagen ein paar rote Würfel. In der Mitte der Landschaft thronte das neue Katapult, das Trebuchet, gebaut aus Holz und Metall.

„Wow", fand Lena. „Können wir es testen?"

„Klar. Aber hier drinnen lohnt sich das nicht. Es schießt viel weiter als mein Zimmer groß ist. Gehen wir raus damit."

„Gut."

Um das Katapult schießen zu lassen, musste man den Wurfarm herunterziehen; er trug auf der einen Seite eine Schlaufe, in die das Geschoss gelegt wurde, und auf der anderen Seite ein Gegengewicht, das dem Geschoss den Schwung gab. Lena beobachtete genau, wie Theo die kleine Kriegsmaschine schussbereit machte, um es selbst irgendwann den Eichhörnchen zu zeigen. Theo zielte mit Steinen aus dem Garten auf ein paar alte Weinflaschen, die er hinter dem Haus aufgebaut hatte. Er traf nicht, weil die Steine zu weit flogen, was ihn aber umso mehr begeisterte. Lena war ebenso begeistert und malte sich schon aus, wie sie mit diesem Gerät auf Frostriesen schießen würden. In ihrer Vorstellung zersprangen sie in tausend Splitter, wenn sie mit einer Nuss getroffen wurden. Endlich gelang es Theo, eine Flasche zielgenau anzuvisieren, und tatsächlich zersprang sie in Scherben, als der Stein sie traf, so wie die Eisriesen in Lenas Phantasie.

„Großartig", fand Lena.

„Großartig", fand auch Theo.

„Kannst du mir beibringen, wie man so eins baut?"
„Klar, wir können zusammen eins bauen!"
„Klasse."
„Wofür willst du es eigentlich haben?"
Lena runzelte die Stirn. „Das ist kompliziert ..."
„Wenn du es mir nicht sagst, kann ich dir keins bauen. Das ist eine gefährliche Waffe, weißt du? Da muss ich schon sicher sein, dass du damit keinen Unsinn anstellst."
„Unsinn? Was meinst du denn mit Unsinn?"
Er grinste. „Andy Linden ein Auge ausschießen, zum Beispiel."
„Nein, dafür brauche ich es nicht."
„Was ist es dann?"
Lena seufzte. „Lass uns das drinnen besprechen."

Sie setzten sich auf Theos Bett. „Du musst mir versprechen, dass du es niemals jemandem erzählst. Es ist ein Geheimnis. Kannst du das? Ein Geheimnis bewahren?"
Theo nickte. Lena begann: Sie erzählte von den Eichhörnchen, von den Frostkriegen, den Eisriesen und sogar von ihrer Rolle als Werhörnchen.
„Das ist eine wilde Geschichte", meinte Theo, als sie fertig war. „Hast du dir das ganz alleine ausgedacht?"
„Jedes Wort ist wahr."
Theo wollte erst loslachen, aber als er Lenas ernstes Gesicht sah, erstarb sein Lachen.
„Du meinst das wirklich ernst? Werhörnchen? Ich glaube nicht mal an Werwölfe. Werhörnchen ..."
„Reicht dir die Geschichte, um mir ein Katapult zu bauen?"
„Dafür müsste ich erst wissen, dass es wirklich stimmt."
„Wie soll ich das beweisen?"
„Zeig mir, wie du dich verwandelst."
„Es hat noch nie jemand gesehen, wie ich mich verwandle."
„Wenn du mir das zeigst, dann glaube ich dir. Und dann baue ich dir so viele Katapulte, wie du willst."

„Na gut." Lena atmete aus. „Mein Name ist Blutpelz. Und ich bin ein Hörnchen."

Theo zog die Brauen hoch. Nichts geschah.

„Ich muss mich konzentrieren", meinte Lena. Sie schloss die Augen. „Mein Name ist Blutpelz. Ich bin ein Hörnchen." Das Jucken begann in ihren Händen und kletterte durch die Arme hoch zum Kopf und runter bis in die Fußspitzen.

Als sie die Augen öffnete, war es dunkel; sie war unter ihren Kleidern vergraben. Als Lena darunter hervor krabbelte, starrte Theo sie mit offenem Mund an. Sie sprang auf den Schreibtisch.

„Okay ...", meinte er. „Jetzt glaube ich dir."

Im Erdgeschoss klappte die Haustür. „Theo, Liebling? Ich bin zu Hause! Oh, hast du Besuch?"

Theo riss die Augen auf. „Ehm ... nein!", rief er. „Ich bin allein!"

Lena sprang auf Theos Bett.

„Wem gehören denn die Schuhe hier unten?"

„Die gehören ... Lena. Einem Mädchen aus der Schule."

„Du hast ein Mädchen zu Besuch?"

„Nein ... ehm ..." er sah Lena hilflos an. Lena sah hilflos zurück. „Sie hat die Schuhe in der Schule vergessen. Ich habe sie mitgenommen. Ich gebe sie morgen zurück. In der Schule."

„Wie kann man denn seine Schuhe vergessen? Ist das arme Mädchen barfuß nach Hause gegangen?"

Sie hörten die Schritte der Mutter auf der Treppe. Theo sah Lena panisch an. Er schlich zur Tür, schloss sie so leise wie möglich und wedelte hilflos mit den Armen. Er packte Lenas Kleidung, warf sie auf die Miniaturlandschaft und kurbelte die Tischplatte hoch unter die Decke. Die Mutter öffnete die Tür. Lena krabbelte unter die Bettdecke.

„Hallo Schatz", hörte sie die Mutter.

„Hi, Mum."

„Also, wie war das mit den Schuhen? Wie kann man seine Schuhe vergessen?"

„Ehm ... wegen Sport. Sie hat sie in der Umkleide vergessen. Und ist in Sportschuhen nach Hause gegangen. Aus Versehen. So war es."

„Wieso warst du denn in der Mädchenumkleide?"

„War ich nicht. Ein ... anderes Mädchen hat sie mir mitgegeben. Weil ..., weil ich in der Nähe von Lena wohne. Ich kann sie ihr bringen, dachte das Mädchen, und ... das stimmt ja auch. Ich werde sie ihr gleich bringen."

„Soll ich dich hinfahren?"

„Nein, ist schon gut. Es ist nicht weit. Ich kann zu Fuß gehen."

„Es ist aber ziemlich kalt."

„Das macht nichts, Mum."

„Du musst dein Bett noch machen, Theo."

„Ja, mache ich später, Mum. Jetzt muss ich ... Hausaufgaben machen."

„In Ordnung."

Die Tür klappte zu. Theo atmete zischend aus. Lena streckte den Eichhörnchenkopf unter der Decke hervor, als die Tür wieder aufsprang. Schnell zog sie sich zurück.

„Warte nicht zu lange, bis du gehst", hörte Lena wieder Theos Mutter, „sonst wird es schon dunkel. Ich stelle die Waschmaschine an und nehme eine Kopfschmerztablette. Mein Kopf bringt mich um."

„Okay, Mum."

Die Tür klappte zu. Lena hielt die Luft an. Sie hörte die Schritte der Mutter auf der Treppe.

„Die Luft ist rein!", flüsterte Theo.

Lena atmete erleichtert aus. „Mein Name ist Lena, und ich bin ein Mädchen."

Sie lugte unter der Decke hervor. Theo starrte sie an.

„Meine Klamotten", sagte Lena. „Ich brauche meine Anziehsachen."

„Klar", stammelte Theo. „Anziehsachen." Er betätigte die Kurbel. „Die können sich ja nicht mitverwandeln."

Er reichte ihr die Kleidung und drehte sich um. Lena zog sich unter der Bettdecke an.

„Wie kommen wir jetzt hier raus, ohne dass deine Mutter es merkt?“, fragte sie.

„Wir müssen nur ein bisschen warten. Wenn sie von der Arbeit kommt, trinkt sie ein Glas Rotwein und nimmt eine Beruhigungstablette.“

„Kopfschmerztablette hat sie gesagt.“

„Ich weiß, was sie gesagt hat. Sie wird bald eingeschlafen sein. Wir müssen nur ein bisschen warten.“

Sie harrten eine Weile still im Zimmer aus, dann schlichen sie die Treppenstufen hinunter. Theo ging vor und gab Lena ein Zeichen, dass die Luft rein war. Lena schaute durch die halboffene Wohnzimmertür. Theo kannte seine Mutter offenbar sehr gut: Sie sah ein Glas Rotwein auf dem Tisch und die Beine der Mutter unter einer Wolldecke.

Sie zogen die Schuhe an und verließen leise das Haus.

„Wow, das war aufregend“, fand Theo. „Ich kann dich nach Hause bringen.“

Lena schmunzelte. „Den Weg finde ich auch alleine.“

„Ja ich weiß ... aber ... meine Mutter denkt eh, dass ich zu dir gehe. Und dann kannst du mir auf dem Weg noch weiter von den Eichhörnchen erzählen.“

Schon am nächsten Tag zeigte Theo ihr in der Schule Entwurfszeichnungen, die er noch am Abend vorbereitet hatte.

„Wir werden es etwas größer bauen, Eichhörnchen sind größer als meine Miniaturen. Und Walnüsse sind größer als die Steinchen, mit denen ich geschossen habe. Wir können nachher im Technikunterricht Mrs Kelly fragen, ob wir den Werkraum benutzen dürfen. Sie wird bestimmt ja sagen.“

So war es tatsächlich: Mrs Kelly freute sich, dass Schüler außerhalb des Unterrichts etwas bauen wollten und schaute mit Lena und Theo die Baupläne an. Von ihren wahren Gründen, diese Wurfmaschine zu bauen, erzählten sie natürlich nichts.

Dann kam der Vollmond. Nuknuk ging es besser, aber noch nicht gut genug, um wieder draußen herumzulaufen. Vier Wochen wurde sie jetzt schon von Willow gepflegt. Und so zog Lena unter dem Blutmond ganz allein von zu Hause los. Das Blutfest wurde anders als die anderen Mondfeste unter dem Neumond gefeiert. Für diese Vollmondnacht gab es deshalb keine Pläne – bis auf das Entscheidungstreffen mit Nea, dem Wergrauhörnchen.

Es war eine dunkle Nacht. Der Mond zeigte sich nur kurz, wenn der Wind ein Wolkenloch vor ihm hertrieb. Aus den dichten Wolken ging ein kalter Nieselregen nieder. Mit dem Essstäbchen um die Schultern lief Lena durch das nasse Gras im Garten, kletterte über den Zaun zum Park und schlich zwischen den Nadelbäumen hindurch.

Sie erreichte die große Wiese. Der Wind rauschte in den Bäumen. Der alte Walnussbaum zeichnete sich als graue Silhouette vor dem schwarzen Himmel ab. In der Ferne kreischte ein Marder.

„Lena!"

Sie fuhr herum. Als Erstes sah sie in der Dunkelheit Elstern mit ihrem schwarz-weißen Gefieder. Sie saßen im Wipfel eines Baums am Rand der großen Wiese. Und da, zwischen ihnen in den Schatten, hockte das Grauhörnchen mit den eisblauen Augen.

„Lena!", rief es noch einmal.

Sie ging langsam auf den Baum zu. Der Regen wurde stärker. Das Grauhörnchen kletterte den Baumstamm herunter. Langsam gingen die beiden Hörnchen aufeinander zu.

„Zum vierten Mal treffen wir einander", rief das Grauhörnchen über das Rauschen des Regens. „Und zum ersten Mal wissen wir, wer wir wirklich sind."

Lena nickte. „Wie hast du dich entschieden?", rief Lena.

„Was du über Freundschaft gesagt hast", antwortete das Grauhörnchen, „klang ... nett. Vielleicht können wir das probieren."

Lena lachte. Sogar das Grauhörnchen lächelte. Lena rannte zu Nea hinüber.

„Das ist eine schöne Entscheidung." Sie streckte die Pfote aus. Nea nahm sie.

„Warum sind die Elstern hier?"

„Zu meiner Sicherheit. Ich wusste nicht, ob du mich in eine Falle lockst."

„Gehorchen sie dir?"

„Sie gehorchen dem Frost. Deshalb gehorchen sie mir." Sie lachte: „Wahrscheinlich nicht mehr lange."

„Meine beste Freundin ist fast gestorben, weil du diese Biester auf uns gehetzt hast", sagte Lena bitter.

Nea schlug die Augen nieder und seufzte. „Das tut mir wirklich leid, Lena. Ich weiß nicht, was ich sagen soll ... Wir waren Feinde. Das sind wir jetzt nicht mehr."

Lena nickte.

„Wer ist das?" Nea schaute misstrauisch über Lenas Schulter. Lena drehte sich um. Oben auf einem Ast im Alten Walnussbaum stand eine schlanke Gestalt in einem langen Umhang. Undeutlich zeichnete sich das Geweih an seiner Stirn in den Schatten ab.

„Der Hüter", sagte Lena halblaut. „Wahrscheinlich das einzige Hörnchen außer uns, das heute Nacht nicht schläft."

„Wer ist der Hüter?"

„Der Hüter wacht über den Alten Walnussbaum, unseren Stammbaum. Wir sind der Stamm des Alten Walnussbaums. Der Hüter zählt für uns die Monde und erinnert uns an unsere Feste."

„Du redest wirklich, als wärst du eins von ihnen."

„Das bin ich. Und du wirst es auch sein. Komm, gehen wir zu ihm."

„Ich? Zum Hüter? Als Grauhörnchen? Nie im Leben."

„Hab keine Angst. Er ist alt und weise. Er wird dich in unseren Stamm aufnehmen."

Lena nahm Neas Pfote und führte sie zum Alten Walnussbaum. Der Hüter stand über ihnen und breitete seine

Arme aus. Schweigend standen sie im Regen und blickten zu ihm auf.

„Blutpelz, du bringst eine neue Freundin zum Alten Walnussbaum."

Lena nickte. „Das ist Nea, ein Werhörnchen, so wie ich."

„Ja, so wie du", bestätigte der Hüter. „Ihr Fell ist grau, aber ihr Blut ist ebenso rot wie meins und deins." Er wandte sich an Nea: „Der Frost hat seine kalten Finger nach dir ausgestreckt. Willst du dem Frost entsagen und Teil unseres Stammes werden?"

„Ja, das will ich", sagte Nea.

„Dann heiße ich dich willkommen, Nea. Blutpelz wird dir erklären, was du wissen musst. Wir brauchen einen neuen Namen für dich, Nea. Einen Eichhörnchennamen." Er dachte kurz nach. „Wie gefällt dir ‚Nachtschatten'?"

Nea nickte zufrieden. „Das mag ich."

„Ich würde dich gern dem ganzen Stamm vorstellen, aber Feste sind leider rar in dieser Zeit", sprach der Hüter weiter. „Wir feiern das Blutfest unter dem kommenden Neumond, da wirst du nicht mitfeiern können, weil du den Vollmond brauchst. Unter dem Frostmond tobt oft die erste Schlacht. Ich bin froh, dass du jetzt zu uns gehörst, Nachtschatten."

„Danke, Hüter", Nea verbeugte sich.

Er wandte sich um und verschwand im Dunkel, vermutlich in die Baumhöhle, aus der Lena vor zwei Monden die Murmel gestohlen hatte.

Lena schüttelte Regenwasser aus dem Fell. „Wollen wir uns jetzt vielleicht irgendwo unterstellen?"

„Gerne."

Gemeinsam liefen sie über die Wiese. Nea – Nachtschatten – schickte die Elstern nach Hause, die sich mit rauschenden Flügeln in den Nachthimmel erhoben. Die beiden

Hörnchen kletterten in den Wipfel eines Baums mit dichtem Laubdach und suchten unter seinen Blättern Schutz vor dem Regen. Sie hatten viel miteinander zu bereden.

Kapitel 25: Blutfest

Lenas Schwanz wuchs immer weiter. Nach jeder Verwandlung schien er etwas länger zu werden, so wie dann auch die Pinsel auf ihren Ohren wieder nachgewachsen waren. Sie trug inzwischen keine Hosen mehr; darin war einfach nicht genug Platz. Sie nahm Geld aus dem Umschlag vom Museum und kaufte ein paar Röcke und Kleider, unter denen sie den Schwanz ganz gut verbergen konnte, wenn sie ihn eng an den Körper legte. Bequem war das nicht. Wenn sie sich für den Sportunterricht umziehen musste, machte sie das auf der Toilette, damit sie niemand ohne Hose sehen konnte.

„Du hast neue Kleider", fiel schließlich ihrer Mutter auf.

„Ja", antwortete Lena knapp.

„Magst du deine Hosen nicht mehr?"

„Nein."

„Gefällst du dir in den Hosen nicht mehr?"

„Sie sind einfach zu unbequem. Kleider sind bequemer."

„Die Kleider stehen dir gut. Aber Hosen stehen dir auch gut. Weißt du, viele Mädchen in deinem Alter fangen an, sich Gedanken darüber zu machen, wie sie in ihrer Kleidung aussehen, ob sie hübsch aussehen, und was ihre Kleider für eine Figur machen. Ist das etwas, was dich beschäftigt?"

„Eigentlich nicht, Mama. Die Hosen sind einfach zu unbequem."

„Hm. Woher hast du eigentlich die neuen Kleider?"

„Gekauft."

„Mit wem warst du einkaufen?"

„Alleine. Nach der Schule."

„Womit hast du sie denn bezahlt?"

„Mit Geld aus dem Umschlag."

„Der Finderlohn?"

„Ja."

„Stimmt, den haben wir noch gar nicht eingezahlt. Okay, das Geld steht dir zu. Aber eigentlich müsstest du uns vorher fragen."

„Okay."

Lenas Mutter seufzte. „Du bist so einsilbig in letzter Zeit, Lena. Gibt es etwas, das dir Sorgen macht?"

‚Das Ende der Welt und der ewige Winter', hätte Lena gerne gesagt. Aber sie konnte darüber nicht mit ihren Eltern reden. „Nein, alles in Ordnung", sagte sie deshalb.

„Wie läuft es in der Schule?"

„Ist okay."

„Und Freunde?" fragte ihre Mutter. Lena zuckte die Schultern.

„Hast du Sorgen wegen Jungs?"

„Nein", sagte Lena genervt.

„Sollen wir mal zusammen einkaufen gehen?"

Lena hätte gerne mal wieder etwas mit ihrer Mutter unternommen. Aber ihre Mutter kam immer mit in die Umkleide, wenn sie Kleidung kaufen gingen. Wie sollte sie dann ihren Schwanz verbergen?

„Ich habe jetzt eigentlich schon wieder genug neue Sachen", sagte sie deshalb.

Die Tage gingen auf Neumond zu, und Lena fieberte dem Blutfest entgegen. Vorher hatte sie noch etwas zu erledigen: ‚Komm wieder drei Tage vor dem Blutfest', hatte Sean Brennan, der Schmied, gesagt. Lena stieg aus dem Bus; diesmal kannte sie den Weg zur Schmiede und musste nicht lange suchen. Laddie, der magere schwarze Hund, kam ihr entgegen und leckte ihre Hand. Sean stand im Eingang zur Schmiede.

„Herein, meine Liebe." Er hatte Ruß im Gesicht, trug die blankgewetzte Lederschürze vor dem Bauch, und als sie gemeinsam die Werkstatt betraten, nahm er die abgegriffene Mütze vom Kopf; die roten Pinsel auf seinen Ohren kamen zum Vorschein. Er löste den Knoten der Schürze; hinter seiner Schulter bäumte sich ein felliger, rotgrauer Schweif auf. Lena lächelte und befreite auch ihren Schwanz aus dem Rock. Hier gab es keinen Grund, ihn zu verstecken.

„Ich stelle den Teekessel aufs Feuer", brummte der Schmied.

Während das Teewasser zu prasseln anfing, trat er hinter den Amboss, um sein Werk zu präsentieren. Die Waffen lagen in den Holzboxen der Filmschwerter, und Sean hatte sogar kleine Einlegekarten gebastelt, auf denen neue Namen standen. Der Schmied schmunzelte. Lena sah in seinem Gesicht, dass er stolzer auf sein Werk war, als er zeigen wollte.

„Das sind die Waffen für deine Freunde", sagte er und öffnete eine Box nach der anderen. „Brennnessel, die Flamme des Waldes, für deinen Freund Löwenzahn."

Lena betrachtete die kleine Waffe und staunte. Ein Ritterschwert in Eichhörnchengröße. Die Leidenschaft des Handwerkers spiegelte sich in den vielen Details, den Verzierungen und der Lederwicklung am Griff. Man sah der Waffe an, dass sie robuster war als die Brieföffner, mit denen Lena hergekommen war. Sean öffnete die nächsten Boxen.

„Frostbiss, eine elegante Klinge für Augenstern. Für Fuchsfell, den Wächter: Neuntöter, ein zweihändig geführtes Schwert. Für die Anführerin der Kundschafter zwei Dolche: Stachel und Dorn."

Lena bewunderte die kleinen geschmiedeten Klingen. Der Schmied drehte sich um und goss Tee auf.

„Und dir, Blutpelz, gebe ich Mondstrahl, Licht in der Dunkelheit." Er überreichte ihr einen kleinen Speer. Lena empfing die neue Waffe wie ein Heiligtum.

„Die Spitze ist geformt wie die Speere unserer keltischen Vorfahren. Der Schaft besteht aus Rosenholz."

Lena bestaunte ihre neue Waffe. Der Speer war genau so lang wie ihr Essstäbchen. Die Spitze war vom Schmiedefeuer geschwärzt, nur die scharf geschliffenen Schneiden glänzten. Das Blatt war in der Mitte durchbrochen, so dass man hindurchschauen konnte. Das Loch darin war kreisrund wie die Scheibe des Vollmonds. Der rötliche Holzschaft fühlte sich stabil und glatt an in ihrer Hand. Wie viel Arbeit hatte er in diese Waffen gesteckt! Lena musste fast weinen und traute ihrer Stimme kaum, als sie „Danke“ sagte. Sean Brennan schmunzelte nur und reichte ihr eine Tasse Tee.

Drei Tage später hatte Lena alles vorbereitet. Sie hatte die kleinen Schwerter im Rucksack verstaut und mit Nuknuk verabredet, dass sie sie vor dem Fest bei Willow abholen würde. Noch vor dem Fest würde sie den Eichhörnchen die Schwerter übergeben und danach zum ersten Mal bei Neumond mit den Hörnchen feiern. Jetzt konnte eigentlich nichts mehr schiefgehen.

„Lena, komm mal runter“, rief ihre Mutter.

Lena ging ins Wohnzimmer. „Was ist denn?“

„Tessas Mutter hat gerade angerufen“, sie klang ganz begeistert. Lena runzelte die Stirn. Tessa, die versucht hatte, sie zu erpressen. Die ein Jahr lang Hausaufgaben von ihr haben wollte und überall rumerzählt hat, sie hätte mit Andy Linden geknutscht.

„Sie sagt, du bist zu Tessas Halloween Party eingeladen! Ist das nicht toll? Tessa hat wohl vergessen, dir die Einladung zu geben. Jetzt brauchen wir ein Kostüm für dich. Hast du schon eine Idee?“

„Ich werde nicht hingehen, Mama.“

„Was? Warum denn nicht?“

„Ich hasse Tessa Sheehan und sie hasst mich. Sie hat nicht vergessen, mich einzuladen. Sie hat mir die Einladung absichtlich nicht gegeben.“

„Ach Lena. Geh doch nicht immer vom Schlechtesten aus. Du bist auf eine große Party eingeladen, alle werden da sein. Man kann sich auch selbst zur Außenseiterin machen, weißt du?“

„Ja“, sagte Lena. „Darin scheine ich ganz gut zu sein.“

Sie ging in ihr Zimmer und ignorierte, dass ihre Mutter hinter ihr herrief.

Kurz darauf flog die Zimmertür auf. Ihre Mutter klang jetzt nicht mehr begeistert, sondern wütend. „Ich hab es satt, dass alle hier im Haus sich das Leben so schwer wie möglich machen. Du gehst zu dieser Party, hörst du? Und wenn ich dich an den Haaren hinzerren muss. Du verkleidest dich jetzt irgendwie und dann bringe ich dich dahin, und dann wirst du Spaß haben, verstanden?"

Lena traten Tränen in die Augen. Sie hasste es, wenn ihre Mutter sie anschrie. Sie biss sich auf die Lippe und nickte. Zwanzig Minuten später saß sie mit ihrer Mutter im Auto mit einem schwarzen Umhang um die Schultern.

Sie sagten nichts. Lenas Mutter hielt vor Tessas Haus und wartete, bis Lena geschellt hatte und die Tür geöffnet wurde. Tessas Gesicht entgleiste, als sie sie sah. Sie hatte Spinnenweben im Haar und war weiß geschminkt. Hinter ihr standen ein paar verkleidete Freundinnen.

„Snoggy. Schön, dass du da bist", tönte Tessa. Ihre Freundinnen kicherten. „Und tolles Kostüm. Was soll das darstellen?"

Lena zuckte die Schultern. „Vampir schätze ich." Sie hängte den Rucksack an die Garderobe. Tessas Mutter kam in den Flur, sie trug eine künstliche Spinne im Haar.

„Süßes oder Saures?", rief sie und gab Lena beide Hände zur Begrüßung. „Wie schön, dass du da bist, Lena. Ich habe schon zu deiner Mutter gesagt, es war ein ganz unglücklicher Zufall, dass die Einladung nicht bei dir angekommen ist. Wie gut, dass wir dich doch noch erreicht haben und du nichts anderes vorhattest."

„Ja, wie gut, dass du nichts anderes vorhattest", ätzte Tessa.

„Danke für die Einladung", sagte Lena höflich zu Tessas Mutter.

„Na dann geht mal rauf, ich bringe euch gleich was zu essen, und wenn es dunkel wird, dann könnt ihr um die Häuser ziehen, ja? Viel Spaß Mädchen!"

Lena setzte sich mit Tessa und ihren Freundinnen in Tessas Zimmer und hörte den Mädchen dabei zu, wie sie über Mitschülerinnen lästerten. Lena sagte die meiste Zeit nichts. Sie überlegte, wie sie unbemerkt von der Party verschwinden konnte, um doch noch beim Blutfest anzukommen. Nuknuk wunderte sich sicher schon, warum Lena nicht kam, um sie abzuholen. Gegen sechs wurde es dunkel, und die Mädchen machten sich bereit, um in der Nachbarschaft an Türen zu klingeln und Süßigkeiten zu sammeln. Jede trug einen kleinen Plastikeimer in Kürbisform.

„Für dich ist leider keiner da", erklärte Tessa mit gespieltem Bedauern. „Wir konnten ja nicht ahnen, dass du kommst, obwohl ich dich nicht eingeladen habe", zischte sie.

„Kein Problem. Ich habe meinen Rucksack dabei", meinte Lena.

„Kommt nicht zu spät zurück", rief Tessas Mutter ihnen nach, „und klingelt nur an Häusern, die dekoriert sind, hört ihr? Es soll eiskalt werden heute Nacht, sie haben den ersten Frost angesagt!"

Die Nacht war kalt und klar, und viele kostümierte Schauergestalten begegneten ihnen auf der Straße. Lena kannte sich nicht gut aus in den Straßen, durch die Tessa ihre kleine Gruppe führte, erst als sie vor Theos Haus standen und Tessa die Klingel drückte, wurde ihr klar, wo sie war – und dass sie gar nicht weit weg war von zu Hause und vom Merlin Woods Park.

Tessa kreischte auf vor Schreck, als die Tür geöffnet wurde. Eine angsteinflößende Kreatur stand da, ein Schwein mit blutverschmierter Schnauze, vor der Brust eine Metzgerschürze und in der Hand ein langes Messer. Als Theo sie erkannte, nahm er die Maske ab.

„Du bist das?", fragte Tessa wütend.

„Lena?"

Theo klang überrascht und enttäuscht zugleich. Lena konnte ihn verstehen. Sie hätte auch nie gedacht, dass sie einmal auf einer Party von Tessa Sheehan sein würde.

„Gib Süßigkeiten, Nerd“, forderte Tessa.

Theo drückte den Knopf einer Fernbedienung, und Tessa schoss eine Fontäne Nebel aus einer verborgenen Maschine entgegen. Wieder kreischte sie vor Schreck, Theo lachte.

Theo verteilte Süßkram in die Halloween-Eimer der Mädchen. Lena, die einen Schritt hinter den anderen stand, winkte dankend ab.

Als er die Tür geschlossen hatte und sie wieder an der Straße standen, holte Tessa eine Packung Eier hervor. „Kommt, dem Freak bombardieren wir das Haus!“

„Wieso das denn?“, wollte Lena wissen. „Es heißt doch ‚Süßes *oder* Saures‘. Wir haben Süßes bekommen. Also gibt es keinen Grund, Eier zu werfen.“

„Keinen Grund? Der Freak hat mich erschreckt. Mit seiner Schweinemaske und dem Nebel.“

„Ist das nicht der Sinn von Halloween? Erschrecken und erschreckt werden?“

„Theo ist ein Freak und ein Nerd. Ich brauche keinen Grund, um sein Haus mit Eiern zu bewerfen.“

Lena schnappte die Eierschachtel aus Tessas Hand. Tessa starrte sie wutentbrannt an. „Wag es nicht!“

Es tat Lena zwar leid um die Eier, aber sie sah keinen anderen Weg, um Tessa zu entwaffnen. Sie drehte die Packung um und ließ die Eier auf die Straße fallen. Sie zerplatzten vor ihren Füßen.

Tessas Kopf wurde so rot als wollte er ebenfalls platzen. Sie hob den Zeigefinger vor Lenas Gesicht. „Du bist kein Gast auf meiner Party. Kommt, wir gehen“, zischte sie ihren Freundinnen zu. Gemeinsam drehten sie sich um und stapften los, ließen Lena stehen. Lena war es nur recht. Sie nahm den Umhang ab, lief schnell in die entgegengesetzte Richtung und suchte ihren Weg durch die kleinen Straßen zu Willows Haus.

„Lena, du bist es!“, Willow öffnete die Tür. „Ich dachte, jemand will Süßes oder Saures. Du bist spät dran! Nuknuk ist schon ganz aufgeregt.“

„Sie dachte bestimmt, ich komme nicht mehr." Lena ging schnell an Willow vorbei ins Wohnzimmer. Nuknuk sprang zur Begrüßung vom Tisch durch den halben Raum auf Lenas Schulter. Lena lachte. „Offenbar bist du wieder fit." Sie streichelte ihrer Freundin das Köpfchen.

„Lass dich nicht aufhalten. Das Fest hat wahrscheinlich schon begonnen!"

Lena bedankte sich bei Willow und lief mit dem kleinen Eichhörnchen auf der Schulter los in den Park. Aus dem Gras stieg dünner Nebel auf, der die große Wiese in eine Gespensterlandschaft verwandelte. Lena duckte sich ins Gebüsch und verwandelte sich. Nuknuk fiel ihr gleich um den Hals. „Lena! Endlich!"

„Ich weiß, ich wollte viel früher kommen, es tut mir leid, Nuknuk."

„Nicht schlimm, jetzt bist du ja da, das ist das Wichtigste. Komm, komm!" Sie zog sie an der Pfote aus dem Gebüsch. „Heute feiern wir das Blutfest, Blutfest. Es ist Zeit, dem Frost und seinen Dienern Angst einzujagen! Wir werden so gruselig aussehen, wie du es noch nie gesehen hast, Lena, Lena!"

Maskierte Hörnchen begegneten ihnen auf dem Weg. Sie gaben gruselige Laute von sich, um sie zu erschrecken. Trommeln schlugen einen dröhnenden Takt und Halmflöten spielten geisterhafte Melodien darüber.

Nuknuk zog Lena zu einem großen Stein mit einer Mulde in der Mitte. Darin hatten Hörnchen eine kreidige Pampe angerührt. Ein Hörnchen nach dem anderen tauchte die Pfoten hinein und bemalte sich das Gesicht mit der weißen, körnigen Farbe – eins schrecklicher als das nächste. Sie malten sich weiße Schädel in das rote Fell und bald sahen alle aus, als trügen sie bleiche Totenköpfe auf den Schultern. Andere trugen Masken aus Blättern oder Baumrinde, einige hatten sich schwarze Federn in den Pelz gesteckt.

„Komm, wir wollen uns auch bemalen!" Nuknuk und Lena tauchten die Pfoten in die weiße Pampe und malten sich gegenseitig gruselige Fratzen. Nuknuk kicherte. Lena hatte jetzt schon mehr Spaß als bei Tessas Party. Sie entdeckte die Eichhörnchen des Kriegsrats, sie standen nahe beim Alten Walnussbaum und tranken aus halbierten Nussschalen.

„Ich muss mit dem Kriegsrat reden", erklärte Lena.

„Gut, gehen wir." Nuknuk ging voran, Lena folgte ihr.

„Ah, Nuknuk und Blutpelz", begrüßte sie Löwenzahn, der ebenfalls einen Totenschädel über sein Gesicht gemalt hatte.

„Ihr erkennt mich trotz der Fratze?", fragte Nuknuk und zeigte auf ihr Gesicht.

Augenstern nickte. „Es ist schön, dich wieder gesund und munter zu sehen!"

„Gefällt mir auch viel besser so", strahlte Nuknuk.

„Schön, dass ihr da seid. Gleich beginnt der Kriegstanz", erklärte Löwenzahn. „Dann führen wir dem Frost unsere Waffen vor. Vielleicht können wir ihm so viel Angst machen, dass er sich dieses Jahr nicht mit uns anlegen will."

„Ich muss euch vor dem Tanz unbedingt noch etwas zeigen."

„Jetzt noch?"

„Ja bitte. Es ist wichtig."

„In Ordnung. Wir folgen dir."

Als eine Horde Horrorgestalten bahnten sie sich den Weg durch den Nebel: weiße Fratzen, Totenköpfe, schwarze Federn. Man hätte sie für lebende Tote halten können.

Lena führte sie zu dem Gebüsch, in dem ihr Rucksack lag. Sie holte die Boxen mit den geschmiedeten Schwertern hervor und schleppte sie auf das Gras. Die Hörnchen standen erwartungsvoll vor ihr. Lena bemühte sich, die Übergabe der Waffen ebenso feierlich zu gestalten, wie Sean es getan hatte.

„Liebe Eichhörnchen, bevor ihr eure Waffen dem Frühling weiht, möchte ich euch neue Schwerter überreichen. Richtige, geschmiedete Schwerter. Sie werden euch gute Dienste leisten im Kampf gegen den Frost."

Sie öffnete die erste Kiste.

„Löwenzahn, du bist der Anführer der Krieger. Dir überreiche ich Brennnessel, die Flamme des Waldes."

Sie überreichte ihm die neue Waffe. Löwenzahn nahm das Schwert respektvoll entgegen und bestaunte es vom Knauf bis zur Spitze. „Ich danke dir, Blutpelz." Er ließ die Klinge vor sich durch die Luft schneiden.

„Augenstern, du befehligst die Schützen. Dir gebe ich Frostbiss."

Augenstern nahm die lange, schlanke Klinge entgegen und bedankte sich.

„Fuchsfell, Anführer der Wächter. Für dich habe ich das Schwert Neuntöter."

Fuchsfell packte das lange Schwert mit beiden Pfoten und verneigte sich zum Dank.

„Weidenkätzchen, du führst die Kundschafter an. Du machst dir nichts aus Schwertern, hast du gesagt. Du führst lieber in jeder Pfote eine kurze Klinge. Deshalb gebe ich dir diese beiden Dolche: Stachel und Dorn."

Das Eichhörnchen mit dem schwarzen Fell quiekte vor Vergnügen, als sie die beiden Dolche entgegennahm.

„Bockshorn, für dich habe ich keine Waffe. Du sagst, du hast die beste Waffe für dich bereits gefunden."

Bockshorn hob seinen alten Knüppel über den Kopf und verkündete feierlich: „Das ist Keule. Keule macht Beule."

Die Hörnchen lachten sich kaputt, und die feierliche Stimmung war schnell aufgehoben. Fuchsfell, Löwenzahn und Augenstern gürteten sich die neuen Schwerter an die Seite, Weidenkätzchen steckte die beiden Dolche in den Gurt, den sie über die Brust trug. Lena legte sich ihren neuen Speer um die Schultern: Mondstrahl, Licht in der Dunkelheit. Sie hatte den Schulterriemen mit dem silbernen Anhänger daran festgemacht. Nuknuk sah dem Spektakel staunend zu.

„Für dich habe ich leider keine Waffe", entschuldigte sich Lena. „Macht gar nichts", erklärte Nuknuk. „Ich habe ja schon deine Kette. Das ist das schönste Geschenk."

Gemeinsam liefen sie zurück auf die Festwiese. Die neuen Waffen ernteten staunende Blicke und geraunte Kommentare von maskierten und angemalten Festgästen.

Bald darauf trat der Hüter auf. Sogar er hatte sein Gesicht schauerlich bemalt. Er breitete die Arme aus.

„Spürt ihr die Kälte?", rief er den Hörnchen zu. „Das ist der Frost. Er streckt seine langen Finger einmal mehr nach unserer Welt aus. Wir werden sie ihm nicht überlassen. Wir stehen zwischen ihm und seiner Herrschaft über diese Welt, wir allein. Wie jedes Jahr wird er auch diesmal versuchen, uns mit neuen Verbündeten und unerwarteten Tricks zu übertrumpfen. Und wie jedes Jahr werden wir ihm entgegenstehen mit unserem Mut und unserer Kraft und werden uns nicht entmutigen und nicht besiegen lassen!"

Die Eichhörnchen jubelten.

„Mit dem heutigen Tag beginnt der Winter. Sorgen wir dafür, dass er vorübergeht."

Wieder jubelten die Feiernden auf der Wiese.

„Viele schauerliche Gestalten sehe ich vor mir versammelt. Gut so! Statt uns Angst einjagen zu lassen, wollen wir dem Frost Angst machen! Wir öffnen jetzt den Eingang zur Waffenkammer, die seit dem letzten Jahr verschlossen ist. Rüstet euch aus und danach kommt zusammen zum Kriegstanz, wenn die Trommeln rufen."

Die Trommeln schlugen, langsam, alle paar Herzschläge einen Schlag. Fuchsfell und zwei seiner Wächter gingen unter den Augen der Zuschauer zum Stamm des Alten Walnussbaums. In den Pfoten trugen sie Äste, die in der Dunkelheit grünlich leuchteten wie Fackeln.

„Was ist das für ein Licht?", flüsterte Lena.

„Hallimasch", antwortete Nuknuk.

„Was?"

„Hallimasch. Kennst du keinen Hallimasch? Ein Pilz. Er leuchtet im Dunkeln. Wächst auf totem Holz. Leuchtholz. Fuchsfeuer. Wie macht ihr denn Licht im Dunkeln?"

„Mit Glühbirnen."

„Wow, ihr habt glühende Birnen?"

Lena schüttelte den Kopf.

Tief unten zwischen den Wurzeln des Alten Walnussbaums hievten Fuchsfell und die Wächter im grünen Glanz des Hallimaschs einen Stein beiseite. Die Wächter betraten den Tunnel mit ihren Fackeln, Fuchsfell blieb vor dem Eingang stehen und erhob die Stimme: „Der Eingang zur Waffenkammer steht offen!"

Die Menge der Eichhörnchen auf der Wiese setzte sich in Bewegung, als ein Schrei aus der Tiefe des Tunnels schallte: „Ratten!"

„Was?", fragte Lena.

Ein Wächter rannte aus dem Tunnel mit der Fackel in der Hand. „Ratten in der Waffenkammer!", schrie er und wurde gleich zu Boden gerammt von einem Tier, das aus dem Tunnel stürmte.

Die Menge stob auseinander, bildete einen Kreis um die Ratte, die auf der Wiese vor dem Eingang stand und die gelben Zähne fletschte.

In diesen Kreis trat Löwenzahn und zog das Schwert aus seinem Gürtel. Brennnessel, die Flamme des Waldes, funkelte im Sternenlicht. Augenstern und Bockshorn kamen ihm zur Hilfe, und vom Tunneleingang kam Fuchsfell heran. Die Ratte machte einen Satz auf Löwenzahn zu, er versetzte ihr einen Hieb mit dem Schwert. Die Ratte quietschte laut auf und suchte das Weite. Eichhörnchen sprangen zur Seite, um ihr einen Fluchtweg zu öffnen. Die Menge applaudierte Löwenzahn, doch statt sich im Applaus zu sonnen, ging er mit den anderen Eichhörnchen des Kriegsrats gleich weiter zum Tunneleingang. Lena schob sich zwischen den anderen Eichhörnchen hindurch, um sich dem Kriegsrat anzuschließen; Nuknuk folgte ihr. Wächter brachten Hallimaschfackeln zum Eingang der Waffenkammer.

„Es riecht und es klingt nach mehr als nur einer Ratte da drin", sagte Fuchsfell. „Wer weiß, wie lange sie schon da hausen. Zeit sie zu vertreiben."

Löwenzahn ging voran, die Fackel in der Linken, das Schwert in der Rechten. Hinter ihnen schlug die Trommel.

„Geh da nicht rein", flüsterte Nuknuk in Lenas Ohr. „Ratten lassen uns die meiste Zeit in Ruhe, aber wenn man sie wütend macht …"

„Vielleicht kann ich helfen", meinte Lena.

Nuknuk sah sie zerknirscht an. „Ich warte hier draußen."
Lena betrat den Tunnel. Sie nahm den Speer von der Schulter, Mondstrahl, Licht in der Dunkelheit. Ein Licht in der Dunkelheit könnten sie jetzt gut brauchen. Im Gang unter dem Baum war es noch dunkler als unter dem mondlosen Himmel. Nur langsam gewöhnten sich Lenas Augen an die Dunkelheit. Das leuchtende Holz, das sie trugen, warf ein grünes Glimmen an die Wurzeln, die sich über den Tunnel wölbten, so dass Lena zumindest Umrisse erkennen konnte.

„Wie weit gehen diese Gänge?", flüsterte sie.

„Weit", antwortete Löwenzahn. „Die Höhlen sind alt und wurden immer wieder um neue Gänge und Kammern erweitert. Niemand kennt mehr alle Wege hier unten."

Der Tunnel führte sie in eine erste Kammer. An den Wänden standen Waffen und Rüstungsteile aufgereiht: Speere aus angespitzten Stöcken, Knüppel, Helme aus Nussschalen und stacheligen Kastanienkapseln, kleine runde Schilde aus Kronkorken, Knöpfen und Baumrinde. Lena sah Waffen aus Kuchengabeln, Glasscherben, Fleischspießen, Korkenziehern, Schrauben und Dornzweigen. Zwei Gänge zweigten von dieser Kammer ab.

„Lasst mich vorgehen", Weidenkätzchen schob sich an den Anfang der Gruppe. „Ich werde am ehesten ihre Spuren finden." Sie suchte im Dunkel auf dem Boden und schnüffelte.

„Hier entlang", sie deutete auf einen der beiden Tunneleingänge. Sie schlichen durch den nächsten Tunnel. Es roch nach feuchter Erde und alter Luft. Plötzlich hörte Lena ein lautes Fauchen, Weidenkätzchen schrie etwas, die Gruppe kam zu einem plötzlichen Halt.

„Zurück!", schrie Löwenzahn, Lena wandte sich um und lief zurück in die erste Kammer. Die anderen kamen aus dem Gang gerannt, und jetzt sah Lena die Ratte, die sie aufgeschreckt hatten: Sie war noch größer als die erste, ihre gefletschten Zähne leuchteten gelbgrün im fahlen Licht des Hallimaschs. Das Tier rannte durch den Gang auf die Kammer zu; bevor es den Raum erreichte, packten Löwenzahn und die anderen Speere und Lanzen und versperrten damit den Durchgang. Die Ratte schob ihren spitzen Kopf zwischen den Holzstangen hindurch.

„Sie kann nicht weg!“, wurde Lena klar. „Wir haben sie in die Enge getrieben. Wir müssen nachdenken ... Wie sind die Ratten hier reingekommen?“

„Die Waffenkammer war das ganze Jahr verschlossen“, brummte Bockshorn, während er sich gegen die Holzspieße stemmte, die die Ratte zurückhielten.

„Sie müssen sich irgendwo einen zweiten Eingang gegraben haben“, folgerte Löwenzahn.

„Wenn wir diesen Eingang finden“, überlegte Lena, „dann können wir sie vielleicht rauslocken. Was lieben Ratten mehr als alles andere?“

„Fleisch“, meinte Weidenkätzchen. „Käse. Süßigkeiten.“

„Süßigkeiten! Ich hab einen Plan! Ich ... Es dauert zu lange, es zu erklären!“

Sie rannte los, raus aus dem Höhleneingang und sprang auf eine knorrige Wurzel. „Eichhörnchen! Bitte helft und sucht: Irgendwo muss es einen zweiten Eingang in die Waffenkammer geben, den die Ratten gegraben haben.“

Die Eichhörnchen schwärmten aus.

Plötzlich stand Nuknuk neben ihr. „Was ist zu tun?“

„Nuknuk, komm, wir holen Süßigkeiten.“

„Süßigkeiten?“, rief Nuknuk begeistert.

Lena hängte sich den Speer um die Schultern und rannte los. Nuknuk folgte ihr. Sie sprangen durch den Nebel über die Wiese und erreichten das Gebüsch, in dem Lenas Rucksack lag.

„Da sind die Halloween-Süßigkeiten drin, die ich gesammelt habe“, erklärte sie. „Nimm so viele mit, wie du tragen kannst.“

„So viele Süßigkeiten, wie ich tragen kann?" Nuknuk strahlte.

Als sie die Wiese erreichten, schwer beladen mit Bonbons und Schokoriegeln, rief ein Eichhörnchen: „Hier! Hier ist der Ratteneingang!"

Es zeigte auf ein Loch im Boden neben einem großen Stein, weit weg von den Wurzeln des Alten Walnussbaums. Lena ließ die Süßigkeiten fallen. „Helft mir auspacken!"

Die Eichhörnchen wickelten die Süßigkeiten aus, während Lena sich eine Hallimasch-Fackel geben ließ, um den Gang zu erkunden.

„Willst du da wirklich reingehen, reingehen?"

„Ja Nuknuk, wir müssen sie rauslocken. Bitte geh du in die Waffenkammer, in der ersten Halle wirst du die Hörnchen vom Kriegsrat finden. Sag ihnen, sie sollen sich zurückziehen und die Kammer freigeben. Wir wissen nicht, durch welchen Gang die Ratten raus können. Die verteidigen nur ihr Zuhause, weißt du?"

„Ich? In die Waffenkammer?"

„Bitte, Nuknuk. Du sagst nur Bescheid, dass sie sich zurückziehen sollen."

„Und wenn sie nicht auf mich hören?"

„Das werden sie schon."

Lena legte ihrer Freundin die Pfote auf die Schulter. „Finde deinen Mut, Nuknuk. Es ist jetzt Zeit, eine Heldin zu sein."

Nuknuk nickte. „Eine Heldin. Eine Heldin. In Ordnung. Eine Heldin sein." Sie rannte drei Schritte, dann blieb sie stehen. „Lena? Meinst du, dass vielleicht ein paar Süßigkeiten übrigbleiben?"

Lena lachte. „Ich weiß gar nicht, ob Eichhörnchen überhaupt Süßigkeiten vertragen."

Nuknuk schaute sie bestürzt an.

„Jetzt lauf erst mal los, das mit den Süßigkeiten klären wir später!"

Nuknuk nickte. Sie rannte davon. Lena nahm ein paar Schokostücke an sich und stieg in den niedrigen Gang hinunter. Im Licht der Hallimaschfackel legte sie Schokoköder aus und rief ermunternd: „Kommt, kommt, ihr lieben Ratten! Kommt her, mjam, mjam!"

Bald wurde der Gang zu niedrig für ein Eichhörnchen. Lena zog sich zurück und legte eine Spur aus Süßigkeiten weg vom Eingang, weg vom Alten Walnussbaum. Mit den anderen Eichhörnchen ging sie in Deckung und legte sich auf die Lauer. Sie hörte die Trommel schlagen.

Sie kamen: Eine kleine schwarze Ratte, eine größere mit grauem Fell. Noch eine und noch eine. Sie alle schnüffelten und futterten die Köderspur entlang. Vier, fünf, sechs Ratten. Sieben, acht. Eine ganze Familie musste da unten gelebt haben. Als die letzte Ratte sich vom Tunneleingang entfernt hatte, gab Lena das Kommando: „Jetzt! Verjagt sie! Macht Lärm!"

Die Eichhörnchen stürzten laut schreiend aus der Deckung und rannten auf die Ratten zu, die setzten verschreckt zur Flucht an. Die gruselig bemalten Gesichter halfen sicher dabei, ihnen Angst einzujagen. „Jetzt den Stein!"

Gemeinsam wuchteten sie den großen Stein, der neben dem Eingang gelegen hatte, auf das Loch. Nuknuk und die Eichhörnchen des Kriegsrats kamen an.

„Großartig, Blutpelz", gratulierte Löwenzahn. „Dein Plan ist aufgegangen."

„Ohne Kampf und Blutvergießen", fügte Augenstern hinzu. „Und die Waffenkammer ist rattenfrei."

Lena lächelte zufrieden. Sie reichte Nuknuk ein Stück Schokolade, das sie extra zurückgehalten hatte. „Du bist die beste Freundin, die man haben kann", strahlte Nuknuk.

„Und du eine mutige Heldin", meinte Lena.

„Ich würde das nicht essen, wenn ich du wäre", riet Augenstern.

„Wieso?", fragte Nuknuk entgeistert.

„Süßigkeiten sind nicht gut für uns."

„Wie kann etwas, das so glänzend verpackt ist und so gut riecht, nicht gut für mich sein?"

„Vertrau mir, Nuknuk. Iss es nicht."

Nuknuks Miene verfinsterte sich. „Unfair", schimpfte sie und warf die Süßigkeit auf den Boden.

Zufrieden sammelten sich die Eichhörnchen wieder auf der Wiese vor dem Alten Walnussbaum. Zum Schlag der Trommeln betraten sie nacheinander die Waffenkammer und rüsteten sich aus. Mit Speeren und Knüppeln, Spießen, Helmen und Schilden kamen sie heraus, und mit jedem Eichhörnchen, das bewaffnet aus der Kammer trat, legten die Trommeln an Geschwindigkeit zu. Die Eichhörnchen nahmen ihren Kriegstanz auf. Im Takt der Trommeln bewegten sie sich, geisterhafte Gestalten im Nebel, und je schneller die Trommeln schlugen, desto ungestümer wurde der Tanz. Als das letzte Eichhörnchen in Waffe und Rüstung die Waffenkammer verließ, wirbelten die Eichhörnchen in wildem Tanz unter dem mondlosen Himmel.

Lena brauchte eine Pause. Sie stand abseits, um aus einer Nussschale Regenwasser zu trinken, da bemerkte sie eine Gestalt zwischen den Bäumen. Dunkel wie ein Schatten und groß wie ein Mensch. Lena schlich weg von den anderen, um besser sehen zu können, was da in der Dunkelheit lauerte. Ein schwarzer Umhang umwehte die Gestalt, und wo ihr Kopf sein sollte, schimmerte eine fahle Totenmaske, ein blasser Schädel im Sternenlicht. Die Gestalt trat einen Schritt aus dem Dunkel zwischen den Baumstämmen hervor; ihre maskenhafte Fratze lächelte, Zähne schimmerten in der Dunkelheit. Das Lächeln – dieses Lächeln kannte sie! Ihr fiel ein Stein vom Herzen. Sie hoppelte auf die gruselige Gestalt zu. Willow. Es war Willow. Sie hatte sich für das Blutfest herausgeputzt, in einen Kostümumhang gehüllt und das Gesicht nach Art der Hörnchen wie einen weißen Schädel bemalt. Als sie Lena bemerkte, breitete sie die Arme aus. Ihr weißes Haar fiel über die Schultern. Lena kletterte an Willows Bein hinauf, stellte sich auf ihre Schulter und krallte sich in den Haaren fest. Willow tanzte mit ihr in der Dunkelheit zu den Trommelschlägen der Eichhörnchen.

Als Lena spät in der Nacht nach Hause ging, glitzerte Frost auf der Straße. Er hatte sich um die Zweige der Bäume gelegt, um jeden Grashalm und auf die Scheiben der parkenden Autos. Lenas Atem dampfte vor ihr in der kalten Nacht. Als Lena die Haustür aufschloss, kam ihre Mutter aufgeregt auf sie zu.

„Lena! Wo bist du denn gewesen?!"

„Ehm ... auf der Party, zu der du mich geschickt hast?"

„Ach, ja? Komisch nur, dass Tessas Mutter mich vor Stunden schon angerufen hat, dass du dich beim Süßigkeiten sammeln abgesetzt hast? Dass du nicht wieder zurück zu ihrem Haus gekommen bist? Wo bist du die ganze Zeit gewesen? Wir sind die halbe Nacht durch die Straßen gelaufen und haben jedes Kind mit einem schwarzen Umhang angehalten! Dein Vater ist jetzt noch draußen und sucht dich."

Lena schaute zu Boden. „Tut mir leid. Die Mädchen wollten Eier werfen auf das Haus von Theo, einem Freund aus der Schule. Das wollte ich nicht mitmachen. Danach bin ich alleine weitergezogen."

Lenas Mutter vergrub das Gesicht in den Händen. „Lena, du bist elf!"

„Fast zwölf."

„Elf. Ein elfjähriges Kind kann doch nicht alleine an Halloween stundenlang durch die Straßen ziehen!"

„Mir ist doch nichts passiert."

„Ja, ein Glück, dass dir nichts passiert ist. Jetzt geh in dein Zimmer, ich gehe deinen Vater suchen."

„Ich komme mit."

„Kommst du nicht. Geh in dein Zimmer."

Kapitel 26: Trebuchet

Nach Halloween kam das Wochenende, und am Montag in der Schule sah Lena alle wieder: Tessa, die sie ignorierte; Nea, die so tat, als wenn nichts wäre, sie aber einmal kurz anlächelte; und Theo, der sie irgendwie zerknirscht ansah.

„Das war ein cooles Kostüm, das du an Halloween anhattest“, sagte sie zu ihm. „Eine Art … Schweinemetzger?“

„Schlachter“, sagte Theo. „‚Wenn ihr uns essen dürft, warum dürfen wir nicht euch essen?‘, verstehst du?“

Lena nickte.

„Ich wusste nicht, dass du mit Tessa Sheehan befreundet bist.“

Lena war froh, dass er es ansprach. So konnte sie es richtigstellen! „Befreundet? Wir sind nicht befreundet. Ich hätte nie gedacht, dass ich mal zu einer Party von Tessa Sheehan gehen würde. Ihre Mutter hat sie gezwungen, mich einzuladen. Und meine Mutter hat mich gezwungen hinzugehen. Es war übrigens echt blöd. Und nachdem wir bei dir waren, bin ich abgehauen.“

„Oh“, er lächelte. „Cool.“

„Sollen wir nach der Schule die Katapulte weiterbauen?“, fragte Lena. „Mit Halloween hat das Winterhalbjahr begonnen. In der Nacht war der erste Frost.“ Sie flüsterte: „Schon bald kann der erste Angriff bevorstehen.“

„Ja, lass uns das machen.“

„Großartig“, Lena strahlte.

Eine Woche später standen sie in Mrs Kellys Technikraum und bestaunten ihr Werk: Vier Wurfmaschinen hatten sie gebaut, alle vier einsatzbereit. Jede Maschine war aus Holz gebaut und trug am kurzen Ende des Wurfarms eine kleine Kiste, die man vor Ort mit Steinen und Sand als Gegengewicht füllen konnte.

„Ich wäre zu gern dabei, wenn du sie den Eichhörnchen vorführst", meinte Theo.

„Ich fürchte, das wird nicht gehen. Aber ich werde dir erzählen, was sie dazu sagen. Danke für deine Hilfe, Theo."

Theo lächelte. „Es hat mir Spaß gemacht."

Ein Katapult nahm Lena mit, die anderen drei blieben im Werkraum stehen. Als sie mit der Wurfmaschine unter dem Arm den Schulhof verlassen wollte, sah sie ein paar Elstern in den Bäumen. Dann kam Nea auf sie zu und zog die Kopfhörer aus dem Ohr.

„Ich habe etwas erfahren", sagte sie leise. „Etwas, das dir und deinen Freunden helfen könnte." Sie sahen einander an. „Der erste Angriff wird bei Vollmond stattfinden. Nebelmond. Am Kieselstrand. Falls dir das etwas sagt."

„Nebelmond. Das sagen die Eichhörnchen zum Novembermond. In einer Woche ist Vollmond." Ihr Herz schlug schnell. „Das heißt, in einer Woche beginnt die erste Schlacht! Wie hast du das erfahren? Warst du noch einmal unter dem Dornbaum? Bei der Eispfütze?"

Nea schüttelte den Kopf. „Wie denn? Es war kein Vollmond mehr seit unserem letzten Treffen. Nein ...", sie sah zu Boden, als ob sie sich schämte. „Ich höre den Frost manchmal. Im Wind ... und im Regen. Sie werden aus dem Meer an Land kommen. Die Frostriesen. Am Kieselstrand."

Lena nahm Neas Hand. „Danke, Nea. Vielen Dank."

Die Elstern keckerten. „Ich fürchte, nach der Schlacht wird der Frost wissen, wie es um mich steht. Wenn ich nicht gegen euch in den Kampf ziehe, sondern an eurer Seite. Und spätestens dann werden mir die Elstern nicht mehr gehorchen."

Lena trug das Katapult in den Park und stellte es an einer Stelle auf, die durch Bäume und Büsche vor menschlichen Beobachtern einigermaßen geschützt war. Sie versteckte sich in dem Gebüsch, in dem sie sich schon mehrmals verwandelt hatte. Als Blutpelz aus dem Gebüsch trat, kam ihr schon Nuknuk entgegen.

„Lena! Wie schön dich zu sehen!"

Nuknuk fiel ihr um den Hals. „Komm, du kannst mitmachen beim Kauen, Kauen."

„Kauen?"

„Ja, zum Pfeile vorbereiten. Wir kauen Nüsse und spucken sie wieder aus. Die Pampe mischen wir mit Honig und kleben sie an die Pfeile für die Vogelbeinbögen. Die Kraft des Frühlings ist in den Nüssen gespeichert, weißt du?" Sie lehnte sich verschwörerisch zu Lena und flüsterte: „Eine mächtige Waffe gegen die Eisriesen."

Lena nickte. „Ich weiß, Augenstern hat mir davon erzählt. Ich will ihr etwas zeigen. Weißt du, wo sie ist?"

Nuknuk nickte. „Sie übt mit ihren Schützen, wo die Menschen uns nicht sehen können. Komm, ich bring dich hin! Aber danach gehen wir schnell zum Kauen!"

Sie flitzte los, Lena rannte hinterher.

„Haaaaaalt", rief Augenstern laut; Lena sah ein Dutzend Hörnchen mit großen Bögen auf der Wiese und ein weiteres Dutzend mit langen Pfeilen in den Pfoten. Alle hielten inne, weil Nuknuk und Lena über die Wiese liefen.

„Nuknuk! Meine Schützen hätten dich treffen können!"

„Wir passen schon auf, auf. Lena will mit dir reden."

„Lena? Ah, Blutpelz!" Augenstern lächelte, als sie Lena sah.

„Ich habe etwas, das ich dir zeigen möchte", sagte Lena.

„Einen Moment. Ich lasse meine Schützen noch die letzte Runde schießen. Legt an!", gab Augenstern das Kommando, und die Hörnchen spannten mehr oder weniger gleichzeitig die Vogelbeinbögen.

„Schießt!"

Die langen Pfeile sausten durch die Luft; nur zwei gingen daneben, die anderen bohrten sich tief in die Äpfel, die als Ziele dienten.

„Wow“, meinte Lena anerkennend.
„Genug geübt für heute“, rief Augenstern. „Jetzt dürft ihr die Äpfel verputzen!“

Als sie das Katapult erreichten, staunte Augenstern. „Was ist das?“
„Eine Wurfmaschine“, erklärte Lena. „Stark genug, um ganze Nüsse zu schleudern.“
„Wie funktioniert das?“
„Das will ich euch jetzt zeigen. Nuknuk und ich müssen die Kiste hier mit Steinen füllen.“
„Was? Ich wollte doch zum Kauen gehen!“
„Das kannst du danach. Es dauert nicht lange.“
„Ich hole Löwenzahn und die anderen“, erklärte Augenstern und lief los.
Lena und Nuknuk bereiteten die Wurfmaschine vor. „Kann ich jetzt gehen?“, fragte Nuknuk.
„Willst du nicht sehen, wie die Maschine schießt?“
Nuknuk machte ein Gesicht, als würde sie innerlich zerrissen. Ihr Schwanz zuckte unkontrolliert.
„Du willst lieber kauen, oder?“
Nuknuk nickte. „Soll ich dir sagen, warum?“
„Weil du beim Kauen die Hälfte selbst verputzt statt sie wieder auszuspucken?“
Nuknuk starrte sie mit großen Augen an, als hätte Lena sie bei einem Verbrechen ertappt. „Du darfst es niemandem sagen, versprochen? Versprochen?“
Lena lachte. „Na klar!“
Nuknuk flitzte los, vorbei an den Eichhörnchen des Kriegsrats, die auf Lena zu kamen.
Gemeinsam spannten sie den Wurfarm. Lena sicherte ihn mit einem Band und legte eine Walnuss in die Wurfschlinge.
„Seid ihr bereit?“
„Dann lass mal sehen“, brummte Bockshorn.
Lena löste das Band, der Wurfarm schnellte hoch, die Nuss löste sich aus der Schlinge und flog in weitem Bogen

über die Wiese, weiter als man werfen konnte, weiter als ein Vogelbeinbogen schießt.

Weidenkätzchen klatschte Beifall.

„Großartig", fand Löwenzahn.

„Stellt euch vor, da hätte ein Frostriese gestanden", meinte Fuchsfell begeistert.

„Wir haben vier Stück davon gebaut. Wir brauchen zwei oder drei Eichhörnchen für jede Wurfmaschine. Ich kann euch beibringen, wie man sie bedient und wie man damit zielt."

„Ich werde Eichhörnchen aussuchen, die stark sind und gute Augen haben", sagte Augenstern.

„Wir haben nicht viel Zeit für das Training", sagte Lena ernst. „Ich habe wichtige Neuigkeiten." Sie winkte die Hörnchen näher zu sich heran. „Ich weiß jetzt, wann der Frost seinen ersten Angriff führen wird. Er will in der Nacht des Nebelmonds angreifen."

Die Eichhörnchen sahen einander an.

„Das ist wirklich nicht mehr viel Zeit", sagte Löwenzahn.

„Woher weißt du das?", fragte Weidenkätzchen.

„Nea hat es mir gesagt."

„Nea?"

„Das Grauhörnchen. Nachtschatten."

„Ein Grauhörnchen?", fragte Bockshorn streng.

„Hat euch der Hüter nichts erzählt?"

Löwenzahn sah sie forschend an „Nein – was sollte er uns erzählen?"

„Ich habe herausgefunden, wer das Werhörnchen ist. Das Grauhörnchen. Es ist ein Mädchen aus meiner Schule. Nea. Sie hat sich vom Frost losgesagt und ist jetzt auf unserer Seite. Unter dem Blutmond, als ihr alle geschlafen habt, hat der Hüter sie in unseren Stamm aufgenommen. Und ihr einen Eichhörnchennamen gegeben. Nachtschatten."

Bockshorn blickte grimmig drein. „Nachtschatten. Klingt nicht sehr vertrauenerweckend. Und wenn sie uns nicht an den Frost verrät, steckt sie uns wenigstens mit Eichhörnchenpocken an. Herrliche Aussichten."

Lena schüttelte den Kopf. „Sie hatte nur als Mensch Kontakt zu einem Grauhörnchen, als es sie gebissen hat. Danach nie wieder. Menschen können sich nicht anstecken."

„Bist du sicher, dass ihr zu trauen ist?", fragte Augenstern.

Lena nickte. „Ihr wart doch mit mir bei den Grauhörnchen. Wir wissen, dass sie nicht unsere Feinde sind. Aber dieses Grauhörnchen – Nea – Nachtschatten – Sie war ganz allein. Es gibt keine Grauhörnchen auf unserer Seite des großen Flusses. Sie hatte niemanden, der ihr erklärt hat, was mit ihr passiert. Nur der Frost war da. Und der hat sie auf ihre Seite gezogen."

„Mir kommen gleich die Tränen", spottete Weidenkätzchen.

„Ich meine es ernst", sagte Lena. „Wenn ich mich das erste Mal verwandelt hätte ... und ich wäre nicht von Nuknuk abgeholt worden, die mir alles erklärt hat ... und ich wäre nicht so freundlich gleich in euern Stamm aufgenommen worden ... ich weiß nicht, was aus mir geworden wäre. Ich konnte sie überzeugen, für den Frühling zu kämpfen statt für den Frost. Jetzt steht sie auf unserer Seite. Aber der Frost weiß noch nichts davon. Das macht sie zu einer mächtigen Verbündeten. Sie sagt, der Frost wird am Kieselstrand angreifen. Wisst ihr, wo das ist?"

Weidenkätzchen nickte. „Wir Kundschafter bewachen die kalten Orte, von denen aus die Frostriesen ihre Angriffe starten. Sie kommen aus dem Meer an den Kieselstrand, aus dem Froschwasser beim Alten Uferbaum und aus dem schwarzen See am Rand des Parks. Den Dornbaum mit der Eispfütze beobachten wir ab jetzt auch. Normalerweise wissen wir nicht, wo der Frost zuschlagen wird. Sobald meine Späherinnen ein Zeichen des Feindes entdecken, laufen sie zurück zum Alten Walnussbaum und holen die Krieger und die Schützen. Würden wir uns an allen vier Orten verteilen, hätten wir nicht genug Kriegerinnen und Kämpfer, verstehst du? Zu wissen, wann und wo der Frost zuschlägt, gibt uns einen großen Vorteil."

„Wenn man ihr trauen kann“, brummte Bockshorn.

Löwenzahn nickte. „Wir machen es so: Wir bereiten uns auf die Schlacht unter dem Nebelmond vor. Wenn es stimmt, haben wir einen Vorteil. Wenn es nicht stimmt, haben wir keinen Nachteil.“

Kapitel 27: Die Ruhe vor dem Sturm

Jeden Tag ging Lena in den Park und verwandelte sich, um mit den Eichhörnchen zu trainieren und zu planen. Sie zeigte den Schützen, wie man mit dem Katapult umgeht und sie lernte mit Löwenzahns Kriegern die Geheimnisse des Speerkampfs.

Was den ständigen Streit zwischen ihren Eltern anging, hatte Lena eine Weile den Eindruck, dass sie sich besser verstanden. Bis sie in einer Nacht plötzlich aufwachte.

„Trennen", war das Wort, das Lena aus dem Schlaf aufschrecken ließ. Als hätte sie einen eingebauten Wecker, der losschellt, sobald jemand dieses Wort sagt. „Dann müssen wir uns eben trennen", sagte ihre Mutter unten im Wohnzimmer. Zum ersten Mal seit Wochen schlich Lena wieder oben an den Treppenabsatz und lauschte.

„Es wäre alles viel einfacher, wenn wir Lena nicht hätten", sagte ihre Mutter leise. Lena schluckte.

„Was?", fragte ihr Vater.

„Sich zu trennen ist so viel leichter ohne Kinder. Ohne Kinder ist man nur für sich selbst verantwortlich. Wir würden beschließen, wer welchen Schrank behält und das wärs. Aber wenn man ein Kind hat ... das ist eine Verantwortung, aus der man nicht mehr rauskommt."

Mehr wollte Lena nicht hören. Sie ging zurück ins Bett. Mit dem Zipfel des Kopfkissens wischte sie ihre Tränen ab.

Am nächsten Morgen saß die Familie schweigend am Frühstückstisch.

„Es soll ein strenger Winter werden", sagte ihr Vater. „Hab ich im Radio gehört. Hier in Irland ist das Wetter eigentlich milder als zu Hause. Es schneit nur selten. Aber dieses Jahr soll es kalt werden."

„Ich werde nach Hause fliegen", sagte Lenas Mutter unvermittelt. Vater und Tochter sahen sie an. „Ich will meine Freunde besuchen."

„Für wie lange?", fragte Lenas Vater.

„Das weiß ich noch nicht."

Sie schwiegen.

„In fünf Wochen ist Weihnachten", sagte ihr Vater schließlich.

„Bis dahin bin ich zurück."

Sie wandte sich an Lena. „Ich kann dich leider nicht mitnehmen. Du musst ja zur Schule."

Klar, dachte Lena. Gestern Nacht hast du ja gesagt, dass ohne mich alles viel einfacher wäre. Sie sagte nichts.

„Ihr werdet doch ein paar Tage ohne mich auskommen, oder?"

Vater und Tochter sahen einander an. Lena zuckte die Schultern. „Klar", sagte sie und strengte sich an, nicht zu weinen.

Nach der Schule ging Lena mit den Eichhörnchen des Kriegsrats zum Kieselstrand, um zu planen, wie sie sich aufstellen wollten, um den Eisriesen einen passenden Empfang zu bereiten.

Der Kieselstrand lag da, wo die Stadt bis ans Meer reichte. Die Straße führte an der Küstenlinie entlang. Sie überquerten die Fahrbahn und kletterten über die grauen Steinbrocken, die hier als Wellenbrecher aufgestellt waren. Hier hatte Lena mit Nea bei ihrem ersten Gespräch gesessen.

„Von dort werden sie kommen", erklärte Bockshorn und deutete auf das graue Wasser, das trostlos unter dem Novemberhimmel über die Steine spülte.

„Und wo wollen sie hin?", fragte Lena.

„Landeinwärts. Um die Kälte zu verbreiten."

Lena runzelte die Stirn. „Wenn wir wissen, dass sie von dort kommen und nach da oben wollen – dann lasst uns doch hier einen Graben buddeln. Wir legen Zweige darüber, damit sie ihn nicht sehen, und wenn sie sie betreten, brechen sie ein und sind gefangen."

„Wir sind Eichhörnchen und keine Maulwürfe", brummte Bockshorn. „Unsere Krallen sind nicht zum Graben gemacht."

„Ich kann graben", erklärte Lena. „Ihr vergesst wohl, dass ich nicht nur ein Eichhörnchen bin. Ich bin auch ein Mensch. Ich kann einfach einen Spaten holen. Für irgendwas muss es doch gut sein, ein Werhörnchen dabei zu haben." Lena grinste.

„Das ist eine großartige Idee", fand Löwenzahn. „Schaffst du das noch rechtzeitig? Wir haben nur noch ein paar Tage bis zum Nebelmond."

Lena nickte. „Vielleicht finde ich sogar jemanden, der mir hilft."

Sie gingen ein paar Schritte landeinwärts.

„Da oben", Lena deutete den Strand hinauf, „Auf halbem Weg zwischen uns und den Wellenbrechern, da platzieren wir die Katapulte."

Löwenzahn nickte. „So machen wir es."

Kurze Zeit später waren alle Eichhörnchen vom Strand verschwunden bis auf eins. Nuknuk rannte aufgeregt um die Füße von Lena und Theo, die in der Dämmerung nassen, grauen Sand schippten.

„Ich hatte mir das leichter vorgestellt", ächzte Theo.

„Ich auch", gab Lena zu und warf eine Schüppe kalter Kieselsteine zur Seite.

„Wenn wir damit fertig sind, müssen wir auch noch Äste sammeln und das Ganze zudecken." Ihr Atem dampfte in der kalten Luft.

„Meine Handschuhe sind schon klatschnass", klagte Theo.

Lena sah ihn an. „Vielen Dank für deine Hilfe."

Er lächelte. „Ich kann kaum glauben, was hier passiert", meinte er. „Ich habe meine Wurfmaschinen gebaut, um mit so kleinen Figuren Schlachten zu spielen." Er nahm Daumen und Zeigefinger zwei Zentimeter weit auseinander. „Dass sie einmal in einer echten Schlacht eingesetzt werden würden ... an deren Ausgang das Schicksal der ganzen Welt hängt ... das hätte ich mir nicht träumen lassen."

„Vielleicht werden sie uns einen entscheidenden Vorteil geben", hoffte Lena.

Theo nickte. „Das würde mir gefallen. Dann hätte ich einen Beitrag geleistet zum Sieg des Frühlings. Trotz meiner Nussallergie."

Kapitel 28: Unter dem Nebelmond

Lena war den ganzen Tag aufgeregt. Es fing schon vor dem Aufwachen an – sie schlief unruhig und hatte wilde Träume. Schließlich stand sie auf, noch bevor der Wecker klingelte. Ihr Vater war überrascht, dass er sie gar nicht wecken musste, als sie sich zu ihm an den Frühstückstisch setzte.

„Hast du gut geschlafen?"

„Nicht so gut", antwortete Lena.

„Steht denn etwas Besonderes an heute?"

„Hmm – nee", log Lena.

„Bisher kriegen wir die Tage ohne Mama doch ganz gut hin, oder?"

Lena nickte, obwohl sie nicht recht wusste, ob das stimmte. Seit Mama fort war, arbeitete ihr Vater noch länger als zuvor. Eigentlich kam er immer erst nach dem Abendessen nach Hause. Manchmal hatte Lena dann etwas gekocht, manchmal hatte sie alleine gegessen, aber an vielen Tagen hatte sie das Essen auch vergessen, weil sie bis spät abends mit den Eichhörnchen trainiert und geplant hatte. Für die Vorbereitungen der Schlacht war es ganz gut, dass ihr Vater sich nicht so sehr dafür interessierte, wo sie war und wann sie nach Hause kam.

„Heute ist die Weihnachtsfeier von meiner Arbeit", erklärte er und schlürfte Kaffee aus der übervollen Tasse, „da werde ich erst spät nach Hause kommen."

„Jetzt schon? Im November?"

Ihr Vater zuckte die Schultern. „Kurz vor Weihnachten hat niemand Zeit, schätze ich. Deshalb machen sie die Feier jetzt."

„Wie spät wirst du nach Hause kommen?"

„Sehr spät. Nachts. Kriegst du das hin?"

Lena zuckte die Schultern. „Klar."

„Essen besorgst du dir irgendwie selbst, ja? Ich leg dir Geld hin, dann kannst du ja mit einer Freundin ein Curry essen gehen oder so."

„Ich hab keine Freundin, Papa."

Er lächelte aufmunternd. „Du kriegst das schon hin."

Lena nickte.

Der Schultag zog sich unerträglich zäh dahin. Wie sollte Lena sich für den Unterricht interessieren, wenn sie wusste, dass sie heute Nacht zu einem Kampf um Leben und Tod antreten würde?

Ms Blackley schien ihr etwas anzumerken und sprach sie nach der Stunde an. „Ist alles in Ordnung Lena? Du wirkst so … abwesend."

Lena nickte. „Alles in Ordnung."

„Ist zu Hause alles okay?"

Lena nickte. Ms Blackley lächelte.

Theo kam zu ihr und war genauso aufgeregt wie sie. „Heute Abend ist es soweit?"

Lena nickte.

„Kann ich nicht helfen? Kann ich nicht … ich weiß nicht. Soll ich zum Strand kommen?"

Lena schüttelte den Kopf. „Das ist nicht der Kampf der Menschen. Es ist der Kampf der Eichhörnchen. Jedes Jahr treten sie an in einem Krieg gegen den Frost. Und jedes Jahr sorgen sie dafür, dass der Winter nicht für immer anhält."

Nach der Schule lief Lena gleich in den Park und verwandelte sich. Es fühlte sich an, als würde sie einen dicken Winterpulli anziehen – offenbar war mit dem November ihr Winterfell gekommen. Auch die anderen Eichhörnchen trugen jetzt, da der Winter anfing, einen dickeren Pelz und buschigere Pinsel auf den Ohren.

Sie versammelten sich unter dem Alten Walnussbaum, als der Hüter im Baumwipfel auftauchte. Er warf die Kapuze zurück, und jetzt konnte Lena sehen, dass das Geweih tatsächlich aus seiner Stirn wuchs und es keinen Stirnreif gab, an dem es befestigt gewesen wäre.

„In jedem Jahr kommt der Zeitpunkt, an dem die Vorbereitungen abgeschlossen sind und die Faust des Frostes den ersten Hieb nach uns schlägt. Dieser Tag ist heute. Heute werdet ihr den Frostriesen gegenübertreten. Die Ymire, in der alten Sprache. Sie sind Unwesen. Sie atmen nicht, sie essen nicht, sie haben keine Kinder. Kein Blut fließt in ihren Körpern. Sie leben nur durch den Willen des Frosts. Eure Waffen sind dem Frühling und der Sonne geweiht, dem wachsenden Grün und den leuchtenden Blüten. Das Andenken an den Sommer wird eure Herzen mit Mut und Wärme füllen und eure Kräfte steigern!"

Nach dieser Ansprache zogen die Eichhörnchen los, ausgerüstet mit Waffen, Helmen und Schilden aus der Waffenkammer. Nur Fuchsfell und seine Wächter blieben zurück, um den Hüter und den Alten Walnussbaum zu schützen, der inzwischen alle Blätter verloren hatte. Das tote Laub knirschte unter ihren Füßen.

Als sie den Strand erreichten, wurde es schon dunkel. „Meistens kommen sie nachts", erklärte Augenstern. „Die Kälte der Nacht und das Mondlicht geben ihnen zusätzliche Kraft."

Sie bezogen ihre Positionen und spannten die Katapulte. Sie legten sich auf die Lauer und warteten. Lena und Nuknuk hielten sich mit Löwenzahn und einigen anderen hinter einem grauen Steinbrocken auf dem Strand verborgen. Nuknuk scharrte nervös im Sand.

„Was ist mit dem Grauhörnchen?", fragte Löwenzahn. „Wird sie kommen?"

„Sie kann sich nur unter dem Vollmond verwandeln", erklärte Lena. „Dann wird sie kommen und auf unserer Seite kämpfen."

Es dauerte nicht lange, bis der Vollmond am Himmel erschien. Wie ein entzündetes Auge schaute er auf sie herab, umgeben von einem Kranz aus Wolkenfetzen. Vom Meer stieg Nebel auf und kroch in trüben Wehen über den Strand. Bockshorn kam zu ihrem Versteck. „Sie ist noch nicht aufgetaucht, oder?“

„Wer?“

„Deine Freundin. Das Grauhörnchen. Und die Ymire sind auch nicht hier. Sind wir auf eine Ablenkung reingefallen? Vielleicht sind die Frostriesen längst beim Alten Walnussbaum, haben sich ein paar Beißerreißer mitgebracht und nehmen unseren Stammbaum auseinander.“

„Was sind Beißerreißer?“, fragte Lena.

„Psst, kommt mit!“, Weidenkätzchen tippte Lena auf die Schultern und unterbrach das Gespräch. „Von da oben können wir besser sehen“, sie deutete den Strand hinauf zu den vereinzelten Bäumen am Straßenrand. „Kommt.“

Nuknuk, Lena und Weidenkätzchen rannten den Strand hinauf und kletterten auf einen Baum. Von hier aus konnten sie über die Nebelschwaden schauen. Sie mussten nicht lange warten.

„Sie sind da“, zischte Weidenkätzchen. Sie deutete aufs Meer hinaus. „Die Frostriesen.“

Lena kniff die Augen zusammen. Jetzt konnte sie sie sehen: Spröde Gestalten schälten sich aus dem Nebel. Sie erhoben sich aus dem grauen Wasser, klobig und groß wie Schulkinder. Ein fahles, blaues Licht glomm in den durchscheinenden Körpern, es glühte in der Brust und strahlte von dort in Kopf und Glieder aus.

„Schnell! Wir müssen allen Bescheid sagen!“

Lena straffte den Lederriemen, der ihren Speer hielt, und sie rannten los, Weidenkätzchen in die eine Richtung den Strand entlang, Lena und Nuknuk in die andere, und mit leisen Warnungen alarmierten sie alle Eichhörnchen auf dem Weg. Dann gingen sie wieder hinter dem Steinbrocken neben Löwenzahn in Deckung. Alle starrten auf das Wasser. Niemand sagte ein Wort.

Ein grauer Schatten sprang plötzlich von hinten in ihr Versteck. Löwenzahn fuhr herum und zog sein Schwert.

„Nea!“, zischte Lena, als sie das Grauhörnchen erkannte.

„Du kommst spät“, brummte Bockshorn und ließ seine Keule sinken.

„Ich musste noch die Elstern zu den Froschwassern führen.“

„Warum?“

„Damit sie nicht hier sind.“

Löwenzahn lachte. Er steckte das Schwert in den Gürtel.

Nea nahm eine Armbrust vom Rücken. Sie trug einen Köcher an die Seite gegürtet, Zahnstocher und Streichhölzer steckten darin. Natürlich war der Köcher schwarz und mit Totenköpfen verziert.

„Ich bin Nuknuk“, sagte Nuknuk und streckte Nea die Pfote entgegen. „Lenas beste Freundin.“

Verblüfft beobachtete Lena, wie freundlich Nuknuk dem Hörnchen begegnete, dass die Elster auf sie gehetzt hatte.

Nea nahm ihre Pfote. „Mein Name ist Nachtschatten.“

„Dafür haben wir jetzt keine Zeit“, brummt Bockshorn. Er deutete zum Wasser.

Der Nebel wehte vor den Schritten der Eisriesen auseinander. Sie erreichten den Strand. In ungeordneten Reihen stampften sie vorwärts. Sie trugen Treibholz, Äste und Eiszapfen als Keulen in den eisigen Pranken. Ihre Gesichter waren nur angedeutet wie die Züge unfertiger Statuen. Kein Atem dampfte vor ihren Lippen, manche der groben Gestalten hatten gar keinen Mund.

Der größte unter ihnen trug eine Krone aus Eiszapfen, die wie ein Kranz aus seinem Kopf wuchsen. Er schlug sich mit der Faust an die Brust; es klang als wenn ein Hammer auf einen Amboss schlägt. Die ganze Horde stürmte los, in wildem Laufschritt vorwärts. Ihre Glieder knarzten, als wenn man durch frisch gefallenen Schnee stapft. Wo ihre Füße den Boden berührten, wuchsen Eisblumen auf dem Sand.

Vier Riesen trampelten zugleich über die verdeckte Fallgrube; die Zweige brachen knackend unter ihnen, wie Steine stürzten sie in die Falle. Drei weitere, die dicht hinter ihnen marschiert waren, konnten sich nicht halten und fielen hinterher.

„Ja!“, rief Lena triumphierend.

„Schießt!“, gab Augenstern das Kommando für die Katapulte. Die Wurfarme schnellten vor und schleuderten Nüsse durch die Luft. Eine Nuss warf einen Angreifer zu Boden; er riss die beiden, die neben ihm liefen, mit sich. Ihre Eiskörper zerbrachen, als sie zu Boden polterten. Eine andere Nuss zerschellte auf dem Brustkorb eines Riesen; als der Walnusskern ihn traf, schmolz sein Körper, als hätte man ein heißes Eisen durch ihn gestoßen. Die Schützen an den Katapulten spannten die Wurfarme zum nächsten Schuss.

„Vogelbeinbögen! Schießt!“ Augensterns Stimme schallte laut und klar über den Strand. Die langen Pfeile zischten durch die Luft und bohrten sich in die Körper der Angreifer.

Doch es stapften mehr Eisriesen den Strand hinauf, als Fallgruben, Katapulte und Bögen aufhalten konnten.

„Es ist Zeit“, sagte Löwenzahn. Nuknuk drückte Lena ganz fest. „Pass auf dich auf, Lena, Lena.“

Sie nickte. „Und du auf dich.“ Plötzlich machte sie sich große Sorgen um ihre Freundin. Nea spannte die Armbrust und legte einen Zahnstocher als Pfeil ein. Lena schluckte ihre Angst herunter. Sie hielt den Speer gen Himmel. „Mondstrahl, Licht in der Dunkelheit!“ Durch das Loch in der Speerspitze sah sie den Mond.

Löwenzahn zog sein Schwert und stieg auf den Stein, hinter dem sie sich versteckt hatten. „Eichhörnchenkrieger!“, rief er. „Es ist soweit! Packt eure Waffen und fletscht eure Zähne! Für den Frühling!“

„Für den Frühling!“, echoten die Kriegerinnen und Kämpfer und rannten den Riesen entgegen, Speere, Schwerter und Keulen in den Pfoten. Zur gleichen Zeit feuerten die Katapulte wieder Nüsse auf den Strand, mehrere Angreifer gingen zu Boden und brachen in Scherben.

Als Lena den ersten Riesen erreichte, sprang sie ihm entgegen und stieß den Speer in seinen Hals. Sein Kopf kippte rückwärts und fiel zu Boden. Doch sein Körper stapfte weiter! Mit eisigen Armen schlug er nach ihr. Lena nahm Anlauf und machte einen großen Satz auf ihn zu mit aller Kraft, die die Eichhörnchenbeine hergaben, den Speer vor sich ausgestreckt. Die Wucht ihres Angriffs warf den Riesen auf den Rücken und trieb den Speer wie einen Meißel in seinen Körper. Von der Speerspitze aus durchfuhren Sprünge das Eis. Lena stand auf ihm und riss ihre Waffe frei; das zersprengte seinen Brustkorb, von ihm blieben nichts als Scherben.

„Puh“, machte Lena und sah sich um. Der Kampf hatte sie von Nuknuk und Nea getrennt. Da traf sie eine Eispranke so hart am Kopf, dass sie durch die Luft geschleudert wurde. Sie landete hart auf den grauen Kieselsteinen. Im Fallen hatte sie ihre Waffe verloren. Ein Eisriese kam auf sie zu. Sie suchte den Speer; da lag er, direkt vor den Füßen des Riesen. Gerade machte er einen Schritt darüber. Lena stellte ihren Schwanz auf und wagte einen gewaltigen Sprung vorwärts; sie prallte gegen die eisigen Beine und riss am Schulterriemen des Speers. Der Riese verfing sich mit dem Bein in der Lederschlinge, der Speer verkantete sich zwischen seinen Beinen; Lena sprang zur Seite, bevor der Koloss vornüber stürzte. Sein Körper brach in Stücke, als er mit dem Gesicht zuerst auf einen Steinbrocken knallte. Lena befreite den Speer aus den Trümmern seines Körpers.

Um sie herum brüllten Hörnchen Kommandos, manche schrien vor Schmerz oder um Hilfe. Lena hatte jeden Überblick verloren. Sie hatte nur noch Augen dafür, wen sie treffen und wer ihr gefährlich werden könnte. Eis knirschte in jeder Richtung, und jetzt fing es an zu schneien. Große, weiße Flocken in der Dunkelheit.

„Blutpelz!“, rief Weidenkätzchen. Sie sprang zu ihr hinüber, die beiden stellten sich Rücken an Rücken und sahen dem Feind entgegen.

Merkwürdige Geräusche drangen aus der Fallgrube, in die Lenas List sieben Eisriesen gelockt hatte. Es knarrte und knirschte, als wenn sich Eisschollen übereinander schieben.

Über dem Rand der Fallgrube erhob sich ein Kopf, größer und gröber als von allen Eisriesen, die Lena bisher gesehen hatte. Es folgte ein Paar Schultern, fast so breit wie der Graben, den sie ausgehoben hatte.

„Ein Eistitan!", rief Löwenzahn. „Sie haben sich zusammengeschmolzen zu einem Riesenriesen!"

Die Grube, die für die einzelnen Riesen zu tief war, um sich daraus zu befreien, stellte für den Titan, der sich jetzt erhob, kaum ein Hindernis dar. Mit Beinen dick wie Baumstämme stieg er aus der Grube empor. Ein Katapult schleuderte ihm eine Nuss entgegen, sie zerbarst an seinem gewaltigen Brustkorb und ließ einen Teil davon schmelzen; das Eiswasser triefte seinen Rumpf herunter, doch diese Wunde hielt ihn nicht auf. Er hob mit schaufelgroßen Fäusten einen Steinbrocken auf und schleuderte ihn auf das Katapult. Die Schützen sprangen zur Seite, das Holz brach krachend, als der Stein das Geschütz traf.

Er stampfte vorwärts über die Trümmer seiner gefallenen Kameraden. Ein Hörnchen schlug nach seinem Bein, doch der Titan marschierte einfach weiter, hielt auf das zweite Katapult zu. Die Schützen ließen noch einmal den Wurfarm schleudern. Die Nussschale zersplitterte an seiner Schulter, der Kern brannte sich in seinen Körper. Der Riese beugte sich herab, packte das Katapult und schleuderte es durch die Luft auf eine Gruppe von Hörnchen; die sprangen zur Seite, um sich in Sicherheit zu bringen, doch eins von ihnen floh zur falschen Seite. Das Katapult schmetterte auf das Hörnchen nieder und begrub es unter zerbrochenen Holzbalken. Die anderen zerrten die Holzstücke beiseite, doch der Eistitan fegte mit seiner Pranke über den Boden und schleuderte mit einem Mal drei Hörnchen durch die Luft.

Löwenzahn, Weidenkätzchen und Bockshorn sammelten sich, um sich dem riesigen Gegner entgegenzustellen. Augenstern zeigte den Strand entlang: „Sie kommen durch!“ Während sie sich vor dem Koloss versammelten, konnte eine Handvoll Eisriesen unbehelligt die Böschung zur Straße erklimmen.

„Wir müssen ihn zu Fall bringen!“, rief Löwenzahn. Sie hoben einen langen Ast auf, an jedem Ende packten drei Eichhörnchen zu, um ihn zu tragen. Damit liefen sie dem Riesen entgegen, um ihn stolpern zu lassen. Lena wollte ihn ablenken. Sie sprang auf einen Steinbrocken.

„Hey du Eiswürfel!“, schrie sie. „Komm doch her, wenn du mich kriegen willst. Egal wie groß du dich machst, du wirst uns nie besiegen! Wir sind aus Fleisch und Blut gemacht! Und das Blut brennt heiß in unseren Adern!“

Nea riss ein Streichholz an, es flammte auf in der Dunkelheit. Sie lud es in die Armbrust und zielte. Der Brandpfeil traf den Eistitan in die blauglühende Brust.

Jetzt stapfte er tatsächlich auf Lena zu, während die Hörnchen sich mit dem Ast in Position brachten.

„Komm her, du Ungetüm!“, schrie Lena. Der Koloss erreichte den Ast und blieb mit dem Fuß daran hängen. Doch er kam nicht ins Straucheln; er riss das Bein so kräftig vorwärts, dass es den Ast mit allen Hörnchen daran in die Luft hob und vorwärts schleuderte. Löwenzahn und die anderen prallten hart auf den Boden. Als er sie abgeschüttelt hatte, setzte er sich noch schneller in Bewegung, die glühenden Eisaugen auf Lena geheftet. „Oh Mist“, entfuhr es ihr.

Nea schoss noch einmal; diesmal traf ein brennender Pfeil sein Auge.

„Auf ihn!“, schrie Weidenkätzchen, und anscheinend ohne weiteren Plan sprangen und kletterten die Hörnchen an dem gigantischen Körper empor als wäre er ein Baum. Wo sie sich halten konnten, schlugen sie ihre Waffen in den eisigen Leib. Weidenkätzchen saß schon auf seiner Schulter und stieß ihm die Dolche in den Hals. „Für den Frühling!“, schrie sie.

„Für den Frühling!“, wiederholte Lena und rannte dem Koloss entgegen, den Speer vor sich ausgestreckt. Er öffnete ein riesiges Maul mit Zähnen aus Eiszapfen, als Lena zu einem gewaltigen Sprung ansetzte. Noch im Flug bohrte sie Mondstrahl durch den offenen Mund in seinen eisigen Rachen. Mit lautem Grölen stolperte er rückwärts, schlug ungezielt mit den Eispranken vor sich in die leere Luft. Lena landete in seinem Gesicht und packte den Pfeil, der in seinem Auge steckte, um sich festzuhalten.

„Er fällt!", schrie Weidenkätzchen. Der Riese taumelte und verlor das Gleichgewicht.

„Bringt euch in Sicherheit!", schrie Löwenzahn, und alle Hörnchen, die an seinem Rücken saßen, sprangen ab. Er ging zu Boden: Krachend brach der gewaltige Leib in Stücke. Die Eichhörnchen sammelten sich bei seinen Füßen.

„Hurra!"

„Nicht schlecht für ein Menschlein", meinte Bockshorn anerkennend. Er wischte sich Blut aus dem Fell. Lena schüttelte den Kopf. „Das ist alles meine Schuld. Ohne meine Fallgrube hätte der Titan sich nie gebildet."

„Keiner von uns hat damit gerechnet", erklärte Löwenzahn. „Mach dir keine Vorwürfe."

„Was ist mit den Riesen, die an uns vorbeigekommen sind? Verfolgen wir sie?", wollte Lena wissen.

„Sie sind noch gar nicht weg", erwiderte Weidenkätzchen und deutete den Strand hinauf. Da oben, zwischen den Wellenbrechern, standen sie. Sechs oder sieben nebeneinander. Das Mondlicht schien von hinten durch sie durch.

„Was haben die vor?", wunderte sich Lena.

„Schaut mal da drüben", Augenstern zeigte in die andere Richtung, auf Bäume, die auf einer Landzunge wuchsen. In ihren Wipfeln sammelten sich Krähen. „Das gefällt mir nicht. Worauf warten die?"

„Dass es genug von ihnen werden", antwortete Löwenzahn. „Genug, um es mit uns aufzunehmen."

„Und was ist das, das?", fragte Nuknuk. Sie deutete aufs Meer hinaus. Da stiegen weitere Frostriesen aus dem Nebel. In ihrer Mitte stampfte etwas vorwärts, das Lena noch nie gesehen hatte, auch nicht auf den Gemälden in Sean Brennans Schmiede.

„Ist das ein Beißerreißer?", fragte sie leise.

„Nein", antwortete Augenstern ernst. „Das ist ein Maul."

Das Maul, das zwischen den Eisriesen trottete, sah aus wie ein großer Ring auf zwei Beinen; er war mit Reißzähnen aus Eiszapfen gespickt und klappte auf und zu. Getragen wurde er von zwei kurzen, plumpen Beinen mit großen, stampfenden Füßen. Ein Maul ohne Kopf, ohne Magen. Nur dazu da, Gegner zu zerbeißen.

Löwenzahn richtete sich zu seiner vollen Größe auf. „Es ist noch nicht vorbei. Spannt eure Muskeln und fletscht eure Zähne!" Die Ansprache war kämpferisch, doch seine Stimme klang erschöpft.

„Wir sitzen in der Falle", meinte Bockshorn grimmig. „Sie kesseln uns ein."

Lena sah sich um; sie kamen von allen Seiten. Die Eisriesen, die zwischen den Wellenbrechern standen, setzten sich in Bewegung.

„Bildet einen Kreis!", rief Löwenzahn. „Rücken zueinander!"

Die Eichhörnchen kamen auf der Mitte des Strands zusammen, Lena nahm ihren Platz im Kreis ein. Weidenkätzchen stand neben ihr. Sie drückte ihre Pfote. „Hast du Angst, Blutpelz?"

Ein weiteres Maul stieg aus dem Wasser, von zwei Riesen an Ketten geführt. Lena nickte. Ja, sie hatte Angst. Es waren zu viele. Und sie, die Hörnchen, waren zu wenige und schon ausgelaugt vom Kampf. Jeder von ihnen hatte Wunden davongetragen, Blut tropfte auf den frisch gefallenen Schnee.

„Niemand ist für den Krieg gemacht", echote die Stimme des Hüters durch ihren Kopf.

„Es ist keine Schande, Angst zu haben, Blutpelz", erklärte Weidenkätzchen. „Nur wer Angst hat, kann wirklich mutig sein, weißt du? Mut bedeutet, die Angst zu überwinden –

und das zu tun, was richtig ist." Sie ließ Lenas Pfote los und zog die beiden Dolche, Stachel und Dorn.

Die Eisriesen zogen den Kreis um sie immer enger, kamen näher und näher heran, bis Löwenzahn sein Schwert zum Himmel streckte und schrie: „Brennnessel, Flamme des Waldes!" Er sprang vorwärts. Die anderen Hörnchen folgten ihm: Jeder sprang vor und schlug zu, so hart er konnte. Die Antwort kam sofort. Wuchtige Hiebe trafen sie und schickten einige von ihnen zu Boden. Lena sah, wie Augenstern zurückgeworfen wurde, Bockshorn fiel und sogar Löwenzahn ging in die Knie, nur um sich gleich wieder aufzurappeln. Lena stieß ihren Speer kräftig vorwärts, holte aus und stach noch einmal zu. Ihr Gegner taumelte zurück.

Nur wenige Hörnchen waren noch auf den Beinen. Ein Eisriese packte Nuknuk im Genick! Er wollte sie gerade dem Maul ins Maul schieben, dessen Zähne knirschend aufeinander schlugen. Weidenkätzchen und Lena hatten es zur gleichen Zeit gesehen, „Nuknuk!", schrien beide. Lena ließ ihren Gegner stehen und rannte Nuknuk zur Hilfe; gleichzeitig mit Weidenkätzchen setzte sie zum Sprung an, und mit vereinten Kräften warfen sie den Eisriesen um. Nuknuk befreite sich aus seinem Griff. Zu dritt stellten sie sich nebeneinander und hatten jetzt das Maul und zwei weitere Frostriesen vor sich.

Heiser krächzend sausten jetzt auch noch die Krähen heran. Sie gingen im Sturzflug auf die Hörnchen nieder. Die Lage war aussichtslos.

„Ich bin ein Mädchen", sagte Lena.

„Was?", fragte Weidenkätzchen verwundert.

„Mein Name ist Lena und ich bin ein Mädchen", sagte sie eindrücklich. Sie sprang rückwärts, um der Keule eines Frostriesen zu entgehen. Die Eiskeule sauste neben ihr auf den Boden und zerbrach. Lena packte eine Eisscherbe und rollte sich zur Seite. Sie hielt das Stück Eis wie einen Spiegel und schaute hinein. „Mein Name ist Lena und ich bin ein Mädchen", wiederholte sie, und jetzt begann ihre Haut unter dem blutroten Fell zu kitzeln.

Inmitten des Schlachtgetümmels verwandelte sich Blutpelz, das Eichhörnchen, in Lena, das Mädchen. Die Krähen flohen vor ihr. Sie überragte die Frostriesen an Größe, musste jetzt selbst eine Riesin für sie sein. Mit Tritten und Schlägen wollte sie den Eiskriegern zusetzen, doch als sie sich verwandelt hatte, sah sie keine Riesen mehr. Sie sah nur kalte Wehen, Schnee vom Wind getrieben, und spürte den kalten Hauch um ihre Beine streichen. Es war niemand da, gegen den sie hätte kämpfen können. Aber sie konnte die Eichhörnchen retten, die der Übermacht der Eisriesen unterlegen waren.

„Kommt!", rief sie, „Ich bringe euch hier weg!"

Nuknuk, Weidenkätzchen und Augenstern sprangen ihr in die Arme oder kletterten ihre Beine hinauf. Sie hob den alten Bockshorn auf, der bewegungslos am Boden lag, und packte Löwenzahn, der noch immer kräftig mit seinem Schwert austeilte. Nuknuk setzte sich auf ihre Schulter. Nachtschatten und andere Eichhörnchen, die auf Lena keinen Platz mehr fanden, rannten neben ihr her. Lena lief los, mit den kleinen Tieren beladen durch den eiskalten Wind weg vom Strand.

Kapitel 29: Kraftpranke

Sie rannte nackt durch den fallenden Schnee, Hörnchen saßen auf ihren Schultern, in ihrem Haar, klammerten sich an ihre Arme und Beine. Lenas Eichhörnchenschwanz wippte hinter ihr auf und ab. Ihre Füße fühlten sich kalt wie Eisklötze an.

Von allen Menschen, die sie so hätten sehen können, musste sie ausgerechnet Andy Linden, Josh und Brian über den Weg laufen. Sie hatten einen Mülleimer neben der Bushaltestelle am Kreisverkehr angezündet und wärmten sich die Hände über dem schwarz qualmenden Feuer.

„Das glaub ich ja nicht ...", hörte sie Brian prusten. „Snoggy!", rief er und schlug seinen Kumpanen gegen die Schulter. Lena ignorierte sie. Gut, die größten Idioten aus der Schule sahen sie nachts nackt durch die Stadt rennen. Vor ein paar Wochen hätte sie sich kaum etwas Schlimmeres vorstellen können. Aber gerade war sie nur froh, dass sie und die Hörnchen mit dem Leben davonkamen. Die Eisriesen vom Strand konnten ihnen noch immer auf den Fersen sein. Sie rannte einfach weiter, die Einkaufsstraße entlang. Der Atem dampfte vor ihr im Schein der Laternen.

„Snoggy! Warte!", hörte sie Andys Stimme. Lena bog in eine schmale Gasse. Außer Atem blieb sie stehen. Sie hörte Andys Schritte näherkommen, drehte sich aber nicht um.

„Snoggy ... Lena. Ich will dir helfen." Andy legte ihr von hinten seine Winterjacke um die Schultern. Die Eichhörnchen wuselten auf ihr herum, kletterten unter der Jacke hervor auf ihre Schultern und in ihr Haar.

„Was ist hier los, Lena? Was hat das alles zu bedeuten?"

Lena zog die Jacke enger um sich und drehte sich um. Sie wusste nicht, was sie sagen sollte.

Andy sah sie ernst an. „Ist schon gut. Du musst mir nichts erklären. Du hast mein Geheimnis bewahrt. Ich bewahre deins. Ich sorge dafür, dass Josh und Brian kein Wort darüber sagen, dass wir dich heute Nacht gesehen haben."

„Danke."

Mit einem Kreischen stürzten vier Krähen aus dem Nachthimmel auf sie nieder; hackten mit ihren Schnäbeln nach Lena und den Hörnchen.

„Verschwindet, ihr Biester!", schrie Andy. Er ruderte mit den Armen; eine Krähe bekam er an den Krallenfüßen zu packen und schleuderte sie von sich; sie prallte gegen die Hauswand und flog benommen davon; die anderen folgten ihr.

„Was stimmt denn mit denen nicht ...", murmelte Andy und schüttelte den Kopf. „Soll ich dich nach Hause bringen?" Er streckte einladend die Hand zu ihr aus. Lena überlegte, was sie sagen sollte – da schnellte Nuknuk vor und biss in Andys Hand. Er schrie erschreckt auf und schüttelte das Hörnchen ab; Nuknuk fiel und landete geschickt wie eine Katze auf allen Vieren.

„Was soll denn das?", schimpfte Andy, schüttelte Blut von der Hand, als ihm plötzlich Haare überall aus der Haut sprossen.

„Lena!", rief er wie um Hilfe, sie streckte die Hände zu ihm aus, aber da war er wie verschwunden, seine Kleidung fiel als Haufen vor ihr auf den Asphalt.

„Nuknuk", sagte Lena streng. Aus den Falten von Andys Kleidung kletterte ein kleines Tier hervor. Ein Eichhörnchen mit hellbraunem Fell und großen Zähnen. Klein im Vergleich zu Menschen, groß im Vergleich zu den anderen Hörnchen. Nuknuk baute sich vor ihm auf und plapperte aufgeregt auf ihn ein. Lena konnte sie nicht verstehen, aber sicher erklärte sie ihm alles.

Eisiger Wind heulte an der Gasse vorbei. Dann drehte er und kam, wehte in die Gasse hinein. Eisblumen wuchsen auf dem Asphalt und an den Häuserwänden, kamen näher.

„Die Eisriesen", murmelte Lena. „Ich bin Blutpelz, und ich bin ein Hörnchen."

Sie verwandelte sich, und tatsächlich sah sie die Eisriesen direkt vor sich. Die Hörnchen, die auf ihr gesessen hatten, waren zu Boden gepurzelt und rappelten sich wieder auf. Neben ihr stand das Andy-Hörnchen, außergewöhnlich groß, mit riesigen, krallenbewehrten Pranken.

Er sah sich ratlos um.

„Andy, ich werde dir alles erklären, aber jetzt haben wir keine Zeit. Die da, das sind die Eisriesen. Sie wollen alles Leben vernichten. Sie kämpfen für den Frost und wollen, dass ewiger Winter herrscht." Sie schaute ihm in die Augen. „Ich weiß, dass du viel Wut in dir trägst, Andy. Heute kannst du sie endlich so einsetzen, dass sie zu etwas gut ist."

Augenstern zog ihr Schwert und reichte es Andy. Er packte das Heft und schwenkte die Klinge vor sich hin und her. Andy zeigte auf Löwenzahns Schwert; widerwillig reichte der Hauptmann es ihm. Ein Schwert in jeder Hand, richtete sich Andy zu seiner vollen Größe auf. Er überragte sie alle. „Das sind Frostbiss und Brennnessel, die Flamme des Waldes, in deinen Händen", erklärte Lena. „Ich kämpfe an deiner Seite mit Mondstrahl, Licht in der Dunkelheit."

Andy nickte grimmig. Nebeneinander traten sie den Feinden entgegen. Die Eisriesen und sogar das Maul, das sie an Ketten führten, schienen vor ihrem neuen Mut zurückzuschaudern. Dann prallten sie aufeinander, Andy-Hörnchen zerschlug die Eiskrieger mit den beiden Schwertern in den großen Pranken wie Porzellan. Dieser Anblick gab auch den anderen Hörnchen neue Kraft; „Für den Frühling!", schrien sie und stürzten den Eisriesen entgegen.

Als der letzte Gegner zerschmettert war, standen sie atemlos auf einem Berg aus Eis. Lena lehnte sich kraftlos an Andy, der immer noch grimmig dreinblickte. „Danke, Andy."

Bockshorn kam wieder zu Bewusstsein. Er hielt sich den Schädel. Als er sie auf dem Berg aus zerschmetterten Riesen sah, kniff er die Augen zusammen. „Habe ich etwas verpasst?"

Lena wandte sich an Löwenzahn. „Was, wenn Eisriesen bis in den Park gekommen sind?“

„Dann treffen sie da auf Fuchsfell und die Wächter. Mit drei oder vier Eisriesen werden sie fertig. Viel mehr können nicht durchgekommen sein.“

Andy reichte dem Hauptmann sein Schwert. Löwenzahn bedankte sich.

Lena begleitete die Hörnchen in den Park. Sie leckten ihre Wunden und stärkten sich an Nüssen und geschmolzenem Schnee. Sie feierten Andy als Helden der Schlacht. Der Hüter nahm ihn sogleich in den Stamm auf und gab ihm einen passenden Namen: Kraftpranke.

Lena sorgte dafür, dass Andy und Nea nach Hause kamen, bevor die Sonne aufging. Als sie endlich selbst nach Hause kam, fiel sie todmüde wie ein Stein ins Bett.

Kapitel 30: Pfannkuchen

Als Lena aufwachte, bemerkte sie etwas, das vertraut war und überraschend zugleich: Es roch nach Pfannkuchen. Papa machte nie Pfannkuchen. War Mama in der Nacht aus Deutschland zurückgekommen?

Sie band die zerzausten Locken zurück und lief im Schlafanzug nach unten. Es war nicht Mama, die da am Herd stand. Es war eine Frau, die Lena nicht kannte. Sie hatte das dunkle Haar zu einem hohen Zopf gebunden. Sie drehte sich zu Lena um.

„Guten Morgen! Du musst Lena sein. Ich habe dir einen Kakao gemacht." Sie deutete auf den Tisch, da stand eine Tasse. Die mit den blauen Streifen, aus der sonst nur Mama trank. Aber das konnte diese fremde Frau natürlich nicht wissen.

„Wer sind Sie?"

„Mein Name ist Jenny. Ich bin eine Arbeitskollegin von deinem Dad."

„Was machen Sie hier?"

Die Frau strich sich eine Haarsträhne hinters Ohr. „Gestern war die Weihnachtsfeier, und die ging so lange, dass ich danach nicht mehr nach Hause gekommen bin. Dein Vater war so nett, mir anzubieten, bei euch zu übernachten."

„Wo ist er?"

„Ich glaube, er schläft noch. Es war eine lange Nacht. Möchtest du deinen Kakao probieren?"

Lena runzelte die Stirn. „Ich mag keinen Kakao", sagte sie, obwohl das gar nicht stimmte. Aber hier war etwas faul. Und sie wollte nicht Teil davon werden.

Sie ging die Treppe hinauf und unter die Dusche. Die Ereignisse der Nacht liefen vor ihr wie in einem Film ab. Andy ein Eichhörnchen. Wie sollte das weitergehen? Sie untersuchte ihren Körper: Von den Wunden waren nach der

Verwandlung nur Schrammen und Blutergüsse übrig. Dafür waren Schwanz und Ohrpinsel länger als je zuvor. Als sie aus dem Bad kam, hörte sie Jenny und ihren Vater unten lachen und scherzen. Papa klang fröhlicher, als Lena ihn lange gehört hatte.

Lena setzte sich doch dazu und aß einen Pfannkuchen, weil sie riesigen Hunger hatte. Als Jenny nach einem langen Frühstück endlich gegangen war, sagte Lenas Papa: „Hör mal, das mit Jenny ... dass sie heute hier übernachtet hat, das erzählst du Mama am besten nicht, okay?"

„Wieso?"

„Sie könnte es falsch verstehen. Und sich Sorgen machen, die gar nicht nötig sind. Verstehst du?"

„Nicht ganz."

„Egal. Erzähl ihr am besten nichts davon."

Später am Tag setzte Lena tatsächlich einen Vorschlag ihres Vaters in die Tat um: Sie ging mit ihren Freunden ein Curry essen. Es war eine unwahrscheinliche Gruppe, die sich da an einem Tisch des Golden Elephant Curry House versammelt hatte. Da saßen Lena, der blasse Theo, Nea ganz in Schwarz und Andy, der sie alle drei in der Vergangenheit mit seinen Sprüchen drangsaliert hatte. Und obwohl sie so unterschiedlich waren, saßen sie wie Freunde in ein Gespräch vertieft, das sie nur unterbrachen, als das Essen serviert wurde. Dass Nuknuk unter dem Tisch saß und sich ab und zu mit Papadam füttern ließ, merkte der Kellner zum Glück nicht.

„Wenn ich es nicht erlebt hätte, würde ich euch kein Wort glauben", meinte Andy.

„Nach dieser Nacht werden die Elstern nicht mehr auf mich hören. Und auch der Frost wird mir nichts mehr über seine Pläne verraten", erklärte Nea.

„Ich kann ein Gewehr von meinem Onkel leihen und die Elstern abballern", schlug Andy vor und kniff ein Auge zu, als würde er zielen.

„Oder wir versuchen, mit ihnen zu verhandeln", meinte Lena. „Nichts hilft uns so sehr wie Verbündete."

„Wie willst du das anstellen?", fragte Nea. „Keiner von uns kann mit ihnen reden. Auf mich werden sie sowieso nicht mehr hören. Und wir wissen nicht, was der Frost ihnen versprochen hat."

„Ich habe gesehen, wie der alte Bockshorn mit einem Rotkehlchen gesprochen hat. Vielleicht kann er auch mit Elstern reden."

„Wenn ich alles richtig verstehe, können wir beide erst wieder beim nächsten Vollmond dabei sein?", fragte Andy.

Lena nickte. „Ihr werdet irgendwann lernen, euch auch ohne Vollmond zu verwandeln. Aber offenbar kann man das niemandem beibringen. Ich habe es in einem Augenblick höchster Not gelernt."

Bockshorn war von Lenas Plänen wenig begeistert. „Nein, ich kann nicht mit Elstern sprechen. Ich will auch nicht mit Elstern sprechen."

„Aber du kannst mit Rotkehlchen reden."

„Das ist etwas völlig anderes."

„Kann denn das Rotkehlchen mit Elstern sprechen?"

Bockshorn sah sie forschend an. „Wahrscheinlich schon."

„Ist Robin überhaupt noch hier? Oder fliegen Rotkehlchen zum Winter in den Süden?"

„Manche tun das. Andere bleiben. Robin ist hier."

„Dann haben wir doch einen Plan." Lena versuchte, überzeugt zu klingen.

„Das nennst du einen Plan?", fragte Bockshorn grimmig.

„Einen Versuch ist es wert", meinte Löwenzahn.

„Was kann schon schiefgehen?", fragte Fuchsfell.

„Was schiefgehen kann? Die Elstern könnten uns alle in Stücke reißen mit ihren schwarzen Schnäbeln, das kann schiefgehen."

Kapitel 31: Die Elstern

Schon am nächsten Tag liefen sie gemeinsam zur Verkehrsinsel im Kreisverkehr. Robin flatterte über ihnen.

Der Dornbaum ragte dunkel in den grauen Himmel. Lena stemmte ihren Speer neben sich auf den Boden und wartete, dass die Elstern kamen.

Es dauerte nicht lange, bis sie das Rauschen der Flügel hörte. Sie kreisten einmal über ihnen, dann landeten sie im Wipfel des Dornbaums. Sie waren zu dritt.

„Was jetzt?", fragte Lena. „Klettern wir rauf oder warten wir, bis sie runterkommen?"

„Machtspiele", brummte Bockshorn. „Sie wollen bestimmen, wo wir verhandeln."

„Lasst uns raufgehen", meinte Lena. „Als Zeichen unseres guten Willens." Löwenzahn nickte.

„Gebt auf die Stacheln Acht!", warnte Augenstern, als sie den Aufstieg begannen. Selbst für so geschickte Kletterer wie die Eichhörnchen war es ein Wagnis, an dem Baum mit seinen fingerlangen Stacheln hinaufzuklettern.

Sie verteilten sich in den Ästen der Baumkrone nahe bei den Elstern, die sie abschätzig beäugten.

„Sag ihnen, Blutpelz grüßt die Krieger der Lüfte", wies Lena an. Bockshorn übersetzte tschirpend für Robin, und Robin zwitscherte den Elstern zu. Sie krächzten eine Antwort. Robin übersetzte die Antwort für Bockshorn, und Bockshorn knurrte: „Und die Elstern grüßen dich. Sie fragen, was du willst. Wenn das so weitergeht, brauchen wir Tage für diese Verhandlungen."

„Sag ihnen, dass der Frost sie täuscht. Was immer er ihnen versprochen hat, ist eine Lüge. Der Frost denkt nur an sich selbst und seine eigene Macht. Er will sie benutzen, das ist alles."

Das Gespräch verlief zäh mit den vielen Hin- und Herübersetzungen und kam Lena ein bisschen wie „Stille Post" vor. Die Elstern forderten einen Preis für ihre Hilfe, und noch bevor Lena die Übersetzung ihrer Forderung hörte, verfinsterte sich Bockshorns Miene. Er hob seinen Knüppel. Die Wortführerin der Elstern schlug aufgeregt mit den Flügeln.

„Was wollen sie? Was haben sie gesagt?"

„Sie kämpfen für uns, wenn wir ihnen etwas geben ...", knurrte Bockshorn durch die Zähne. „Sie sagen, sie wollen unsere saftigen kleinen Babys."

Lena seufzte. „Beruhig dich", sagte sie. „Sag ihnen, dass sie von uns gar nichts bekommen. Sondern dass sie für ihr eigenes Leben kämpfen. Dafür, dass es wieder Frühling wird. Dafür, dass ihre Küken in Nestern aus frischen Zweigen schlüpfen können und in Bäumen mit grünem Laub das Fliegen lernen. Sag ihnen, wenn sie uns nicht helfen, wird es keinen neuen Frühling geben. Wir bitten sie nicht um einen Gefallen."

Bockshorn übersetzte und Robin zwitscherte los. Lena hatte noch einen Einfall: „Sag ihnen, wir erwarten, dass sie schlauer sind als ihre Schwestern, die Krähen. Dass sie sich nicht so leicht täuschen lassen wie die."

Die Elster keckerte und Robin übersetzte.

„Was sagt sie?"

Bockshorn verdrehte die Augen.

„Was sagt sie?"

„Sie sagt: ‚Das ist Tik. Frag Tik, was mit ihrem letzten Gelege passiert ist.'"

„Na dann – frag Tik, was mit ihrem letzten Gelege passiert ist."

Bockhorn fragte und übersetzte die Antwort: „Es wurde von Eichhörnchen geplündert."

„Im Ernst?", fragte Lena erschreckt.

„Da oben sitzt Keckeck", übersetzte Bockshorn. „Frag ihn, was im Frühjahr mit seinen Küken passiert ist."

„Frag ihn", forderte Lena zerknirscht.

„Sie wurden gegessen“, antwortete Bockshorn. „Von Eichhörnchen.“

Lena raufte sich die Haare. „Was glaubt ihr denn? Denkt ihr, ihr könnt die Küken von jemandem essen, ohne euch Feinde zu machen?“

Bockshorns Miene verfinsterte sich. „Meine Frau und ich hatten sechs Kinder“, brummte er. „Zwei davon haben überlebt. Alle anderen sind denen zum Opfer gefallen. Den Elstern!“ Er zeigte mit dem Finger auf sie.

Das war tatsächlich noch komplizierter, als Lena erwartet hatte. „Vereinbart doch etwas“, schlug sie vor, ohne recht zu wissen, was sie vorschlagen sollte. „Ihr versprecht, nie wieder die Eier oder die Küken von Elstern anzurühren. Und dafür versprechen die Elstern, dass sie nie wieder Eichhörnchenkinder angreifen.“

„Ein Jahr“, sagte Bockshorn.

„Was?“

„Ich werde vorschlagen, dass wir ein Jahr lang nicht an ihre Nester gehen.“

„Im Ernst jetzt?“, fragte Lena. „Warum denn nur ein Jahr?“

„Hast du schon mal ein Elsterei gegessen?“

„Nein!“

„Darauf will man nicht für immer verzichten, glaub mir. Ich lasse Robin ein Jahr vorschlagen.“

Lena schüttelte den Kopf, während das Rotkehlchen schon übersetzte. Allerdings dachte sie etwas schuldbewusst daran, wie gerne sie sonntags Rührei zum Frühstück aß.

Bockshorn zeigte auf die große Elster. „Er stimmt zu."

„Was?"

„Ein Jahr. Von beiden Seiten. Und wir kämpfen gemeinsam gegen den Frost."

Löwenzahn klatschte in die Pfoten.

Kapitel 32: Heiligabend

Lena verwandelte sich jeden Tag, um die Eichhörnchen nach Neuigkeiten zu fragen. Weidenkätzchen hatte ihre Kundschafterinnen und Späher verteilt, aber bislang hatte es nur ein paar kleine Kämpfe an den Froschwassern mit einzelnen Frostriesen gegeben, berichtete Löwenzahn. „Nichts, was wir nicht alleine hinbekommen."

Trotzdem wurde der Winter zusehends kälter. In den Nachrichten war jeden Tag von ungewöhnlichen Schneefällen die Rede, und der Merlin Woods Park lag unter einer Schneedecke begraben. Lena zeigte Nuknuk, wie man einen Schneemann baut, wie man Schneebälle wirft und auf einem Stück Rinde Schlitten fährt – Nuknuk war entzückt.

Im Kalender entdeckte Lena, dass der nächste Vollmond – Frostmond nannten ihn die Eichhörnchen – ausgerechnet auf Heiligabend fallen würde.

Eine Woche vor Weihnachten kam endlich Lenas Mutter nach Hause. Die Stimmung zu Hause war merkwürdig, unnatürlich beherrscht. Alle schienen sich Mühe zu geben, dass es keinen Streit gab.

Die Weihnachtsvorbereitungen standen unter einem schlechten Stern. Lenas Mutter musste viel im Arbeitszimmer sitzen und abarbeiten, was während der Reise liegengeblieben war. Lenas Vater arbeitete weiterhin bis spät abends und redete auch zu Hause eigentlich nur noch von der Arbeit, Mandanten, dem Chef und den Seniorpartnern. Lena hatte selbst wenig Zeit für Weihnachtsstimmung, denn sie war in Gedanken mit dem Frostkrieg beschäftigt.

Als der letzte Schultag zu Ende war und alle Schulkinder nach Hause in die Weihnachtsferien gingen, fanden sich

Lena, Nea, Andy und Theo auf dem Schulhof zusammen. Tessa Sheehan warf Lena im Vorbeigehen einen giftigen Blick zu.

„Habt ihr es gesehen?“, fragte Lena. „Der nächste Vollmond fällt auf Heiligabend.“

Andy zuckte die Schultern. „Dann treffen wir uns in der Nacht und sind pünktlich für die Geschenke am Weihnachtsmorgen zu Hause.“

Lena runzelte die Stirn. „Bei uns ist die Bescherung an Heiligabend. Abends.“

„Das muss was Deutsches sein“, meinte Andy. „Hier in Irland gibt es die Geschenke am Weihnachtsmorgen. Am Abend vorher hängt man den Weihnachtsstrumpf auf.“

„Das machen wir an Nikolaus.“

Andy schüttelte den Kopf.

„Nea, hast du vom Frost etwas über die nächste Schlacht erfahren?“, fragte Lena.

„Nein“, erklärte Nea leise. „Er spricht nicht mehr mit mir. Er weiß, dass ich ihn verraten habe.“

Lena nickte. „Wir hatten es nicht anders erwartet. Wir müssen uns bereithalten. Und wenn der Mond aufgeht, dann treffen wir uns im Park.“

Sie nickten.

„Was ist mit dir, Theo?“, fragte Andy.

„Was soll mit mir sein?“

„Willst du dich nicht auch beißen lassen?“ Er tat so, als würde er sich in die Hand beißen. „Mit uns in die Schlacht ziehen?“

Theo schüttelte den Kopf. „Nussallergie“, sagte er. „Schlecht für ein Eichhörnchen.“

„Ach Theo, mein Theo“, meinte Andy, „willst du dich dein Leben lang hinter Allergien verstecken?“

„Ich verstecke mich nicht. Ich könnte sterben, wenn ich eine Nuss esse. Das ist nicht feige, Andy. Das ist vernünftig.“

„Vernünftig ist nicht so mein Ding.“

„Wem sagst du das." Theo blickte in die Runde. „Ich wünsche euch alles Gute für die Schlacht, die vor euch liegt. Passt auf euch auf. Wenn ich helfen kann, gebt mir Bescheid."

Lena nickte. „Wir sehen uns unter dem Frostmond", sagte sie zu den anderen beiden.

„Unter dem Frostmond", bestätigten Andy und Nea.

Dann kam Heiligabend.

„Ich versuche, mein Projekt bis heute Mittag abzuschließen", erklärte Lenas Mutter am Frühstückstisch. „Danach können wir beide zusammen das Haus ein bisschen schmücken." Lena nickte.

„Ich versuche auch, früher nach Hause zu kommen als sonst", erklärte Lenas Vater. „Ich kann aber nichts versprechen."

„Kannst du dir nicht mal an Weihnachten frei nehmen?", fragte Lena enttäuscht.

Ihr Vater reagierte ärgerlich. „Das sind internationale Prozesse, Lena. Die machen keine Weihnachtspause. Strenggenommen ist außerdem erst morgen Weihnachten. Da habe ich frei."

Wenigstens hatte er am Abend zuvor einen Weihnachtsbaum nach Hause gebracht, der jetzt im Garten darauf wartete, aufgestellt zu werden.

Es war erst Mittag, als Lenas Vater schon wieder nach Hause kam. Er schloss die Tür auf und rief „Ho-ho-ho!" ins Haus. Lena rannte aufgeregt die Treppe hinunter und holte ihre Mutter: „Mama, Papa ist schon zu Hause!"

Sie kam aus dem Arbeitszimmer. „Lennart, was machst du denn schon hier? Ich bin noch gar nicht fertig mit dem Projekt ..."

Lenas Vater stellte eine Einkaufstüte voll Weihnachtsdeko auf den Wohnzimmertisch. Er nahm die Krawatte ab und knöpfte das Hemd auf.

„Ich – habe gekündigt."

Die Familie stand da wie in einem Standbild. Weder Lena noch ihre Mutter konnten etwas sagen.

„Bist du wahnsinnig geworden?“, fragte Lenas Mutter schließlich.

Ihr Vater schüttelte den Kopf. „Ich hatte einfach keine Lust mehr, dass diese Arbeit über unser Leben bestimmt. Schau, was aus unserer Familie geworden ist! Wir sind alle in verschiedene Richtungen gelaufen, und alle waren falsch. Wir müssen zusammenstehen. Ich will genau das: mit euch wieder zusammenstehen, als Familie.“

„Und wovon sollen wir dann leben?“

Er zuckte die Schultern. „Du bist immer noch Architektin. Und ich werde etwas anderes finden. Wir werden dann weniger Geld haben und müssen sparsamer haushalten. Was solls. Es gibt Wichtigeres im Leben.“

„Was ist denn passiert?“, fragte Lena.

„Was passiert ist? Mein Chef wollte, dass ich heute bis Mitternacht bleibe. Wegen der Fristen. Und morgen früh wieder auf der Matte stehe, obwohl ich mir frei genommen hatte. Da habe ich ihm gesagt ... Ich sage besser nicht, was ich gesagt habe. Wenn du das auf dem Schulhof sagst, ruft uns direkt die Schule an. Also sagen wir: Ich habe meinen Unmut geäußert. In drastischer Form. Und ihm gesagt, dass heute Heiligabend ist. Und morgen Weihnachten. Und dass ich beide Tage mit meiner Familie verbringen will.“

„Und was hat er gesagt?“

„‚Sie können ab morgen jeden Tag mit Ihrer Familie verbringen, Sie müssen nämlich nicht wiederkommen‘. Und ich habe gesagt: ‚Wunderbar, das ist genau das, was ich will‘. ‚Schön‘, hat er gesagt, und ich habe auch ‚schön‘ gesagt, und dann bin ich gegangen. Und das wars. Fröhliche Weihnachten.“

Lena beobachtete ihre Mutter: Sie war ganz blass. Ihr Gesicht konnte sich nicht entscheiden zwischen fassungslos, wütend und ängstlich. Sie schüttelte den Kopf und – lächelte. „Du bist verrückt“, sagte sie. „Lena, dein Vater ist verrückt.“

„Besser einen verrückten Vater als einen langweiligen", meinte er. Er zog einen Kranz aus grünen Stechpalmenzweigen aus der Einkaufstüte. „Wer hat Lust, das Haus zu schmücken?"

Lena lachte und nahm beide Eltern in den Arm.

Sie schmückten das Haus zu zweit, bis Lenas Mutter mit der Arbeit fertig war. Dann stellten sie gemeinsam den Weihnachtsbaum auf. Lena und ihr Vater breiteten den Weihnachtsbaumschmuck auf dem Esstisch aus; Lenas Mutter kreischte plötzlich auf. „Da ist ein Viech im Weihnachtsbaum!"

„Ein Viech?"

Lena stellte sich schnell vor ihre Mutter und lugte vorsichtig zwischen die Zweige. Nuknuk!

„Was machst du denn in unserem Weihnachtsbaum?!", fragte Lena leise. Natürlich konnte Nuknuk sie weder verstehen noch ihr antworten. Lena sah ihr an, dass sie aufgeregt war, noch aufgeregter als sonst.

„Es ist ein Eichhörnchen", sagte sie zu ihren Eltern. „Ein Eichhörnchen in unserem Weihnachtsbaum."

„Wenn Wildtiere so zahm sind, sind sie meistens krank!", warnte Lenas Vater. „Vielleicht hat es Tollwut oder so … sollte es jetzt nicht Winterschlaf halten?"

„Eichhörnchen halten keinen Winterschlaf."

„Sicher?"

Lena nickte. „Ganz sicher."

Sie zog schnell Jacke und Stiefel an, bevor sie Nuknuk auf die Hand nahm.

„Was hast du damit vor?", fragte Lenas Mutter.

„Ich ehm … will das Tierchen meinen Freundinnen zeigen."

Lena lief zur Gartentür hinaus, ihre Mutter rief ihr nach: „Komm nicht zu spät zurück! Es ist doch Heiligabend!"

Lena rannte mit Nuknuk auf der Hand durch den Garten und kletterte über den Zaun zum Park; sobald sie etwas

Dickicht als Sichtschutz gefunden hatte, verwandelte sie sich.

„Eisriesen!", hörte Lena Nuknuk rufen, noch bevor die Verwandlung ganz abgeschlossen war. „Eisriesen kommen aus dem Dornbaum!"

„Jetzt schon? Der Mond geht doch erst in ein paar Stunden auf!" Nuknuk nickte. „Die Elstern sind auch da. Es geht wild zu, Lena, wild!"

Sie rannte los. Lena zog den Speer aus ihrer Jacke und lief ihr nach.

Kapitel 33: Die Schlacht am Dornbaum

Sie rannten den ganzen Weg. Es fiel Lena schwer, mit Nuknuk Schritt zu halten. Als sie ankamen, war der Kampf in vollem Gange: Schon von der anderen Straßenseite sah Lena Frostriesen aus der Höhle kommen, auf die sich gleich Elstern stürzten. Eine Elster hockte über einem gefallenen Riesen und hackte mit dem Schnabel auf ihn ein, als wäre er ein Stück Aas am Straßenrand. Die Eisriesen waren kleiner als die am Kieselstrand, klein genug, um durch den Tunnel unter dem Baum zu steigen – aber immer noch größer als Eichhörnchen. Irgendwo zwischen Eis und Elsterfedern sah Lena kleine Schwerter blitzen, Löwenzahn, Augenstern und ein paar andere ließen die Klingen tanzen. Ab und zu fuhr ein Auto durch den Kreisverkehr, und die Menschen hinter den Lenkrädern hatten keine Ahnung, was sich nur ein paar Schritte von ihnen entfernt abspielte. Lena und Nuknuk überquerten die Straße, Lena packte den Schaft des Speeres fest mit beiden Pfoten und stürzte sich in den Kampf. Weidenkätzchen sprang von einem Ast des Dornbaums, riss einen Eisriesen zu Boden und landete neben ihm vor Lenas Füßen. „Blutpelz, schön dass du da bist", strahlte sie, zog ihre Dolche und sprang ins nächste Duell.

Als der Eisriese sich erheben wollte, stieß Lena ihm den Speer in den Körper. Er zersprang zu Eisbrocken. Ein anderer Eisriese hieb mit einem Stück erdiger Wurzel nach Lenas Kopf, sie duckte sich gerade rechtzeitig. Als sie wieder hochkam, stieß eine Elster auf ihn herab, krallte sich an seinem klobigen Kopf fest und versperrte ihm die Sicht; Lena stieß den Speer auf seine Brust, er stürzte und zerbrach. Die Elster sprang wieder in die Luft. Unablässig stiegen Eisriesen aus dem Tunnel unter dem Baum. Dann hörte Lena die Krähen. Sie blickte nach oben – es war, als würde der Himmel sich verdunkeln. Die Krähen kamen in einem ganzen Schwarm. Sie trafen im Flug auf die Elstern, packten sie, pflückten sie aus der Luft. Kralle gegen Kralle, Schnabel gegen Schnabel verkeilten sich die Tiere ineinander. Eine Elster wurde so heftig von einer Krähe gerammt, dass die beiden gemeinsam gegen den dornigen Baumstamm prallten.

Schützen richteten Vogelbeinbögen in die Luft, konnten aber kaum schießen, ohne Elstern zu gefährden.

Lena stellte sich einem Eisriesen entgegen, der gerade dem Höhleneingang entstieg. Er trug einen Stein wie einen Faustkeil in den Eispranken, er musste ihn auf dem Weg ins Tageslicht aus der Tunnelwand gerissen haben. Schnee und Vogelfedern regneten um Lena herab. Die Augen des Riesen funkelten blau. Lena sprang in die Höhe und legte allen Schwung der Landung in ihren Speer, zielte auf die Schulter des Riesen; doch er drehte sich weg, der Speer fuhr in die Erde, und der Riese schlug Lena den Stein auf den Kopf. Lena taumelte und stürzte gegen den Baumstamm. Unbewaffnet stand sie da und schüttelte benommen den Kopf. Als sie sich umdrehte, stand der Riese schon nah vor ihr und holte gerade wieder aus; Lena packte einen langen Dorn am Baumstamm und riss ihn von der Borke. Sie stieß dem Eiskrieger den Stachel in die blauglühende Brust; da blieb er stecken. Der Riese wankte knirschend rückwärts, fand aber sein Gleichgewicht wieder und schleuderte den Stein nach ihr. Lena sprang zur Seite. Der Stein traf ihren Schwanz! Sie keuchte vor Schmerz. Der Eisriese stürmte auf sie zu; ohne Waffe kauerte sie am Boden. „Blutpelz!“, rief jemand, und als Lena den Kopf herumwarf, sah sie einen der Vogelbeinbogenschützen, er warf ihr einen langen Pfeil herüber. Lena packte den Pfeil als wäre es ihr Speer, und der heranstürmende Riese konnte nicht mehr rechtzeitig stoppen. Er rannte in Lenas Waffe, und der Pfeil, benetzt mit Honig und gekauten Nüssen, bohrte sich wie heißes Eisen durch den eisigen Körper. Er brach vor Lenas Füßen zusammen. Lena nickte dem Schützen dankbar zu und sprang zu ihrem Speer, riss ihn aus der Erde. Da stand sie, träge vor Erschöpfung und mit dröhnendem Schädel.

Nuknuk kam zu ihr und zeigte aufgeregt auf ein Tier, das sich den Weg durch den Schnee pflügte. „Sie haben einen Igel!"

„Igel?", wunderte sich Lena. „Igel sind doch niedlich." Nuknuk riss die Augen auf. „Niedlich? Hast du mal einen Igel gesehen? Tausend spitze Stacheln, die sie dir in die Nase bohren wollen. Sie spucken giftigen Beerensaft auf ihre Stacheln! Findest du das niedlich? Willst du einen vergifteten Stachel in die Nase kriegen? Oder ins Auge, Auge?"

Lena schüttelte erschreckt den Kopf. „Sollte er nicht Winterschlaf halten?"

Nuknuk nickte. „Schon! Der Frost muss ihn überredet haben, darauf zu verzichten!"

Lena packte den Speer und rannte los, stellte sich dem Igel in den Weg. Er rannte auf sie zu, wild schnaufend wie ein Stier. Im letzten Moment warf Lena sich zur Seite; der Igel stürmte an ihr vorbei, seine Stacheln verfehlten sie nur knapp. Lena wollte ihm nichts tun. Einen Speer in einen Igel zu stoßen war etwas anderes, als ihn gegen einen Eisriesen zu richten. Allerdings verstand sie, was Nuknuk meinte; wirklich knuffig sieht ein Igel nicht aus, wenn er genauso groß ist, wie man selbst. Er wirkte auf Lena eher wie einer dieser stacheligen Dinosaurier aus dem Museum. Wieder rannte er laut schnaufend auf sie zu, und wieder hielt sie ihm den Speer entgegen. Diesmal wich sie nicht aus. Er würde doch nicht einfach in ihre Waffe rennen? Er stoppte im letzten Moment, Lenas Speer berührte fast seine Nasenspitze.

„Ich will dir nichts tun", sagte Lena. Der Igel schnaufte. Wahrscheinlich verstand er kein Wort. Er musste todmüde sein. Er sollte seit einem Monat Winterschlaf halten. Er war nur noch wach, um für den Frost zu kämpfen, der ihn mit seinen Lügen hinters Licht geführt haben musste. Er tat ihr leid, der dicke, schnaufende, todmüde, belogene Igel. Sie suchte in ihrem Kopf nach einem Schlaflied. Sie kannte eins aus dem Englischunterricht.

„Rockabye Baby, on the treetop ...", begann sie leise. „When the wind blows, the cradle will rock ..." Der Igel schnaufte tief aus. Lena nahm den Speer zur Seite und ging behutsam einen Schritt vorwärts, immer noch singend.

„When the bow breaks, the cradle will fall ..." Sie legte eine Hand auf seine Nase und streichelte sie sanft. Der Igel senkte den Kopf. „... and down will come baby, cradle and all."

Der Igel schloss die Augen und legte sich hin, halb zusammengerollt. Lena gab ihm einen Gutenachtkuss auf die Stirn. Sie schob Blätter auf ihn und um ihn herum, bis er in einem kleinen Laubhaufen verborgen lag. „Schlaf bis zum Frühling, kleiner Igel."

Es war still geworden um sie herum. Sie sah sich um. Erschöpfte Kämpferinnen und Krieger, viele waren verletzt. In den Ästen saßen verwundete Krähen und verletzte Elstern, hatten sich aufgeplustert und die Köpfe unter die Flügel gesteckt. Hier und da fielen Blutstropfen aus dem Baumwipfel und schlugen rote Löcher in den Schnee.

Der Tunneleingang gähnte leer und erdig zwischen den Wurzeln des Dornbaums. Die Eisriesen hatten ihn größer gegraben. Löwenzahn kam zu Lena. Er trug tiefe Kerben im kirschroten Fell. Er deutete auf den Tunneleingang.

„Gehen wir rein?", fragte er.

Lena nickte. „Ich kenne den Weg."

Sie führte die Eichhörnchen durch den dunklen Tunnel in die Höhle, in der die eisbedeckte Pfütze lag. Sie standen mit den Pfoten im Schnee, obwohl sie nicht erklären konnten, wie es in einer Höhle schneien mochte.

„Das ist also die Pfütze, die niemals taut", meinte Löwenzahn.

„Könnt ihr mir eine Nuss bringen?", fragte Lena.

Es dauerte nicht lange, bis eine Nuss zu ihr durchgereicht wurde. Sie knackte die Schale mit den Zähnen, kaute den Kern zu Brei und spuckte ihn auf die Speerspitze.

„Was hast du vor?", fragte Löwenzahn.

„Diese Pfütze soll nie mehr von Eis bedeckt sein", erklärte Lena entschlossen. Sie holte aus und stieß den Speer in die Eisfläche. Das Eis brach, kaltes Wasser spritzte in die Höhe. Lena sah das Gesicht einer Frau im Wasser, grau und traurig sah sie aus; da rutschte sie vom Rand der Pfütze ab und stürzte in das Wasserloch. Es war viel tiefer als eine Pfütze, sie hatte keinen Boden unter den Füßen! Augenstern und Löwenzahn packten sie bei den Armen, aber das Wasser zog sie in die Tiefe hinab! Nuknuk legte Lenas Speer quer über das Wasserloch. „Halt dich fest, Lena!"

Lena klammerte sich an den Schaft aus Rosenholz. Er bog sich, brach aber nicht. Mit aller Kraft schafften es die Eichhörnchen, Lena aus dem Wasser zu ziehen. Sie schüttelte ihr Fell. „Was war das denn?"

„Frostmagie", murmelte Löwenzahn. Jetzt sprang Wasser aus der Pfütze aufwärts wie Lava aus einem Vulkan; eiskalt spritzte es auf die Eichhörnchen, ein großer Schwall ergoss sich über die Ränder des Wasserlochs in die Höhle, die augenblicklich unter Wasser stand. Es reichte den Eichhörnchen bis zum Bauch, und es stieg weiter!

„Raus hier", schrie Löwenzahn, „Raus hier", wurde weiter oben gebrüllt. Die Eichhörnchen schoben sich zum Höhlenausgang und den Tunnel hinauf. Lena hatte dem Wasserloch am nächsten gestanden und war deshalb die letzte in der langen Schlange, die sich durch den schmalen Gang nach oben schob, das schlammige Wasser war ihr direkt auf den Fersen. Als sie durch den Tunnel aufwärts kletterte, stieg ihr das Wasser bis zur Brust, dann über die Schultern. Sie konnte Licht von draußen sehen. Da war der Ausgang! Jetzt schlug das Wasser über ihrem Kopf und vor den Augen zusammen; Lena hielt die Luft an. Sie wurde an den Pfoten gepackt und vorwärtsgezogen; endlich Luft! Um sie herum floss das Wasser ab. Sie stand draußen vor dem Höhleneingang zwischen den anderen nassen Hörnchen. Schlammiges Wasser strömte unablässig aus dem Tunnel, spülte um die Baumwurzeln und riss die Trümmer der Eisriesen mit, ergoss sich von der Verkehrsinsel über die Fahrbahn. In wenigen Augenblicken gefror es zu einer spiegelglatten Eisfläche. Autos schlingerten und schlitterten, hupten und schalteten Warnblinklichter ein.

Nuknuk legte den Arm um Lenas Schultern. „Alles in Ordnung?"

Lena nickte.

Löwenzahn stand bei einer Elster und legte die Pfote auf ihren Schnabel. Sie konnten nicht miteinander reden, aber es sah aus, als wenn der Vogel Löwenzahns Dankbarkeit erkannte.

Schließlich wandte er sich den Eichhörnchen zu. „Verschwinden wir hier."

Die Hörnchen schüttelten das Wasser aus dem Fell, schlitterten über die Eisfläche davon und machten sich auf den Weg zum Park.

„Ich laufe schon vor", erklärte Lena. „Ich muss Weihnachten feiern."

Löwenzahn und Augenstern nickten. „Viel Spaß mit deiner Familie. Danke für deine Hilfe, Blutpelz."

„Ich komme mit dir." Nuknuk strahlte sie an.

Zu zweit rannten sie los, ließen den vereisten Kreisverkehr weit hinter sich und durchquerten die Einkaufsstraße.

„Was feiert ihr eigentlich an Weihnachten?", fragte Nuknuk, während sie rannten.

Lena dachte an Geschenke, den Weihnachtsmann, Tannenbäume und Jesus in der Krippe.

„Das ist ... kompliziert."

„Vor drei Tagen war Sonnenwende", erklärte Nuknuk. „Das ist auch kompliziert, und ich verstehe es trotzdem. Erst werden die Tage kürzer, die Nächte länger, bis zur längsten Nacht. Dann wird das Licht wieder stärker, die Tage werden länger, bis zum längsten Tag im Sommer. Das ist auch nicht einfach zu verstehen: Mittwinter – Mittsommer, die längste Nacht, der längste Tag."

„Weihnachten ist noch schwieriger zu erklären, glaub mir", meinte Lena.

„Und warum stellt ihr euch Bäume in die Kobel an Weihnachten?"

Auch darauf hatte Lena keine gute Antwort. „Das gehört einfach zu Weihnachten dazu."

Nuknuk blieb stehen. Sie runzelte die Stirn. „Hm. Und wenn Weihnachten vorbei ist, was wird dann mit den Bäumen? Dann sterben die alle? Das ist doch gemein. Gemein zu den Bäumen."

Lena verschränkte die Arme vor der Brust. „Und ihr esst Küken! Ist das vielleicht besser?"

„Lass uns nicht streiten", lenkte Nuknuk ein. „Ich will es nur verstehen. Ich habe übrigens noch nie ein Küken gegessen. Und auch kein Ei."

„Okay. Komm, wir müssen weiter. Ich bin schon viel zu spät. Es wird schon dunkel."

Sie ließen die Einkaufsstraßen hinter sich und rannten den kürzesten Weg durch die Straßen und Gassen Richtung Park.

„Auf jeden Fall gibt es Geschenke und die Familie kommt zusammen", erklärte Lena im Laufen.

„Das klingt schön. Was kriegst du geschenkt?"

„Das weiß ich noch nicht. Das ist eine Überraschung."

„Und was hast du dir gewünscht?"

„Nichts eigentlich dieses Jahr."

„Ich weiß, was ich mir wünschen würde."

Sie rannten einen Lehmweg zwischen zwei hohen Gartenhecken entlang.

„Lass mich raten: einen Haufen Nüsse?"

Sie stoppten, bevor Nuknuk antworten konnte. Eine Krähe kauerte vor ihnen auf dem Weg. Unschlüssig sahen sie einander an.

„Sie ist verletzt." Lena zeigte auf Blut am Boden.

„Kommt sie vom Dornbaum?", fragte Nuknuk.

Lena ging vorsichtig auf die Krähe zu. Ihr Auge schaute sie an, aber sie rührte sich nicht. Am Schnabel glänzte Blut.

„Schon gut“, sagte Lena ruhig und legte eine Hand auf ihre Federn.

„Krähen sind unsere Feinde“, flüsterte Nuknuk.

„Sie ist verletzt“, sagte Lena. „Es steckt etwas unter ihrem Flügel.“ Sie packte zu und zog dem Vogel etwas aus der Brust; er krächzte heiser und schlug einmal kraftlos mit den Flügeln. Lena und Nuknuk starrten auf die Waffe in Lenas Hand. Es war Neuntöter, das zweihändig geführte Schwert von Fuchsfell, dem Wächter.

„Die Krähe kommt nicht vom Dornbaum“, sagte Nuknuk.

„Sie kommt vom Alten Walnussbaum.“ Lena fühlte sich wie in einem Aufzug, der plötzlich abwärts rast. „Du rennst zurück zu den anderen. Sag ihnen, sie müssen so schnell sie können zum Alten Walnussbaum kommen. Ich laufe vor.“ Sie hakte das Schwert in den Schultergurt des Speers.

„Sei vorsichtig, Lena, Lena.“

Lena nickte. „Du auch.“

Die beiden Freundinnen umarmten einander, dann rannten sie in entgegengesetzte Richtungen den Weg entlang. Der schwarze Vogel krächzte.

Kapitel 34: Der Mond schaut zu

Lena rannte so schnell sie konnte. Das letzte Licht der Dämmerung verschwand, die Sterne kamen hervor und am Himmel zeigte sich der volle Mond wie ein großes, silbernes Auge. Frostmond. Von den schneebedeckten Wiesen stieg Nebel auf und fing das Licht der Straßenlaternen ein. Endlich erreichte Lena die Mauer, die den Park umgab, sprang hinüber und rannte durch den Schnee. Von einer Anhöhe schaute sie hinab auf die große Wiese.

Sie stand wie gelähmt: Der Schnee war zerwühlt und hatte Blut getrunken. Eichhörnchen lagen reglos im Schnee hingestreckt. Krähen saßen in der Krone des Alten Walnussbaums. Frostriesen hackten mit Waffen aus Eis nach den Baumwurzeln und warfen dunkle Erde auf den leuchtenden Schnee. Die Katapulte lagen in Trümmern. Nahe bei den Wurzeln waren nur noch fünf oder sechs von Fuchsfells Wächtern in Kämpfe verstrickt, zahlenmäßig hoffnungslos unterlegen. Zwei furchterregende Kreaturen schlängelten sich um den Stamm des Alten Walnussbaums. Sie ähnelten Mardern, vierbeinig mit spitzen Gesichtern, aber ihre Körper waren von blauglitzernden Schuppen aus Eis bedeckt. Mit blitzenden Krallen rissen sie Borke vom Baumstamm und legten das Holz frei. Über allem hing der Mond und sah unbewegt zu.

Lenas Kinn bebte, eine Träne lief ihre Schnauze hinab. Sie wischte sie weg. Jetzt war keine Zeit zu weinen. Es war Zeit zu kämpfen. Sie zog die Nase hoch, nahm das schwere Zweihandschwert von ihrem Rücken und rammte es oben auf der Anhöhe in den Boden. Sie packte den Speer fest mit beiden Pfoten und ging langsam den Abhang hinunter, einem Kampf entgegen, von dem sie nicht wusste, ob sie ihn gewinnen könnte. Sie schluckte.

Ein großes Eichhörnchen wütete auf der Wiese, laut brüllend schwang es eine Stachelkugel an einer Kette um sich. Mit diesem mächtigen Morgenstern schlug es einen Eisriesen nach dem anderen zu Trümmern. War das Andy? Kraftpranke? Der Mond war aufgegangen, es konnte wirklich Andy sein. Hoffnungslos viele Gegner scharrten sich um ihn. Lena musste ihm helfen.

Hinter ihr erklang ein tiefes Grollen. Lena erstarrte in der Bewegung. Sie drehte sich langsam um und blickte den Abhang hinauf, den sie gerade heruntergegangen war. Da oben schälte sich eine große, knochige Kreatur aus dem Nebel, von hinten geisterhaft durch den fahlen Mond beleuchtet, größer als ein Hörnchen, größer als ein Marder, größer als eine Katze und über und über mit schwarzem Fell bedeckt. Das monströse Wesen knurrte angriffslustig. Woher kam es? Hatte es Nuknuk und die Hörnchen auf seinem Weg getroffen? Hatten sie versucht, es aufzuhalten? Hatten sie den Kampf verloren? Lenas Herz pochte. Jetzt stand sie ganz allein, eingeschlossen zwischen dem Monster und den Frostriesen. Das schwarze Wesen knurrte und entblößte blasse Fangzähne.

Ein scharfer Pfiff ertönte. Das Knurren endete in einem überraschten, freundlichen Ton. Das große Tier leckte sich mit einer langen rosa Zunge rund ums Maul. „Beruhig dich, Laddie, sie gehört zu den Guten."

Eine zweite Gestalt trat auf die nebelumhängte Anhöhe: Ein breitschultriges Hörnchen, den Mond im Rücken, Schatten im Gesicht. Es trug ein glitzerndes Kettenhemd und hielt eine riesige Streitaxt in den Pfoten.

„Mein Name ist Stachelfell", dröhnte seine Stimme über die Wiese. „Das ist Eisbrecher, meine Axt, geschmiedet in den Feuern des Brennan. Das Blatt ist noch heiß, und meine Axt ist hungrig."

Das Hörnchen griff dem schwarzen Tier ins Nackenfell und schwang sich auf seinen Rücken. Hinter ihm auf dem Hügel erschienen Lenas Freunde. Ihr Herz hüpfte! Das Monster hatte sie nicht vertilgt; sie hatten das Monster durchgelassen, weil es auf ihrer Seite war! Es war kein Monster, sondern Sean Brennans magerer Hund Laddie, und jetzt ritt der Schmied auf ihm in die Schlacht; und als hätte sein Erscheinen allen neue Kraft gegeben, streckten sie ihre Waffen in den Himmel. Der alte Bockshorn warf seine Keule hin und zog Fuchsfells großes Schwert aus dem Boden.

„Für die Sonne! Für den Frühling!", schrien sie wie mit einer Stimme, und damit stürmten sie den Hügel herunter auf die gegnerischen Reihen zu, ihnen voran das Eichhorn mit der schweren Axt auf dem dürren Reittier, das jetzt wieder grimmig knurrend die Reißzähne fletschte.

Lena ließ den schwarzen Hund vorbeipreschen, und als Nuknuk, Löwenzahn, Augenstern und Weidenkätzchen sie erreichten, rannte sie mit ihnen. „Für den Frühling! Für die Sonne!"

Wie eine Woge aus Mut, Wut, Fell und Waffen rannten die Eichhörnchen gegen ihre Feinde an, Stachelfell fällte mit der schweren Streitaxt einen Riesen nach dem anderen. Die Eisriesen, die die Baumwurzeln bearbeiteten, ließen von ihrer Arbeit ab und wandten sich dem Kampf zu. Ihre Arme endeten nicht in den üblichen Pranken, sondern waren zu eisigen Waffen geformt, gezackten Spaten, Spießen, Klingen, Äxten.

Als sie die Feinde erreichten, wischte ein Eisriese mit dem schweren Arm durch die Luft, traf Löwenzahn am Kopf und fegte ihn beiseite; er rollte Lena vor die Füße, sie stolperte, und gemeinsam fielen sie in den Schnee. Lena sprang auf; Löwenzahn blieb liegen. Sie stellte sich breitbeinig über ihn, richtete dem Angreifer den Speer entgegen. „Komm nur!"

Der Riese baute sich vor ihr auf; seine Fäuste waren zu Schaufelblättern geformt. Ein zweiter stellte sich neben ihn, er trug einen eisblauen Spieß in den Pranken.

„Na kommt schon!", schrie Lena ihnen entgegen. „Steht da nicht bloß rum wie … Schneemänner!"

Sie setzten sich in Bewegung, da kam aus dem Dunkel hinter ihnen der schwarze Hund gesprungen, landete mit den Vorderpfoten auf dem Lanzenträger und warf ihn zu Boden; sein Reiter hieb mit der Axt nach dem anderen Riesen und trennte ihm den Kopf vom Rumpf. Er fiel wie ein übergroßer Eiswürfel in den Schnee.

„Bist du in Ordnung?", rief Stachelfell von seinem Reittier herunter. Lena streckte den Daumen in die Luft. Der Hund bohrte die Zähne in den Eisriesen unter seinen Pfoten und zermalmte den Körper mit den Kiefern. Stachelfell nickte Lena zu und lenkte Laddie zurück aufs Schlachtfeld.

Die Krähen erhoben sich aus dem Alten Walnussbaum und stießen auf die Eichhörnchen herab. Lena beugte sich zu Löwenzahn herunter; er rührte sich nicht, aber er atmete. Lena musste ihn in Sicherheit bringen, bevor sie zurück in den Kampf konnte. Aber wo war es hier sicher? Nuknuk kam zu ihr. Gemeinsam zerrten sie den Bewusstlosen zu den Nadelbäumen, die zwischen Lenas Garten und der großen Wiese lagen. Sie lehnten ihn an den Stamm einer Kiefer.

Als Lena sich umdrehte, blickte sie in eine fauchende Fratze. Ein Marder stand wenige Schritte vor ihr. Marder leben in diesen Bäumen, eine der ersten Sachen, die Nuknuk ihr erklärt hatte.

„Du hast mir gerade noch gefehlt“, sagte Lena. Sie richtete den Speer vorwärts. Der Marder zischte und machte einen Schritt auf sie zu.

„Ich habe schon viel mit diesem Speer gekämpft, aber ich habe noch nie Blut vergossen. Willst du, dass ich mit deinem anfange?“

Sie wusste nicht, ob der Marder auch nur ein einziges Wort verstehen konnte. Aber er schien zumindest unschlüssig. Lena machte einen Satz vorwärts und stieß den Speer vor sich in die Luft.

„Hau ab!“, schrie sie. Und tatsächlich: Der Marder nahm Reißaus.

„Gut gemacht“, freute sich Nuknuk. „Hau ab!“, machte sie Lena nach. „Ich hätte selber vor dir Angst gehabt!“

„Lena!“, hörte sie plötzlich eine andere Stimme rufen. Ihr Vater! „Lena!“, rief auch ihre Mutter. Sie sah das Licht von Taschenlampen im Nebel, hinter den Nadelbäumen, hinter dem Zaun, bei ihrem Haus. Oh nein.

„Es tut mir leid, Mama und Papa“, flüsterte sie.

„Er wacht auf!“ Nuknuk zeigte auf Löwenzahn. Lena hockte sich neben ihn. „Bist du in Ordnung?“

Löwenzahn nickte. „Mir brummt nur der Schädel.“ Nuknuk reichte ihm sein Schwert. Für die ersten Schritte stützten Lena und Nuknuk den Kriegsherrn, dann konnte er wieder allein laufen. Als sie das Schlachtfeld erreichten, hatte sich das Blatt gewendet. Inzwischen waren mehr Hörnchen auf den Beinen als Eisriesen, und noch immer hielten Stachelfell und Kraftpranke ihre Ernte.

„Beißerreißer.“ Löwenzahn deutete auf die eisblauen Vierbeiner, die sich um den Stamm des Alten Walnussbaums schlängelten. „Ich kenne sie nur aus alten Geschichten. Sie beißen und reißen die Borke von den Stämmen. Der Frost schickt sie, wenn er einen Baum vernichten will.“

„Wir müssen sie aufhalten“, sagte Nuknuk.

„Ja“, stimmte Löwenzahn grimmig zu.

Ein brennender Pfeil flog durch die Nacht und bohrte sich zwischen die Schuppen eines Beißerreißers. Nea – Nachtschatten! Da stand sie, spannte die Armbrust und riss das nächste Streichholz an.

„Runter, Lena!“, schrie Nuknuk plötzlich und riss Lena an den Schultern zu Boden. Über ihr zischten die Krallen einer Krähe durch die Luft, sie hatten Lena nur knapp verfehlt. Die Krähe flog eine Schleife im dunklen Himmel und stürzte noch einmal auf sie zu. Löwenzahn sprang schützend vor Lena und Nuknuk, das glänzende Schwert in den Pfoten. Bevor die Krähe sie erreichte, schoss eine Elster aus dem Nebel und flog eine wilde Attacke, beide Vögel stürzten vor den Eichhörnchen zu Boden, rappelten sich auf und schwangen wieder in die Luft. Die Elster jagte die Krähe vor sich her.

„Die Elstern kommen!“, schrie jemand. Und mehrere Stimmen echoten: „Die Elstern kommen! Die Elstern kommen!“

Überall stießen jetzt die schwarz-weiß gefiederten Vögel aus dem Nachthimmel auf die Krähen, die den Hörnchen am Boden zusetzten.

„Danke Nuknuk“, keuchte Lena.

„Bringen wir es zu Ende“, sagte Löwenzahn entschlossen. Er hob das Schwert. Seite an Seite rannten sie in den Kampf. Die Eichhörnchen zerschlugen die letzten Eisriesen auf dem Feld und vertrieben die Krähen. Bockshorn und seine Veteranen waren es, die den letzten Eisriesen zu Fall brachten. Das Schlachtfeld war übersät von geborstenen Eisbrocken, Blutspritzern im Schnee und Eichhörnchen, die einander stützten, einander aufhalfen, sich kaum auf den Beinen halten konnten.

Doch die Schlacht war noch nicht vorbei. Die Beißerreißer schlängelten sich noch immer um den Stamm des Alten Walnussbaums, bissen und rissen die Borke vom Stamm. Stachelfell trieb sein Reittier an, der dünne Hund sprang vorwärts auf den Alten Walnussbaum zu. Die Eichhörnchen, die noch auf den Beinen waren, liefen dem Hund hinterher. Die Unwesen fauchten und stellten ihre eisigen Schuppen auf. Unter ihnen schossen Hagelkörner hervor, ein ganzer Schauer ging auf die Hörnchen nieder. Laddie jaulte, einige Krieger schrien laut auf, als sie getroffen wurden. Doch die Hagelkörner hielten sie nicht auf: Laddie sprang den Stamm hinauf und bekam einen Beißerreißer zu packen, riss ihn zu Boden und zermalmte ihn mit den Kiefern. Der eisige Körper brach in Stücke, übrig blieb der Kopf, dessen Maul weiter auf und zu klappte. Stachelfell rutschte von Laddies Rücken und stellte einen Fuß auf den Kopf des Monsters. Er holte mit der Streitaxt aus und hieb den klappernden Schädel in Stücke.

Der andere Beißerreißer fauchte und schleuderte noch einmal Hagelkörner auf die Angreifer. Nea schoss einen weiteren brennenden Pfeil in seinen Körper.

„Legt an!“, erhob sich Augensterns klare Stimme. Sie hatte die letzten Bogenschützen um sich versammelt. Sie stemmten die Vogelbeinbögen in die Höhe und legten lange Pfeile an die Sehnen.

„Zielt!“ Der Beißerreißer rannte um den Stamm herum.

„Schießt!“ Die Pfeile zischten durch die Luft, der Beißerreißer fauchte ein letztes Mal. Alle Pfeile trafen. Mit zerkauten Nüssen bestrichen, bohrten die Pfeile die Macht des Frühlings tief in den eisigen Körper; der Beißerreißer zerplatzte zu Scherben aus Eis. Die Eichhörnchen jubelten.

Vor dem Alten Walnussbaum kamen sie zusammen. Laddie, der magere Hund, hechelte. Er hatte viele Wunden an der Brust und den Flanken davongetragen. Auch sein Herrchen hatte es schwer erwischt. Sein Ohr war gespalten, das Blut lief ihm über das Gesicht, und sein Pelz zeigte tiefe Kerben. Bockshorn kam zu ihm. „Stachelfell“, brummte er. „Sieh dich an. Du bist alt geworden.“

Stachelfell nickte. „Du auch.“

Die beiden erschöpften Krieger legten die Köpfe aneinander. „Schön, dich wiederzusehen“, brummte Bockshorn.

Andy, Kraftpranke, taumelte heran und ließ sich kraftlos in den Schnee fallen. Nea legte die Armbrust nieder und setzte sich neben ihn. Die Eichhörnchen, die niedergeschlagen worden waren, kamen langsam wieder zu sich. Die Verletzten leckten ihre Wunden. Lena pulte ein Hagelkorn aus ihrem Pelz.

Stachelfell kam zu ihr. „Du hast gut gekämpft", sagte er anerkennend.

Lena lächelte. „Danke. Dein Speer hat mir gute Dienste geleistet."

„Wenn das alles hier vorbei ist, werde ich deine Hilfe brauchen, Lena."

„Was kann ich für dich tun?"

„Ich habe nicht mehr viele Verwandlungen in mir. Letztes Jahr habe ich einen ganzen Monat gebraucht, um wieder Mensch zu werden. Laddie macht das sehr nervös. Außerdem kann er alleine keine Hundefutterdosen öffnen. Es wäre toll, wenn du ein bisschen nach ihm sehen könntest."

Lena schaute zu dem dürren, schwarzen Hund, der sich im Schnee die Wunden leckte.

„Aber natürlich. Sehr gerne."

Kapitel 35: Die letzte Verwandlung

Nah beim Baumstamm, unter dem fallenden Schnee, entdeckten sie Fuchsfell. Er lag langhingestreckt, seine Rüstung aus Borke war geborsten, tief in die Schulter eingegraben steckte ein Eiszapfen, am spitzen Ende von Blut gefärbt. Seine Lippen waren blau. Augenstern hockte sich zu ihm und legte seinen Kopf in ihren Schoß.

Als er die Augen öffnete, seufzte sie erleichtert. Bockshorn kam herbei und legte Fuchsfells Schwert neben ihn.

„Es waren zu viele", sagte er. „Erst kamen die Krähen ... viele von uns sind unter ihren Schnäbeln gefallen ... und als wir keine Kraft mehr hatten, kamen die Riesen aus dem schwarzen See." Er versuchte, den Kopf aufzurichten. „Ihr müsst den Hüter finden."

Löwenzahn nickte Weidenkätzchen und Lena zu, gemeinsam umrundeten sie den Alten Walnussbaum und hielten Ausschau nach dem alten Hörnchen. Sie sahen jetzt, welchen Schaden die Eisriesen dem Baum zugefügt hatten; sie hatten an vielen Stellen das Erdreich aufgebrochen, Wurzeln verletzt, vergrabene Nüsse hervorgeholt und zertrümmert.

Sie stiegen am Stamm hinauf zu den Baumhöhlen, die nur der Hüter betreten durfte. Der Eingang war durch Körper gefallener Eisriesen versperrt. Mit vereinten Kräften zerrten sie die Eisbrocken aus dem Höhleneingang und ließen sie vom Baum herab auf den Boden fallen. Nüsse steckten in den geborstenen Körpern, sie hatten hellgrüne Triebe und bleiche Wurzeln ausgeworfen; gemeinsam hatten sie das Eis zersprengt.

Der Hüter saß an der gegenüberliegenden Wand der Baumhöhle. Eine Seite seines Geweihs war gebrochen. Spieße aus blassblauem Eis steckten in seinem Körper.

„Oh nein …“, entfuhr es Weidenkätzchen.

Löwenzahn sprach den Hüter an; er antwortete nicht. Der Hauptmann legte beide Pfoten an einen der Spieße und zog ihn behutsam heraus; der Hüter atmete zischend ein. Blut quoll aus der freigewordenen Wunde. Oder etwas wie Blut.

„Oh nein“, wiederholte Weidenkätzchen. Sie presste die Hand auf die Wunde. Was zwischen ihren Fingern hervorquoll, sah zäher aus als Blut, dickflüssig und von dunkler, goldener Farbe. Der Duft von Baumharz verteilte sich im Raum. Löwenzahn zog den nächsten Spieß aus dem verwundeten Körper.

„Hör auf“, drängte Weidenkätzchen. „Er wird verbluten.“

„Die Spieße werden schmelzen“, sagte Löwenzahn. „Die Wärme seines Körpers schmilzt das Eis. Alle Wunden werden sich öffnen.“

„Wir brauchen eine Heilerin“, murmelte Lena. Und ihr wurde klar, dass es nur eine Person gab, die jetzt noch helfen konnte. Sie lief los, kopfüber den Baumstamm hinunter, rannte durch den Schnee zum Rand des Parks, sprang über die Mauer und hielt nicht an, bevor sie den Garten der Cricket Road Nummer 15 erreicht hatte: Willows Haus.

Als sie gegen die Scheibe der Gartentür klopfte, öffnete Willow sofort. Lena verwandelte sich; ihr kamen die Tränen, als sie Willow sah.

„Lena! Was ist passiert?“

„Die Eisriesen … sie haben den Alten Walnussbaum angegriffen … der Hüter ist schwer verletzt …“

„Der Hüter?“

Lena nickte. „Er sitzt da und verblutet … Kannst du helfen?“

Willow nickte. „Ist gut, Lena, ist gut.“

Sie öffnete die Schatulle auf dem Wohnzimmerschrank und holte die kleine Umhängetasche hervor.

„Mein Name ist Grübchen, und ich bin ein Hörnchen.“

„Willow, nein!“, rief Lena und schlug die Hände vor dem Mund zusammen. „Deine letzte Verwandlung!“

Willows Kleider fielen in einen Haufen auf dem Wohnzimmerboden zusammen. Ein Hörnchen mit hellem, graublondem Fell kroch daraus hervor. Es sprang auf den Couchtisch und legte sich die Tasche um die Schultern. Lena verwandelte sich ebenfalls.

„Bring mich zu ihm", sagte Grübchen, das Hörnchen.

Als sie die Baumhöhle betraten, lehnte der Hüter unverändert an der Wand. Löwenzahn und Weidenkätzchen saßen bei ihm und hielten seine Pfoten, beide den Tränen nahe. Es steckten keine Spieße mehr in seinem Körper. Löwenzahn hatte sie entfernt oder sie waren geschmolzen.

„Hat er gesprochen?", fragte Willow, ohne sich den anderen vorzustellen. Sie schüttelten den Kopf und machten ihr Platz. Willow schlug den Mantel des Hüters zurück und entblößte seinen hageren Leib. Sie nahm die Wunden in Augenschein. Aus der Tasche holte sie eine Handvoll getrockneter Kräuter hervor, steckte sie in den Mund und kaute. Sie spuckte den grünen Brei in ihre Hand und rieb ihn auf die Verletzungen. Der Hüter atmete tief ein. Willow schlug seine Kapuze zurück. Er öffnete die Augen.

„Grübchen?", hauchte er überrascht.

Willow traten Tränen in die Augen, sie lächelte und nickte.

„Du bist zurückgekommen", sagte der Hüter mit gebrochener Stimme. „Heute von allen Tagen."

„Das hätte ich viel früher tun sollen, Goldauge."

„Du hast dich kaum verändert", er hob angestrengt eine Pfote und strich Grübchen über die Braue. „Wo bist du all die Jahre gewesen?"

Willow hockte sich neben ihn und nahm seine Pfote. „Ganz nah bei dir", sagte sie. „Und doch so weit entfernt."

Der Hüter schloss die Augen. „Mein Winter ist nah."

Willow streichelte das Fell auf seinem Kopf. Lena sah das gebrochene Geweih. Von Nahem betrachtet sah es vielmehr wie Zweige aus. Sie wuchsen direkt aus seiner Stirn. Aus der Bruchstelle trieb schon ein neuer Zweig und spaltete sich in eine neue Gabelung auf; Lena konnte dabei zusehen, wie er wuchs. Das ganze Geweih begann zu wachsen und sich weiter zu verzweigen. „Was geschieht mit ihm?“, flüsterte sie.

„Baum und Hüter werden eins“, erklärte Willow leise. „So erhält der Hüter ein unnatürlich langes Leben. Stirbt der Hüter, nimmt der Baum ihn in sich auf.“ Sie streichelte seine Stirn. „Es hat bereits begonnen.“

„Gibt es denn nichts mehr, dass wir tun können?“, flehte Lena. „Du bist eine Heilerin. Ich habe dich extra geholt!“

Willow deutete ein Kopfschütteln an und nahm Lenas Pfote.

Der Hüter öffnete angestrengt die Augen. „Es gibt etwas, das du tun kannst, Grübchen.“

Sie brachte das Ohr nah an seinen Mund. „Du kannst die neue Hüterin werden“, hauchte er.

Willow starrte ihn an. „Ich ... ich bin ein Mensch! Ich kann nicht die Hüterin werden.“

„Du warst nie ganz Mensch. Ab heute bist du gar nicht mehr Mensch. Ich sehe es in deinen Augen.“ Angestrengt hob er den Kopf. Sein Geweih wuchs weiter und ragte über Willows Kopf hinaus. „Du kennst die Geheimnisse“, sagte er. „Die Monde, die Feste. Du wirst eine gute Hüterin sein. Und wenn du Teil des Alten Walnussbaums wirst, dann – “

„ – werden wir doch noch zusammen sein“, verstand Willow unter Tränen. „Im Holz des Baumes vereint.“

„Und in seinem Geist.“

Willow schluchzte laut auf. Der Hüter lächelte. „Ein Geheimnis gibt es noch zu lernen.“ Er brachte den Mund noch näher an ihr Ohr und flüsterte etwas, das Lena nicht verstehen konnte. Willow nickte. Schließlich lehnte er den Kopf mit dem schweren Geweih wieder zurück. „Es ist soweit. Helft mir aufstehen.“

Willow nickte. Sie hielt seinen Kopf, Löwenzahn kam ihr zu Hilfe. Sie stützten ihn auf dem Weg aus der Baumhöhle und den knorrigen Ast entlang, von dem er seine Ansprachen gehalten hatte. Lena und Weidenkätzchen gingen in einer traurigen Prozession hinter ihnen her. Die Hörnchen unten auf der Wiese schauten hinauf, vielen traten Tränen in die Augen, als sie begriffen, was geschah. Unablässig wuchs das Geweih des Hüters weiter. Er breitete die Arme zu einem letzten Gruß aus, dann verließ ihn seine Kraft. Willow und Löwenzahn fingen ihn auf und lehnten ihn an den Baumstamm.

„Meine Wärme geht in den Boden, in die Wurzeln. In die Zweige und in die Luft. Wenn ihr mich sucht, findet ihr mich da."

Während sein Geweih wuchs, schwand sein Körper, magerte zusehends ab bis auf die Knochen. Die Zweige seines Geweihs schmiegten sich an die Borke des alten Baums und wuchsen jetzt auch den Körper hinunter, über Bauch und Hinterpfoten. Willow hielt noch immer die schwindende Pfote. Lena, Weidenkätzchen und Löwenzahn nahmen einander in die Arme. Weinend standen sie im Kreis, während die Form des Hüters immer weiter verschwand und sein Geweih mit Stamm und Ästen verschmolz. Nur die Rippen des Brustkorbs blieben sichtbar, aber sie sahen mehr wie Zweige als wie Knochen aus. Aus einer dieser hölzernen Rippen spross eine grüne Knospe, und ein einzelnes frisches Blatt entrollte sich dem Mond entgegen.

Lena wischte sich die Tränen aus den Augen.

„Wir werden ihn nie vergessen", sagte Löwenzahn. Willow ließ den dürren Zweig los, der von seiner Pfote geblieben war und drehte sich zu ihnen um. Aus ihrer Stirn sprossen zwei helle kleine Zweige wie das Geweih eines jungen Rehbocks. „Und wir danken der neuen Hüterin, dass sie seine Aufgaben übernimmt", sagte Löwenzahn.

Statt etwas zu sagen, begann Willow zu singen. Eine Melodie ohne Worte, eine Melodie, die Lena noch nie zuvor gehört hatte, und die ihr trotzdem so vertraut vorkam wie eine alte Erinnerung.

Kapitel 36: Hinter dem Eis

Als sie vom Baum herunterstiegen, kamen Bockshorn, Nea und viele andere Hörnchen zu ihnen, drückten ihnen die Schultern.

„Es tut mir so leid", sagte Nea zu Lena. Nuknuk kam und nahm Lena in den Arm. Augenstern verbarg ihren Kopf weinend an Löwenzahns Schulter. Fuchsfell stand auf sein Schwert gestützt, seine Tränen fielen in den Schnee.

„Haben wir den Frost jetzt geschlagen?", fragte Lena.

„Nein", brummte Bockshorn. „Der nächste Angriff wird kommen. Deshalb fehlt uns auch die Zeit zu trauern. Wir werden unsere Toten beweinen, wenn die letzte Schlacht gewonnen ist. Jetzt müssen wir uns zusammenraufen und für den nächsten Angriff rüsten."

„Warum sollen wir auf den nächsten Angriff warten?", fragte Lena grimmig. „Warum bestimmen wir nicht, wann und wo gekämpft wird?"

„Und wie willst du das anstellen?"

„Erinnert ihr euch, was unter dem Dornbaum passiert ist, als wir das Eis aufgebrochen haben? Durch eine Tür kann man in beide Richtungen gehen. Folgen wir ihren Spuren. Gehen wir dorthin, wo sie hergekommen sind." Die Eichhörnchen sahen sie unsicher an. „Nehmt Nüsse mit", wies Lena an. „Wir werden welche brauchen."

Vom Kriegsrat kamen Löwenzahn, Augenstern, Weidenkätzchen und Bockshorn mit, außerdem Nachtschatten und Nuknuk. Fuchsfell, Kraftpranke und Stachelfell waren zu schwer verletzt, um sie zu begleiten. Die Spuren der Eisriesen führten sie zum schwarzen See, in dem Lena Andys Taschenmesser versenkt hatte. Er war von einer dicken Eisschicht bedeckt.

„Betreten der Eisfläche verboten – Lebensgefahr“ stand groß zu lesen auf einem angerosteten Schild am Ufer.

Lena stapfte hinaus auf den See. Die Eichhörnchen folgten ihr. In der Mitte, wo der große Steinbrocken aus dem Eis ragte, blieb sie stehen.

„Die letzte Schlacht wird nicht in dieser Welt geschlagen“, sagte Lena grimmig. „Als wir die Pfütze unter dem Baum zerstört haben, hat mich das Wasser hinab gezogen, und ich habe kurz ein fremdes Gesicht gesehen. Die Eisriesen kommen nicht aus dem Wasser, sie kommen von der anderen Seite. Von dort kam auch die Stimme des Frosts, die Nachtschatten gehört hat. Es muss eine andere Seite geben. Und der Weg dorthin führt durch das Eis. Durch das Wasser.“

„Das Winterreich“, brummte Bockshorn. „Du bist nicht das erste Eichhörnchen, das versucht, diesen Weg zu gehen. Ich war dabei, als Blut'ger Hauer durch das Eis gegangen ist. Er ist nie zurückgekehrt.“

„Niemand muss mitkommen“, erklärte Lena. „Aber ich lasse nicht länger zu, dass der Frost unsere Welt zerstört und unsere Freunde tötet. Deshalb bringe ich den Kampf zu ihm.“

Die Hörnchen auf dem zugefrorenen See nickten grimmig. Niemand wollte gehen. Lena ließ sich eine Nuss geben, kaute den Kern zu Brei und spuckte ihn auf die Speerspitze. Sie stieß den Speer ins Eis. Doch es blieb fest wie Stein unter ihren Füßen. Der Speer bohrte sich in die Eisfläche und blieb dort stecken.

Lena dachte nach. „Ich bin Lena, und ich bin ein Mädchen“, sagte sie. Die eisige Kälte biss in ihre Haut, als sie nackt und ohne Fell in der Mitte des Sees stand. Sie stampfte auf. Sie sprang hoch und ließ sich fallen. Die Eisfläche blieb fest. Sie sah sich um; große, graue Steinbrocken lagen am Seeufer. Lena versuchte, einen davon hochzuheben, aber ihre Kraft reichte nicht aus. Die Hörnchen rannten aufgeregt um ihre Füße. Lena kam eine Idee. Sie verwandelte sich zurück. „Nea, du musst dich verwandeln." Neas Augen weiteten sich. „Ich – ich kann das nicht."

Lena stellte sich vor sie und nahm Neas Pfoten in ihre. „Es ist wirklich wichtig, dass wir das hinbekommen, Nea." Nea nickte.

„Wir sind Nea und Lena, und wir sind Mädchen", sagte Lena. „Wir sind Nea und Lena, und wir sind Mädchen." Jetzt stimmte Nea mit ein.

„Wir sind Nea und Lena, und wir sind Mädchen."

Nuknuk schlug nervös mit dem Schwanz hin und her. „Wir sind Nea und Lena, und wir sind Mädchen." Lena hörte Nea schreien, als die Verwandlung einsetzte. Es kitzelte und juckte, sie wuchsen, das Fell verschwand und sie standen einander als Mädchen gegenüber, die Hörnchen zu ihren Füßen. Nea lächelte erleichtert.

„Den Stein", sagte Lena. Mit vereinten Kräften hoben sie den grauen Brocken am Rand des Sees auf und schleppten ihn in die Mitte der Eisfläche.

„Bist du bereit?", fragte Lena. Nea nickte entschlossen.

„Und ihr?", fragte sie die Hörnchen. „Seid ihr bereit?"

Die Eichhörnchen keckerten aufgeregt und sammelten sich. Die Mädchen stemmten den Steinbrocken hoch über ihre Köpfe, dann ließen sie ihn fallen. Er durchschlug das Eis, Wasser spritzte in die Höhe, und dann brach die Eisfläche in alle Richtungen, Mädchen und Hörnchen stürzten in das eiskalte Wasser des schwarzen Sees. Die Kälte war überwältigend. Das Wasser war so kalt, dass es sich anfühlte, als würde es sie verbrennen. Es war dunkel und eisig und Lena sank schnell abwärts, als würde sie gezogen. Die Welt drehte sich auf den Kopf und von innen nach außen. Die Kälte war in ihr und um sie herum. Plötzlich ging es wieder aufwärts, das eisige Wasser des Sees spuckte sie irgendwie irgendwo an die Oberfläche, Lena war schwindelig. Sie sah einen hellen, grauen Himmel über sich; Hörnchen krallten sich strampelnd in ihr Haar und ihre Haut. Eine Hand griff nach ihrer: Nea. Gemeinsam schleppten sich die beiden Mädchen ans Ufer. Neben ihnen krabbelten die Eichhörnchen an Land und schüttelten das Wasser aus dem Fell. Die beiden Mädchen blieben am Ufer liegen, halb ertrunken, halb erfroren. Sie lagen auf einem Strand aus hellen, runden Kieselsteinen. Die Kälte war unerträglich; Lena verwandelte sich schnell in Eichhörnchenform, um sich vom Winterpelz wärmen zu lassen. Nea machte es genauso. Sieben nasse Eichhörnchen kauerten sich zusammen und wärmten einander. Ihr Atem dampfte in der Kälte. Lena schaute sich um.

Eisriesen. Reihe um Reihe standen sie nahe beim Ufer, still und stumm. Dutzende, wenn nicht gar Hunderte bildeten Ringe rund um den See. Hinter ihnen lag eine schneebedeckte Landschaft unter einem grauen Himmel.

„Was machen wir jetzt?“, fragte Löwenzahn.

„Ich weiß nicht“, flüsterte Lena.

Wie auf einen Befehl hin traten alle Eisriesen zugleich einen Schritt zur Seite. Zwischen ihren Reihen bildeten sie eine Gasse. „Wir gehen dadurch“, erklärte Lena.

Vorsichtig, sich ständig in alle Richtungen umschauend, bewegten sie sich durch die Reihen der Feinde. Unter ihren Füßen knirschte totes Laub, mit Raureif überzogen. Als sie die Ringe der Riesen durchschritten hatten, standen sie auf einem Weg, der durch die schneebedeckten Wiesen auf einen schwarzen Wald zuführte. Krähen saßen in den Ästen der Bäume und riefen ihnen zu. Zögerlich hielten sie auf den Wald zu. Nuknuk zitterte.

„Was ist das denn?“, fragte Löwenzahn und deutete auf einen Unterstand nahe beim Weg, von dunklen Stechpalmenbäumen umgeben. Vier Pfosten trugen ein Dach; darunter geschützt stand eine Figur auf einem Sockel wie ein Denkmal. Lena erkannte, was Löwenzahns Aufmerksamkeit gefangen hatte: Die Figur zeigte ein Eichhörnchen, überlebensgroß aus Holz geschnitzt.

Sie bahnten sich einen Weg durch den Schnee und stiegen ein paar Stufen hinauf. Die Holzfigur ruhte auf einem steinernen Sockel. Lena wischte den Schnee zur Seite, den der Wind unter das Dach getragen hatte, um die Inschrift im Stein zu lesen: „Hier ruht Blut'ger Hauer. Ein Kämpfer wie eine Naturgewalt, gefallen in einem Zweikampf ohne Sieger."

Nachdem Lena vorgelesen hatte, herrschte Schweigen.

„Hier endete also seine Reise", sagte Bockshorn finster. „Ein Zweikampf ohne Sieger." Er legte die Pfote an den Sockel, als könnte er ein letztes Mal seinen alten Freund berühren. „Wenn es keinen Sieger gab, hat auch sein Gegner nicht überlebt. Und sein Opfer hat sich gelohnt."

In der ausgestreckten Pfote der Holzfigur entdeckten sie eine Walnuss. Die Schale war aufgesprungen, zwei blassgrüne Triebe wuchsen dem Winterhimmel entgegen, eine bleiche Wurzel streckte sich abwärts.

„Wie kann dieser Trieb so lange überlebt haben, ohne Erde und Wasser?", fragte Augenstern.

„In dieser Welt gelten andere Regeln für Leben und Tod", meinte Löwenzahn.

Eisiger Wind zischte um die Pfeiler, die das Dach des Unterstands trugen.

„Sehen wir, wohin der Weg uns führt", meinte Löwenzahn. Sie nahmen nacheinander Abschied von Blut'ger Hauer. Lena und Nuknuk standen als letzte da – als Nuknuk vortrat und die Nuss aus der Pfote der Figur schnappte.

„Nuknuk!", ermahnte Lena sie streng.

„Nicht zum Futtern", verteidigte sich Nuknuk. „Vielleicht wird uns diese Nuss noch helfen. Blut'ger Hauer hat sie sicher nicht ohne Grund hierhergebracht." Sie schnüffelte daran. „Die kommt vom Alten Walnussbaum!"

„Bist du sicher?"

Nuknuk nickte. „Völlig sicher. Nüsse vom Alten Walnussbaum könnte ich aus einem ganzen Haufen Nüsse herausschnuppern."

Sie erreichten den Waldrand. Als sie die ersten Bäume durchschritten, wurde es dunkler um sie herum. Hier am Waldboden lag weniger Schnee. Lena seufzte. „Ich habe noch keinen so bedrückenden Wald erlebt. Alles wirkt wie eingefroren."

Nea hob ein glitzerndes graues Blatt vom Waldboden auf. Es brach in ihren Pfoten wie Glas. „Weil es eingefroren ist", sagte sie.

Der Weg führte sie zu einer Lichtung; hier war es heller, weil mehr kaltes Licht vom grauen Himmel den Boden erreichte und den Schnee zum Leuchten brachte. In der Mitte der Lichtung thronte ein Steinquader; seine graue Farbe schimmerte verschwommen durch die dicke Eisschicht, die ihn auf allen Seiten bedeckte.

Am Rand der Lichtung stand etwas wie ein Thron, zwei Thronsessel aus Holz gewachsen, aus immer wieder ineinander verschlungenen Zweigen und Ranken. Der eine Thron war leer; auf dem anderen ruhte eine imposante Gestalt, vollständig in Eis eingeschlossen wie ein Insekt in Bernstein. Sie schimmerte schemenhaft durch den Eispanzer. Ein großer Mann musste es gewesen sein, in Grün und Gelb gekleidet. Die großen Hände ruhten auf der Armlehne unter dem Eis. Der kahle Kopf war nach vorn gesunken, das Kinn ruhte auf seiner Brust. Zwei mächtige Hörner wie von einem Stier wuchsen aus seinem Kopf.

„Ist er das?", fragte Nuknuk. „Der Frost? Der Frostkönig?"

Augen. Plötzlich sah Lena Augen. Eisgraue, funkelnde Augen. Sie gehörten einer Frau in grauem Kleid, die kopfüber in einem Baum auf der anderen Seite der Lichtung hing. Ihr Haar und die Schleppe ihres Kleids hingen fast bis zum Boden herunter, wie ein menschengroßer Eiszapfen hing sie da. Die Hörnchen sammelten sich um Lena. Die Frau glitt elegant zu Boden und stellte sich mit bloßen Füßen in den Schnee. Eine Krähe schrie, stürzte vom Himmel und landete flügelschlagend auf ihrer Schulter. Unter der Schneedecke rührte sich etwas; ein Frostriese erhob sich, größer als jeder, den Lena bisher gesehen hatte, größer und breiter als ein erwachsener Mensch. Der Schnee fiel von ihm ab und enthüllte den halbdurchsichtigen eisgrauen

Körper. Eiszapfen wuchsen aus seinem Kopf in alle Richtungen. Als er neben die graue Frau trat, überragte er sie um einen Kopf an Größe. Er hielt eine Axt aus graublauem Eis in den Pranken.

„Steht dicht zusammen", kommandierte Löwenzahn. Die Hörnchen zogen ihre Waffen und richteten sie zu allen Seiten.

„Ihr habt Mut, dass ihr mich hier aufsucht." Die Stimme der Frau klang klar und fest. Die Krähe auf ihrer Schulter krächzte. Weißgraues Haar fiel über die Schultern der Frau. Sie sah jung aus, zu jung für graues Haar. Unter dem grauen Kleid wölbte sich ein praller Kugelbauch. „Aber euer Mut wird euch nicht nützen."

Sie hauchte etwas in die Winterluft. Hinter den Baumstämmen rund um die Lichtung traten Frostriesen hervor.

„Vernichtet sie."

Die Riesen kamen wie stumme Maschinen auf sie zu.

„Jetzt kommt es darauf an!", rief Löwenzahn, und der heiße Atem dampfte vor ihm in der Luft. „Kämpft wie ihr noch nie gekämpft habt! Für den Frühling! Für das Leben!"

Sternförmig sprangen sie in alle Richtungen vorwärts, den Angreifern entgegen. Klingen klirrten gegen Eiswaffen und Eiskörper; Löwenzahn hatte schon den ersten Frostriesen zu Fall gebracht und sprang auf seinen leblosen Körper, den nächsten Angreifer erwartend. Lena stieß einem Angreifer den Speer unter das Kinn, traf ihn mit so viel Wucht, dass sein Kopf vom Rumpf brach und hinter ihm in den Schnee fiel. Rundherum hörte sie das Krachen und Knirschen zerberstender Eiskörper. Die Hörnchen kämpften wirklich wie sie noch nie gekämpft hatten.

„Für den Frühling!", schrie Bockshorn.

„Für das Leben!", schrie Augenstern.

Die Frau in Grau nahm auf dem Steinquader Platz, im Schneidersitz thronte sie auf dem überfrorenen Stein. Der Riese mit der Eiskrone stand hinter ihr. Sie schaute dem Kampf unbeteiligt zu.

Die Hörnchen hatten den ersten Angriff abgewehrt. Zerschlagene Eiskörper türmten sich um sie herum. Bockshorn spuckte Blut auf den Schnee; ein Schlag hatte seine Lippe gespalten.

„Unendlich viele habe ich davon", erklärte die Frau von ihrem Stein herunter. „Auf ein Wort von mir werden sie kommen. Ihr könnt nicht gewinnen."

„Aufgeben können wir genau so wenig", erklärte Löwenzahn.

Lena schluckte. „Ich bin Lena, und ich bin ein Mädchen", flüsterte sie. Dann stand sie da, nackt und barfuß im Schnee, und wickelte ihren buschigen Eichhörnchenschwanz eng um den Körper. Die graue Frau neigte den Kopf und zog eine Braue hoch.

„Mein Name ist Lena. Die Eichhörnchen vom Alten Walnussbaum nennen mich Blutpelz. In den Wicklow Mountains nennen sie mich Klettert-im-Mondschein." Sie suchte nach den richtigen Worten. „Du hast uns vorgelassen. Hast den Frostriesen am See befohlen, uns durchzulassen, oder? Nur um uns jetzt umzubringen?"

„Nein. Ich wollte wissen, wer ihr seid. Wer es wagt, mich aufzusuchen. Es war schon lange niemand mehr hier, weißt du? Aber ihr seid nur eine Handvoll Hörnchen – und ein Mädchen, offenbar."

„Zwei Mädchen", hörte Lena hinter sich, und Nea trat neben sie, nahm ihre Hand. „Wir sind hier, um dich aufzuhalten."

Die Frau sah Nea bohrend an. „Du? Ausgerechnet du?"

Nea nickte. Die Augen der grauen Frau funkelten. „Hast du vergessen, was wir gemeinsam erreichen wollten?"

„Ich habe nichts vergessen", gab Nea zurück. „Ich habe erkannt, dass deine Antworten zu einfach sind. Ich habe mich umentschieden. Ich folge dir nicht mehr. Ich werde helfen, dich aufzuhalten."

Die Frau schloss die Augen. „Ihr vergeudet eure Kraft."

„Du bist die Herrin des Winters, oder?“, fragte Lena. „‚Der Frost‘, nennen dich viele. Ich habe mir dich ganz anders vorgestellt.“

Die Frau sah sie an. „Ich habe viele Namen. Und viele Formen. Sie nennen mich die Eiskönigin; die graue Frau; die große Mutter, die Mondin, Perchta und Frau Holle. Und sie haben noch viele andere Namen für mich. Ihr seid zu jung, um mich zu verstehen. Sonst wärt ihr dankbar für mein Werk. Für die Ruhe. Für den Frieden.“

„Für das Ende allen Lebens?“, fragte Lena trotzig.

Die Augen der Winterherrin blitzten. „Leben ist Leiden. Das werdet ihr auch noch erfahren, wenn ihr es nicht schon wisst. Niemand soll so leiden, wie ich es getan habe. Ich bewahre Generationen vor Schmerz, Trauer und ... Verzweiflung. Nichts soll sich mehr ändern. Alles wird eingefroren und für immer so bleiben, wie es ist.“

Lena hörte den Schmerz in ihrer Stimme. Sie trat einen Schritt vor. „Was ist dir passiert, dass du so traurig bist?“

Sie erhob sich von dem überfrorenen Stein. „Ich war glücklich“, sagte sie. „Und ich habe alles verloren.“ Sie schritt durch den Schnee zum hölzernen Thron, auf dem der kolossale Körper ruhte.

„Wir haben einander so geliebt. Er war der König des Sommers, der Herr der Sonne. Er trug das Leben in jeden Winkel, jeden Spalt. Wo nur eine Krume Erde Platz hatte, da ließ er etwas wachsen. Er brachte den Tag und die Wärme, ich den Mond und die Stille der Nacht. Er war mein König und ich seine Königin. Unsere Liebe war ehrlich und tief, und unter meinem Herzen wuchsen unsere Kinder.“ Sie legte eine Hand auf den kugeligen Bauch. „Doch er gab zu viel. Das Leben wollte immer mehr von ihm. Seine Kräfte schwanden. Seine goldenen Haare fielen aus und wurden vom Wind in alle Richtungen davongetragen.“ Sie stieg auf den Thron an seiner Seite. Eine Träne glitzerte in ihrem Auge. „Ein roter Mond ging auf in der Nacht, in der er starb. Ein Blutmond. Und die Kinder in mir hörten auf sich zu bewegen.“ Sie schluchzte plötzlich laut auf. „Ich hatte alles, und ich habe alles verloren. Ich bin so wund in meinem Innern, als hätte man das Herz aus meiner Brust gerissen und einen Kranz aus Dornen hineingesteckt. Die Tränen, die ich für ihn weine, werden zu Eis. Nicht einmal die Kraft, seinen letzten Wunsch zu erfüllen, konnte ich aufbringen."

„Was war sein letzter Wunsch?", fragte Lena vorsichtig.

„Dass ich seinen toten Körper dem Wasser des Sees übergebe. Aber ich konnte es nicht. Ich kann ihn nicht hergeben." Eine Träne löste sich aus ihrem Gesicht, fiel auf das Knie des Toten und gefror auf dem Eispanzer.

„Ich lebe in einem toten Land an der Seite meines toten Gatten mit seinen toten Kindern unter dem Herzen." Sie schloss die Augen und wimmerte. „Die große Mutter hat ihre eigenen Kinder verloren. Niemand soll so leiden wie ich."

„Und deshalb willst du alles Leben vernichten?"

„Wenn nichts mehr lebt, kann nichts mehr leiden." Sie erhob sich von ihrem Thron. „So war es schon immer: Er brachte das Leben, die Aufregung, die Unruhe. Ich brachte die Ruhe. Die Stille. Jetzt bringe ich die letzte Ruhe. Denn für alle, die jetzt noch nicht leben, ist es besser, sie werden nie geboren."

Lena spürte das Herz in ihrer Brust pochen. Es kam jetzt darauf an, die richtigen Worte zu finden. Sie ging ein paar Schritte auf den Thron zu. „Ich bin nur ein Mädchen, und du bist ... eine Jahreszeit oder ... Naturgewalt? Ich möchte wirklich nicht altklug klingen, aber ... etwas, das ich gelernt habe, ist: Im Leben gibt es immer Veränderung. Man verliert Freunde, und das tut schrecklich weh. Aber man kann auch neue Freunde finden." Nea drückte ihre Hand, Nuknuk kletterte an Lena hinauf und setzte sich auf ihre Schulter. „Es wird Tag und es wird Nacht, es wird Frühling und es wird Winter. Menschen werden geboren, Menschen sterben. Sie verlieben sich und trennen sich. So geht es immer. Manche Veränderungen wollen wir verhindern, aber in schlechten Zeiten kann es ein Trost sein zu wissen, dass sich alles ändert. Wenn nichts gleich bleibt … dann bleibt doch auch das Schlechte nicht. Du fühlst dich so einsam, weil dein Mann gestorben ist. Aber wie wirst du dich fühlen, wenn du deine Kinder im Arm hältst?"

„Sie haben sich nicht bewegt, seit der Sommerkönig fort ist."

Lena schlug die Augen nieder. Dann hatte sie eine Idee. „Nuknuk, ich brauche jetzt die Nuss", sagte sie zu ihrer Freundin, die auf ihrer Schulter hockte. Das Eichhörnchen sah sie ratlos an. Natürlich, sie konnte sie nicht verstehen. Lena zeigte auf die Nuss in Nuknuks Pfoten. Etwas unentschlossen streckte Nuknuk ihr die Nuss hin, die in Blut'ger Hauers Pfote überdauert hatte. Lena brach sie auf. Sie hielt der Frau den Kern mit Trieb und Wurzel auf dem Handteller entgegen. „Leg das auf deine Zunge."

Die Frau sah sie skeptisch an. Lena nickte ermutigend. Zögerlich nahm sie die Nuss auf und steckte sie in den Mund. Nuknuk schmatzte vor Aufregung auf Lenas Schulter. Der eisige Wind rauschte in den blattlosen Zweigen. Lena legte die Hand auf den Bauch der Winterkönigin. Dann lächelte sie zufrieden. „Sie bewegen sich."

Die Frau lachte plötzlich, es klang wie das Klirren silberner Glöckchen. Ihr Gesicht gewann an Farbe, ihre Augen funkelten. Sie streichelte den schwangeren Bauch. „Ihr seid zu mir zurückgekommen." Eine Träne rollte über ihre Wange. Wo sie auf den Waldboden fiel, schmolz der Schnee.

„Sie waren nie fort", erklärte Lena. Eine weiße Blume schob sich der Sonne entgegen, wo die Träne der Winterherrin gelandet war.

Lena nahm die Hand der Schwangeren und führte sie zum Thron. „Ich glaube, es ist an der Zeit, seinen letzten Wunsch zu erfüllen", sagte sie. Die Winterherrin nickte.

Sie berührte die gefrorene Hand des toten Königs. Neue Tränen rollten aus ihren Augen und fielen auf seine Schulter, seine Hände, seine Knie. Der Eispanzer, der seinen Körper umgab, begann zu schmelzen. Der Schnee zu seinen Füßen gab einen immer größer werdenden Kreis grünen

Grases frei. Winterlinge mit gelben Knospen sprossen aus dem tauenden Boden.

Eine lange Prozession schritt vom schwarzen Wald zum See. Eisriesen liefen in Zweierreihen und trugen auf ihren Schultern den toten König. Hinter ihnen ging die schwangere Königin, und wo ihre Füße den Boden berührten, spross frisches Grün. Hinter ihr hoppelten die Hörnchen; Lena und Nea hatten sich wieder verwandelt, weil die Kälte mit Fell besser zu ertragen war.

Bis in die Mitte des gefrorenen Sees trugen die Riesen den toten König, dort legten sie ihn auf die Eisfläche. Die Königin schluchzte; Lena und Nea verwandelten sich in Mädchen und hielten ihre Hände. Wo der tote König das Eis berührte, begann es zu schmelzen. Bald hatte die Wärme, die von ihm ausging, ein Loch ins Eis gegraben, und Wasser aus dem See leckte über die Eisfläche. Der Körper versank im Wasser, und mit ihm glitten auch die umstehenden Eisriesen hinab. Der See begann zu glimmen, als hätte der Leichnam ein Licht tief unten im Wasser entzündet. In einem immer größer werdenden Kreis schwand das Eis, und Lena und ihre Gefährten wichen weiter zurück, um nicht selbst ins Wasser zu fallen, bis sie auf den Kieseln am Seeufer standen, die jetzt nicht mehr von Eis bedeckt waren, sondern um die Gräser, Schilfhalme und grüne Kräuter sprossen.

Die Königin wandte sich an Lena. „Es war wichtig, dass du heute hier warst, kleines Mädchen. Ich habe nichts Neues von dir gelernt. Aber du hast mich an vieles erinnert, das ich vergessen hatte. Dafür bin ich dir dankbar." Sie nahm Lenas Hände. „Der Krieg ist vorbei. Und bald, wenn er stark genug ist, wird ein neuer Sonnenkönig seine Herrschaft antreten und den Frühling auch in eure Welt bringen."

„Ich danke dir", sagte Lena. „Und ich wünsche dir und deinen Kindern von Herzen alles Gute."

Das Wasser war lauwarm, als sie in den See traten. Jedes Mädchen trug mehrere Hörnchen in den Armen. „Wir sehen uns auf der anderen Seite", sagte Nea. Lena nickte und holte tief Luft.

Kaum waren sie ganz untergetaucht, zog das Wasser sie nach unten. Bevor sie den Grund erreichten, schien die Welt sich auf den Kopf zu drehen, oben war unten und unten vielleicht oben, und obwohl Lena diesmal wusste, was auf sie zukam, verlor sie wieder die Orientierung. Die Luft wurde knapp und in ihr explodierte die Angst, jetzt, nach allem Erreichten zu ertrinken, zu ersticken unter dem Wasser des Sees. Dann kamen Kälte und Dunkelheit. Sie stieß sich mit den Füßen aufwärts, verschaffte sich irgendwie Auftrieb und sprudelte mit den letzten Luftblasen aus ihren Lungen an die Oberfläche. Schwarz war der Nachthimmel um sie herum, über ihr sah sie Sterne und den vollen, grauen Mond. Sie sank zurück in das eisige Wasser. Nuknuks kleine Stimme rief etwas in ihr Ohr. Aber Lena war so kalt, sie war so schwach, so müde. Die Sterne über ihr verschwammen und sie wollte nur kurz ihre Augen ausruhen.

Plötzlich packten sie zwei warme Arme, umschlossen sie und ließen nicht mehr los. Lena schlug die Augen auf, das Wasser brannte auf ihren Augäpfeln. Sie wurde aus dem Wasser an Land gezerrt, jemand blies Luft in ihre Lungen.

Dann war das Gesicht ihres Vaters über ihr. „Lena, wach auf! Lena!"

„Papa?"

Er schloss sie in die Arme und schluchzte. Sie kauerten zitternd auf dem nassen Gras, und ein Eichhörnchen setzte sich auf Lenas Schulter. Eine Taschenlampe leuchtete in der Nacht.

„Ich dachte, ich hätte dich verloren, Lena."

„Du hast mich gefunden, Papa."

Aus der Ferne hörten sie Sirenen, und bald flackerte Blaulicht durch den Park.

Kapitel 37: Was danach noch geschah

„Fröhliche Weihnachten“, sagte Lena.

„Fröhliche Weihnachten“, sagte Nea.

Sie streckten die Hände zueinander aus. Ihre Krankenhausbetten standen im gleichen Zimmer, aber zu weit voneinander entfernt, um sich die Hand zu geben. Ihre Fingerspitzen berührten einander.

„Wir haben es geschafft“, sagte Lena.

Nea lächelte.

Sie mussten nicht lange im Krankenhaus bleiben; Silvester konnte Lena schon zu Hause feiern. Ihre Eltern schienen sich nicht recht zu trauen, mit ihr darüber zu reden, was an Heiligabend passiert war. Aber sie bestanden darauf, dass Lena zu einer Psychologin gehen würde und wollten ihr den Kontakt zu Nea verbieten. Sie hielten das Mädchen in Schwarz mit den vielen Totenköpfen für einen schlechten Einfluss. Die beiden trafen sich natürlich trotzdem. Und nicht nur in den Vollmondnächten, sondern auch mit Andy und Theo im Golden Elephant Curry House.

Lena hätte ihren Eltern gern erklärt, dass sie in dieser Nacht die Welt gerettet hatten – aber dann hätten sie ihre Tochter für noch verrückter gehalten, als sie es ohnehin schon taten.

Übrigens: Ihren Schwanz hatte Lena vor den Ärzten im Krankenhaus nicht verbergen können. Sie hatten ihn ein „außergewöhnlich großes Überbein“ genannt und den Eltern empfohlen, ihn entfernen zu lassen. Zum Glück hatte Lena ihre Eltern überzeugen können, die Operation aufzuschieben. Die Bitte eines Arztes, über diese „komplexe Fehlbildung“ einen Fachartikel – mit Fotos – schreiben zu dürfen, hatten sie zu Lenas Erleichterung abgelehnt. So konnte Lena ihren Schwanz behalten, musste ihn vor den Eltern nicht mehr verstecken und konnte sogar mit ihrer Mutter wieder einkaufen gehen.

Theo begleitete Lena oft, wenn sie mit dem Bus zu Sean Brennans Schmiede fuhr, um den mageren schwarzen Hund Laddie zu versorgen. Wenn sie kamen, wedelte er mit dem Schwanz, und auch der breitschultrige, graue Stachelfell begrüßte sie.

Lenas Eltern stritten nicht weniger als vorher. Aber sie gaben sich jetzt noch mehr Mühe, es vor Lena zu verbergen. Wenn sie stritten, ging es oft darum, wer von ihnen Lena mehr belastet hätte.

Die Gespräche bei der Psychologin waren in Ordnung. Zwar erzählte sie auch hier nicht die Wahrheit und erwähnte Eichhörnchen und Frostkriege mit keinem Wort – aber die Therapeutin war nett und es half zumindest ein bisschen, über den vielen Streit zu Hause zu sprechen und über Lenas Angst, dass die Eltern sich trennen würden. Oder aus den falschen Gründen zusammenblieben – um ihre Tochter nicht zu belasten. Die Therapeutin erklärte ihr, dass Kinder niemals verantwortlich dafür sein können, ob die Ehe der Eltern funktioniert – und dass manchmal eine Trennung besser sein kann, als um jeden Preis zusammenzubleiben.

Noch lieber aber redete Lena mit Willow, die man jetzt nur noch „die Hüterin“ nannte. Lena ging oft zu ihr, um mit ihr zu reden, und die Hüterin zeigte ihr einige der Höhlen in und unter dem Alten Walnussbaum, zeigte ihr, wie man mit dem großen runden Stein die Monde zählte, und weihte sie in einige Geheimnisse der Hüter ein. Inzwischen trug sie ein prächtiges Geweih, das unter der Kapuze ihres Blättermantels hervorschaute.

Nach dem Frostmond kam der Eismond, er ging vorbei ohne Kampf und ohne dass ein Eisriese auftauchte.

„War das das Ende der Frostkriege?“, fragte Lena die Hüterin. „Die Winterherrin wird nicht noch einmal versuchen, den ewigen Winter zu bringen, oder?“

Willow lächelte. „Es wird nie ein Ende geben, Lena. Denn jedes Jahr gibt es einen neuen Frost. Dieses Jahr war es die Herrin des Mondes. Jetzt hat sie zwei Kinder. Was wird aus ihnen werden? Vielleicht wird eins über den Sommer herrschen und eins über den Winter. Zwischen Geschwistern gibt es oft Streit … Der Frost kommt jedes Jahr in einem anderen Gewand. Oder jedes Jahr kommt jemand, der diese Aufgabe übernimmt. Rund und rund dreht sich das Rad."

„War das das Geheimnis, das der Hüter dir ins Ohr geflüstert hat?"

„Fast", lächelte die Hüterin.

„Darfst du es mir nicht verraten?"

„Es ist wichtig, dass das geheime Wissen erhalten bleibt." Grübchen zwinkerte. „Aber es ist nicht wichtig, dass es geheim bleibt." Lena lachte. „Der Hüter vertraute mir ein Geheimnis an, das vielleicht schon jeder kennt, ohne es zu wissen. ‚Ohne Winter kein Frühling' hat er gesagt."

„Was soll das bedeuten?"

„Dass es für alles eine Zeit gibt. Und für alles eine Berechtigung. Unsere Aufgabe ist es, ein Gleichgewicht herzustellen. Von allem nicht zu viel, aber auch nicht zu wenig. Wusstest du, dass viele Pflanzen erst dann wieder austreiben, wenn sie einmal den Frost gespürt haben? Viele Samen keimen erst, nachdem es einmal gefroren hat. Zum Beispiel …" Sie hob eine Walnuss auf. „Zum Beispiel Nüsse."

„Wirklich?" Lena schüttelte erstaunt den Kopf. „Das wusste ich nicht."

Die Hüterin nickte. „Ohne Frost kein Frühling. Du dachtest, du hast den Frost vernichtet. Dabei kannst du das gar nicht. Hätte es sonst nicht längst jemand vor dir geschafft? Es waren so viele Generationen tapferer, schlauer und listiger Kriegerinnen und Kämpfer vor dir. Und nach dir werden neue kommen, so wie nach mir eine neue Hüterin oder ein neuer Hüter kommen wird. Das letzte Geheimnis, das der alte Hüter mir anvertraut hat, bedeutet: Es ist gut, dass wir den Frost nicht vernichten können."

Lena dachte nach. „Wirst du versuchen, dich zurückzuverwandeln? In Menschengestalt?"

Willow, Grübchen, die Hüterin schüttelte den Kopf. „Diese Entscheidung war endgültig. Ich wusste, dass es meine letzte Verwandlung sein würde. Außerdem habe ich als Hüterin eine wichtige Aufgabe übernommen. Wichtiger als mein Menschenleben."

Lena spürte einen Kloß im Hals. Sie würde nie mehr in Willows Haus sitzen, wo es nach Blaubeermuffins roch und mit ihr Tee trinken.

„... aber Sean ..."

„Ich bin nicht Sean, Liebes. Ich habe mehr Zeit als er in Eichhörnchengestalt verbracht. Meine Verwandlungen sind verbraucht. Er mag noch zwei oder drei vor sich haben."

Lena schluckte. „Was ist mit deinen Kindern?"

„Sie haben seit Jahren nicht mit mir gesprochen. Sie werden mich nicht vermissen. Irgendwann wird man mich für tot erklären, dann wird man ihnen Bescheid sagen. Sicherlich werden sie sich dann bei dir melden."

„Bei mir? Wieso?"

„Sie werden das Erbe aufteilen. Dabei werden sie ein Testament finden, in dem ich mein Haus und meinen Garten dir vermache, Lena."

„Mir?"

Grübchen nickte. „So kannst du für immer ganz nah am Park wohnen und ich weiß, dass mein Garten in guten Händen ist."

Lenas Eltern setzten sich mit ihr am Küchentisch zusammen, um etwas zu besprechen. Sie hatten für Lena eine Tasse Kakao vorbereitet, vor Lenas Mutter stand eine Tasse Tee und vor ihrem Vater ein Kaffee. Wenn ihre Eltern sich so viel Mühe für die Vorbereitung eines Gesprächs gaben, musste es wichtig sein.

Ihre Mutter lächelte. „Lena, wir haben gute Nachrichten für dich." Sie schaute zu ihrem Vater herüber. „Wir haben viel darüber geredet, was im letzten Jahr schiefgegangen ist und wie es dieses Jahr weitergehen soll."

Jetzt werden sie mir sagen, dass sie sich trennen wollen, dachte Lena.

„Uns ist klar geworden, dass es ein Fehler war, dich von deinen Freunden zu trennen und nur wegen der Arbeit deines Vaters hierher umzuziehen. Jetzt, wo er gekündigt hat, hält uns nichts mehr hier. Deshalb werden wir zurück nach Deutschland ziehen."

Lena konnte gar nichts sagen.

„Freust du dich?"

Sie schüttelte den Kopf. Die Eltern sahen einander überrascht an.

„Nein", sagte Lena. „Ich will nicht zurück nach Deutschland. Ich will hierbleiben."

„Was? Warum?"

„Weil hier meine Freunde sind."

„Ich dachte du hast keine Freunde?", fragte ihr Vater.

„Wer sind denn deine Freunde, von denen du nicht wegwillst? Tessa Sheehan?"

„Ich hasse Tessa Sheehan."

„Wer denn dann?"

„Nea Halligan."

„Dieses Mädchen, das immer schwarz trägt? Mit der schrecklichen aufgedonnerten Mutter? Die bei dir war in der Nacht, als … an Heiligabend? Tolle Freundin."

„Theo", sagte Lena.

„Dieser blasse, schüchterne Junge?", fragte ihr Vater.

„Und Andy. Andy Linden."

„Andy?", fragte ihre Mutter überrascht. „Der ist doch ein Rowdy. Ein Bully. So ein halbstarker Schlägertyp, genau wie sein Vater. Das sind deine Freunde?"

„Und andere. Die ihr nicht kennt", sagte Lena und dachte an Nuknuk, Löwenzahn, Augenstern, Weidenkätzchen, Fuchsfell und Willow. Das waren ihre Freunde. Und Sean Brennan, der Schmied. Und vielleicht sogar Bockshorn.

„Das sind meine Freunde, und ich werde nicht von ihnen weggehen. Und wenn ihr weg geht, dann bleibe ich alleine hier."

Ihr Vater seufzte. „Lena, das geht doch gar nicht."

Das geht schon, dachte Lena. Sie müsste sich nur für ein Leben als Eichhörnchen entscheiden.

„Ich glaube, dass das letzte Jahr zu viele Veränderungen gebracht hat", meinte Lenas Mutter. „Und dass das für uns alle nicht gut war. Vor allem vielleicht für dich."

„Im Leben gibt es immer Veränderungen", erklärte Lena. „Alles, was lebt, wird kommen und gehen. Was im Frühling wächst, wird im Herbst verwelken. Aber es wird immer ein neuer Frühling kommen. Solange es Leben gibt, bleibt nichts gleich."

Ihre Eltern sahen einander überrascht an.

Nach dem Eismond kam der Regenmond, der Schnee schmolz und die ersten Schneeglöckchen und Winterlinge schoben ihre Blüten der Sonne entgegen. Unter dem Knospenmond wuchsen die Krokusse, und bald war es ein Jahr her, dass Nuknuk Lena gebissen hatte. Im Park wuchsen Tulpen und Mohn, und die Kirschbäume blühten. Unter dem Blütenmond feierten sie zwischen Pusteblumen auf der Wiese vor dem Alten Walnussbaum, dass sie den Winter vertrieben hatten und das Sommerhalbjahr begann. Bockshorn ermahnte sie, nicht zu vergessen, dass es auch dieses Jahr einen Frostkrieg geben würde – aber die Eichhörnchen ließen sich die gute Laune nicht nehmen. Zu den Klängen von Nusstrommeln und Holunderflöten tanzten Blutpelz, Nuknuk, Nachtschatten, Kraftpranke, Löwenzahn, Weidenkätzchen, Augenstern und alle anderen Eichhörnchen vom Stamm des Alten Walnussbaums – und sogar die Hüterin tanzte mit.

Anhang

Der Jahreskreis der Eichhörnchen

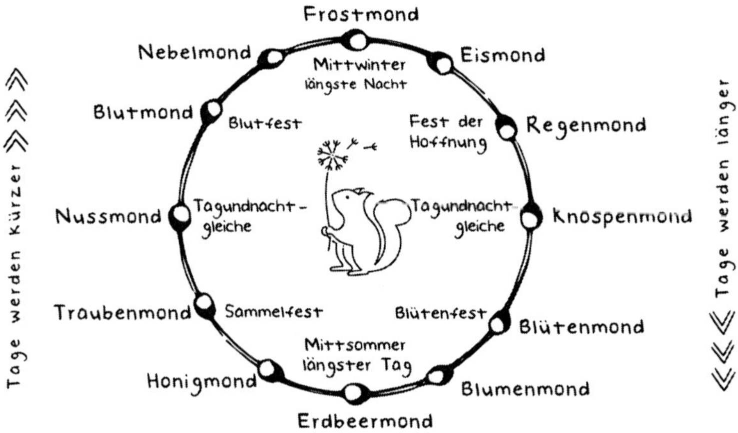

Der Wechsel der Jahreszeiten ist für die Eichhörnchen von größter Bedeutung. Sie müssen wissen, wann die Zeit zum Sammeln der Nüsse kommt, wann sie sich auf die Frostkriege vorbereiten müssen und wann der Frühling den Winter ablösen wird.

Deshalb beobachten sie Sonne und Mond, und es gehört zu den wichtigsten Aufgaben von Hüterin und Hüter, die Monde zu zählen und die Eichhörnchen an ihre Feste zu erinnern.

Im Lauf der Sonne gibt es vier wichtige Ereignisse: An Mittwinter findet der kürzeste Tag statt mit der längsten Nacht. Menschen feiern ungefähr zu dieser Zeit Weihnachten. Von da an werden die Tage länger bis zur Frühlingstagundnachtgleiche, wenn Tag und Nacht genau gleich lang sind – Menschen feiern dann Ostern. Die Tage werden zum Sommer hin weiter länger, die Nächte kürzer bis zu Mittsommer, wenn es am längsten hell ist und der längste Tag mit der kürzesten Nacht stattfindet. Von nun an werden die Nächte wieder länger, bis zur zweiten Tagundnachtgleiche im Herbst, wenn Tag und Nacht wieder genau gleich lang sind. Von da an wird es dunkler, die Tage werden kürzer, die Nächte länger, bis Mittwinter, dem kürzesten Tag mit der längsten Nacht. Und dann fängt alles wieder von vorne an.

Mittwinter, Mittsommer und die beiden Tagundnachtgleichen markieren wichtige Punkte im Laufe des Jahres, denen die Hörnchen besondere Aufmerksamkeit schenken. Die Höhepunkte stellen aber die vier Mondfeste dar, die nicht an den Lauf der Sonne, sondern an den Wandel des Mondes gebunden sind.

Jeder Mond trägt bei den Eichhörnchen einen eigenen Namen: Eismond (Januar), Regenmond (Februar), Knospenmond (März), Blütenmond (April), Blumenmond (Mai), Erdbeermond (Juni), Honigmond (Juli), Traubenmond (August), Nussmond (September), Blutmond (Oktober), Nebelmond (November) und Frostmond (Dezember).

Um die Monde nachzuhalten, benutzen Hüter oder Hüterin den Mondstein, einen flachen Stein mit dreizehn Mulden. Jede steht für einen Mond, und in jede legen Hüter oder Hüterin ein Steinchen oder eine Murmel, wenn der Mond beginnt. Weil das Mondjahr etwas kürzer ist als das Sonnenjahr, müssen die Eichhörnchen alle paar Jahre einen dreizehnten Mond einfügen. Knotenschnüre helfen Hüterin und Hüter zu wissen, in welchem Jahr ein solcher „blinder Mond" stattfinden muss. Für diese Fälle ist die dreizehnte Mulde im Mondstein da.

Das Jahr der Eichhörnchen beginnt mit dem Blütenfest unter dem Blütenmond, wenn der Frühling den Winter überwunden hat und der Sommer bevorsteht. Mit Blumenschmuck auf der Stirn feiern die Eichhörnchen ausgelassen den Beginn der warmen Jahreszeit. Viele Menschen begehen zur gleichen Zeit den Tanz in den Mai oder die Walpurgisnacht, die beide auf das alte keltische Fest Beltane zurückgehen.

Im August folgt das Sammelfest unter dem Traubenmond. Der Herbst steht bevor, jetzt beginnt für die Eichhörnchen die Zeit des Sammelns. Die ersten Früchte und Nüsse sind reif, die Eichhörnchen legen Vorräte an und vergraben Nüsse, die im Frühling die Bäume wecken sollen.

Ende Oktober folgt das Blutfest. Es findet anders als die anderen Mondfeste nicht unter dem Vollmond, sondern unter dem Neumond statt, wenn die Menschen Halloween feiern. Beim Blutfest bereiten die Eichhörnchen sich auf die Frostkriege vor. Die Waffenkammer wird geöffnet. Mit Masken und gruseliger Gesichtsbemalung wollen die Eichhörnchen dem Frost und seinen Dienern Angst einjagen. Mit dem Blutfest beginnt der Winter, und in vielen Jahren tritt in dieser Nacht der erste Frost auf.

Zwischen Januar und Februar blühen die ersten Vorboten des Frühlings: Winterlinge, Schneeglöckchen und Krokusse. Wenn die Eichhörnchen ihre Blüten sehen, wissen sie, dass die Macht des Winters schwindet und sie nicht mehr lange durchhalten müssen, bis es wieder warm wird. Sie feiern deshalb das Fest der Hoffnung unter dem Regenmond, bei dem sie sich gegenseitig Geschenke machen und die Kobel säubern. In milden Jahren kommen jetzt schon die ersten Eichhörnchenbabys zur Welt, ebenfalls ein Zeichen der Hoffnung.

Jetzt dauert es noch drei Monde, bis der Winter endgültig überwunden ist und mit dem Blütenfest das neue Jahr beginnt – und so beginnt der Jahreskreis von vorn.

Nichts als die Wahrheit

- Eichhörnchen können wirklich fünf Meter weit springen.
- Eichhörnchen können wirklich den Unterkiefer vorn öffnen, um Nüsse zu knacken.
- Ein Eichhörnchen versteckt wirklich bis zu zehntausend Nüsse in einem Herbst.
- Eichhörnchen graben wirklich nur einen Teil der Nüsse wieder aus – ein Viertel bis drei Viertel der Nüsse bleiben im Boden. Aus ihnen wachsen neue Bäume oder gar neue Wälder, so dass Eichhörnchen den Titel „Förster der Natur" verdienen. Ob Eichhörnchen das absichtlich tun oder nur vergessen, wo sie ihre Nüsse versteckt haben, muss weiter erforscht werden …
- Das europäische Eichhörnchen nennt man „rotes Eichhörnchen", obwohl „rote Eichhörnchen" auch graues, braunes oder schwarzes Fell haben können.
- Grauhörnchen wurden aus Amerika nach England und Italien gebracht und breiten sich seitdem in Europa aus. Viele Menschen haben Sorge, dass Grauhörnchen die roten Eichhörnchen verdrängen. Tatsächlich sind sie größer und stärker, dadurch aber auch langsamer und leichtere Beute für Marder. Wo es viele Marder gibt, gibt es weniger Grauhörnchen. Leider wurden die Marder in vielen Gebieten verjagt, weil sie Bauern Eier und manchmal ganze Hühner stehlen.
- In Irland ist es den Grauhörnchen bislang wirklich nicht gelungen, den Shannon zu überqueren.
- Viele Grauhörnchen tragen tatsächlich das Parapox-Virus in sich, man nennt es auch „Eichhörnchenpocken". Den Grauhörnchen macht das Virus nichts, aber europäische Eichhörnchen können daran sterben. Es stimmt auch, dass Forscher nach Gegenmitteln und Impfungen suchen.

- Rote Eichhörnchen tragen wirklich lange Puschel auf den Ohren. Sie sind im Winter am längsten und verschwinden oft mit dem Sommerfell. Grauhörnchen hingegen haben nie Puschel auf den Ohren, auch nicht im Winter.
- In der irischen Stadt Galway liegt der Merlin Woods Park, ein riesiges, waldähnliches Gelände, in dem viele Eichhörnchen wohnen. Im Park steht sogar ein alter, lange schon unbewohnter Turm – Merlin Castle; und es gibt Bereiche, die Lena noch gar nicht entdeckt hat ...
- Es gibt wirklich einen Pilz namens Hallimasch, der im Dunkeln grünlich leuchtet. Er wächst auf totem Holz und ist gar nicht selten: Nachts im Wald kann man ihn mit etwas Glück entdecken. Ob Eichhörnchen Stöcke mit Hallimasch wirklich als Fackeln benutzen, muss die Forschung noch ergründen ...

Anja Stürzer
Somniavero

2031. Auf der Suche nach einem Zeittor irrt Jochanan mit seinen Freunden durch Berlin. Ihm auf der Spur ist der skrupellose Wissenschaftler Dr. Paulus, der das Phänomen der Zeitreisen entschlüsseln will – um jeden Preis.
Eine Geschichte, fünf Blickwinkel:
In jedem Kapitel erzählt eine andere Person die Ereignisse aus ihrer Sicht.

„Es ist ein außergewöhnliches Unterfangen, es ist ein spannendes Konzept und ein unbedingt empfehlenswertes Buch." FAZ.net

Neuauflage, 216 Seiten, 12,99 €, ISBN 978-3-939556-85-5, mit Illustrationen von Julia Dürr.
info@oldib-verlag.de, www.oldib-verlag.de